계명교양총서 74

카프카의 명작 단편선

프란츠 카프카 지음 | 장희권 역주

카프카의 명작 단편선

펴낸날 2021년 2월 24일 – 초판1쇄 발행
2026년 1월 28일 – 초판3쇄 발행

지은이 프란츠 카프카
역주자 장희권
펴낸이 신일희

펴낸곳 계명대학교출판부
42601 대구광역시 달서구 달구벌대로 1095
전화 053) 580-6233 팩스 053) 580-6235
http://www.kmupress.com
등 록 1970.9.1.(신고번호 제347-1998-1호)
ISBN 979-11-6516-071-5 03850
값 11,000원

계명교양총서 74

카프카의 명작 단편선

프란츠 카프카 지음 | 장희권 역주

역자 서문

우리는 카프카의 문학을 세계문학의 반열에 꼽기를 주저하지 않는다. 카프카 문학의 무엇이 그의 작품을 세계문학의 대열에 합류케 했을까? 그의 작품은 시대로 분류하자면 20세기 초반에 풍미했던 고전적 모더니즘 계열에 속한다. 제임스 조이스, 사무엘 베케트, 로베르트 무질 등과 더불어 모더니즘 문학의 장을 연 작가이다.

그럼에도 카프카를 어느 특정 문학사조에 한정지을 수는 없다. 그의 작품이 대부분 표현주의가 대세이던 1910년대에 발표되었다고 '카프카는 표현주의 작가다'라고 말할 수는 없다. 1930년대 유럽의 문학 · 미학논쟁에서 카프카의 문학은 조이스, 베케트 등과 더불어 문학의 '건강성'을 해치는 퇴폐문학, 즉 데카당스 문학으로 치부되었다. 1970년대에 리얼리즘 논쟁이 뜨겁게 달아올랐을 때, 흥미롭게도 카프카의 문학이야말로 지극히 사실주의적이라는 주장이 제기되기도 하였다. 불과 반세기만에 그의 문학은 표현주의와 퇴폐주의, 사실주의를 오고 가는 널뛰기를 겪었다.

카프카의 문학은 실존의 탐색을 위한 고통스런 몸부림이고, 유대교에 기초한 신비주의를 풍기며, 또한 구체적 해제를 거부한 채 추상성의 세계에 파묻혀 있길 원하지만, 동시에 현실을 가장 적나라하게 들춰낸다. 이와 같은 자기모순이야말로 카프카의 문학을 관통하는 굵은 줄기이다.

카프카의 작품은 비유적인 의미에서, 또 실제로 작품을 이해하는 의미에서 일종의 미로이다. 그는 미로의 모퉁이마다 지뢰를 매복하고, 혹은 보물을 숨겨두고, 자신의 문학에 접근해 오는 독자들을 긴장의 끈에서 좀처럼 놓아주지 않는다. 카프카 문학에서는 장편과 중편, 단편, 아포리즘 등 구분 없이 작품들 곳곳이 비의(秘義)들로 가득 차 있다. 그렇기에 그의 작품들은 전체가 한 개의 작품인 듯 보이고, 하나의 큰 주제로 수렴된다고 생각하는 순간 전혀 예상치 못한 의미와 상징으로 빠져나감으로써 독자의 정형화된 예상을 전복시킨다.

카프카 명작단편선에 총 일곱 편을 골라 번역하고 싶었다. 「변신」, 「유형지에서」, 「화부」가 중편이고, 「선고」, 「법 앞에서」, 「학술원에 드리는 보고서」, 「시골의사」가 단편이다. 국내에 카프카의 작품들이 이미 수차례 번역되어 있다. 그런데 왜 또 카프카의 작품들을 번역하는지 묻는 이도 있을 것이다. 적잖은 한국 독자들이 카프카의 작품들이 난해하고, 때로는 문

맥이 이해가 되지 않는다고 말한다. 언젠가부터 나는 한국의 독자들이 카프카의 작품을 읽을 때 겪는 어려움은 카프카 문학의 난해함 때문이기도 하지만, 번역상의 문제 또한 그로부터 결코 자유롭지 못하다고 여기게 되었다. 적어도 번역의 매끄럽지 못한 부분들이 자주 눈에 띄었다. 이 책에 실린 번역이 완벽하다고는 장담하지 못한다. 그러나 오류들을 최소화하고, 가독성을 위해 많은 시간을 들였다.

시대를 초월하는 고전으로서의 카프카 문학을 제대로 음미하고, 또 카프카의 문학이 우리 시대에 보내는 결코 가볍지 않은 메시지를 해독하는 즐거움을 독자들도 함께 누리길 바란다. 마지막으로, 나는 카프카 문학을 'Everyday New Face'라고 정의하고 싶다. 스펙트럼을 투과한 빛이 다양한 각도로 굴절되면서 형형색색의 색채와 모양들을 투사하듯이, 독자들이 카프카의 작품을 대할 때마다 매번 새로움을 찾길 바란다.

2021. 1. 장희권

차례

변신

Die Verwandlung

변신

I

그레고르 잠자가 어느 날 아침 불안한 꿈에서 깨어났을 때, 그는 침대에서 거대한 해충으로 변해 있는 자신의 모습을 발견했다. 그는 갑옷처럼 딱딱한 등을 대고 누웠는데, 머리를 살짝 쳐들자 활모양의 단단한 마디들로 이루어진 둥근 갈색의 배가 보였다. 배 위에 걸쳐진 이불은 금방이라도 그대로 미끄러져 내릴 것만 같았다. 다른 몸뚱이에 비해 비참할 정도로 가는 많은 다리들이 그의 눈앞에서 힘없이 흔들거렸다.

"나한테 무슨 일이 일어난 거지?" 그는 생각했다. 꿈은 아니었다. 그의 방은 약간 좁긴 해도 엄연히 사람이 사는 방이었고, 익숙한 사면의 벽으로 둘러싸인 채 그대로였다. 책상에는 분류해서 포장해 둔 옷감의 샘플들이 넓게 펼쳐져 있었고 - 잠자는 외무사원이었다 -, 책상 위쪽의 벽에는 그가 얼마 전에 한 화보 잡지에서 오려낸 그림을 금색 테두리의 멋진 액자에 넣어 걸어놓은 게 그대로 있었다. 그 그림은 모피 모자에 모피 목도리를 두른 어느 여인의 모습으로, 허리를 곧추세우고 앉은 여인은 팔목 전체를 덮은 모피 토시를 바라보는 사람을 향해 쳐들고 있었다.

그레고르의 시선이 창가를 향했다. 흐린 날씨가 그를 매우 우울하게 만들었다. 창틀 함석 위로 빗방울 떨어지는 소리가 들렸다. "조금만 더 자면 이런 우스꽝스러운 일들은 잊게 되겠지." 그는 생각했다. 하지만 전혀 그럴 수가 없었다. 왜냐면 그는 오른쪽으로 누워 자는 습관이 있는데, 지금 상태로는 전혀 그 자세를 취할 수 없었다. 오른쪽으로 몸을 돌리려고 아무리 힘을 써도 자꾸만 뒤로 나둥그러질 뿐이었다. 그는 아마 백 번쯤은 시도하였고, 바둥거리는 다리들을 보지 않으려고 눈을 감았다. 옆구리에 전에는 한 번도 느껴본 적이 없는 가볍지만 묵직한 통증이 느껴지기 시작할 때, 비로소 그는 그 짓을 멈추었다.

"아! 나는 왜 이리도 힘든 직업을 택했을까?" 그는 생각했다. "매일 같이 외근이다. 집에서 처리하는 실제 업무보다 바깥 업무의 긴장감이 훨씬 크고, 게다가 나는 돌아다녀야 하는 고역까지 있다. 다음 기차를 놓치면 어쩌나 하는 걱정이 끊이질 않고, 식사는 불규칙한데다 형편없다. 만나는 사람들은 늘 바뀌고, 그들과의 관계가 단 한 차례도 지속된 적이 없고 진정한 관계로도 이어지지 않아. 제발 악마가 이 모든 걸 좀 가져가면 좋겠어!" 배 위쪽이 조금 가려웠다. 그는 머리를 잘 쳐들기 위해 드러누운 채 천천히 침대 기둥 쪽으로 몸을 밀었다. 가려운 부위를 보니 흰색의 작은 반점들만이 있는데 그게 무엇인지 알 수 없었다. 그는 다리 하나를 움직여 거기를 만져보려다 흠칫하고 바로 다리를 오므렸다. 그 부위에 다리가 스치자 오한(惡寒)이 그를 엄습했기 때문이다.

그는 다시 원래 자리로 돌아왔다. "일찍 일어나니 사람이 아주 멍청해지는군." 그가 생각했다. "사람은 잠을 자야 해. 다른 외무사원들은 마치 하렘의 여인들처럼 살고 있어. 예를 들어 내가 그동안 따낸 주문 서류들을 처리하러 오전 중에 여관에 돌아오면, 다른 남자들은 그때서야 아침식사를 하고 있거든. 나도 사장한테 그렇게 하고 싶다고 말해 볼까. 바로 그 자리에서 쫓겨나겠지. 그런데 그렇게 말해 보는 게 나한테 그리 좋지 않을 거라고 단정 지을 수 있을까? 내가 부모님 때문에 망설이지만 않는다면 이미 일찌감치 사표를 던졌을 거야. 사장한테 가서 내 진심을 있는 그대로 말했겠지. 그는 책상 뒤로 나자빠지겠지! 사장이 책상 위에 걸터앉아, 귀가 어두운 자신 때문에 아주 가깝게 서있는 직원을 아래로 내려다보며 얘기하는 것 또한 참 별스럽다. 그래, 아직 희망이 완전히 사라진 건 아니야. 부모님이 그에게 진 빚을 갚을 정도의 돈을 모으면 - 오륙년은 족히 더 걸릴 것이다 - 꼭 그러고 말겠어. 그러면 큰일을 하나 끝내는 거지. 하지만 우선은 일어나야겠어, 기차가 다섯 시에 떠나니까."

그는 째깍거리는 탁상시계 쪽을 바라보았다. "오, 젠장!" 그는 생각했다. 여섯시 반이었다. 시곗바늘은 조용히 앞을 향해 움직였으며, 심지어 이미 삼십 분을 지나 사십오 분에 가까워졌다. 탁상시계가 울리지 않았나? 네 시에 울리도록 맞춰둔 것을 침대에서도 볼 수 있었다. 분명히 시계는 울렸다. 그래, 하지만 방 전체가 울릴 정도의 시끄러운 소리에도 모르고 그냥 자는 게 가능한가? 그래 편히 잤을 리는 없어, 하지만 그래서 십중팔구 더 깊이 잠들었을 게다. 그런데 이제 뭘 해야 하지? 다음 기차는 일곱 시에 있는데. 그 기차를 타려면 미친 듯이 서둘러야 하고, 옷감 샘플들은 아직 포장도 안 된 상태인데. 게다가 몸이 개운하지도, 움직일 수 있을 것 같지도 않았다. 그리고 설령 그 기차를 탄다 해도 사장의 불호령을 피할 수는 없을 것이다. 사환이 다섯 시 기차에 맞춰 나를 기다렸을 것이고, 내가 기차를 놓쳤다고 벌써 사장에게 보고했을 게다. 그는 속도 배알도 없는 녀석이다. 몸이 아파 결근한다고 하면 어떨까? 하지만 그건 아주 난처하고, 또 의심을 살 것이다. 왜냐면 그레고르는 지난 오 년간 일하면서 단 한 차례도 아픈

적이 없기 때문이다. 사장은 분명 의사를 대동하고 나타나 부모님께 게으른 아들을 뒀다고 비난을 퍼부을 것이고, 의사의 말을 빌려 어떤 변명도 일절 듣지 않을 것이다. 의사들은 모든 사람들이 아주 건강함에도 불구하고 일하기를 꺼린다고 여긴다. 그렇다면 이 경우 의사가 온전히 틀렸다고 할 수 있을까? 실제로 그레고르는 잠을 오래 자고 나면 축 늘어지는 느낌을 빼고는 기분이 매우 좋았고, 심지어 몹시 배가 고프기까지 했다.

그가 침대를 벗어나야겠다고 결심하지 못한 채 이 모든 일들을 분주하게 생각하고 있을 때, 그 순간 탁상시계가 여섯 시 사십오 분을 가리켰다. 침대 머리맡 쪽의 방문을 조심스럽게 두드리는 소리가 들렸다. "그레고르!" 하고 부르는 소리가 들렸는데 어머니였다. "여섯 시 사십오 분이야. 출발해야 되지 않니?" 부드러운 목소리! 그레고르는 대답을 하는 자신의 목소리를 듣고 깜짝 놀랐다. 분명히 자신의 예전의 목소리가 맞긴 한데, 거기엔 마치 밑에서부터 울리는 억누를 수 없는, 고통스러운 찍찍거리는 소리가 섞여 있었다. 찍찍거리는 소리로 인해 낱말들이 처음에만 조금 분명하게 들릴 뿐, 음성이 쭉 이어지지 못했기 때문에 상대방이 제대로 들었는지 알 수 없었다. 그레고르는 자세히 대답하고 모든 걸 설명하고 싶었지만, 이런 상황에서는 그저 "예, 예, 어머니. 고맙습니다. 지금 일어납니다."라고 말하고 싶었다. 방문이 나무로 되어 있어서 문 밖에서는 그레고르의 목소리가 변한 걸 알지 못했다. 왜냐면 어머니가 이 설명에 안심하고 발을 질질 끌며 물러났기 때문이다. 하지만 이 짧은 대화로 인해 나머지 가족들이 그레고르가 뜻밖에 아직까지 집 안에 있음을 알게 되었다. 이제 아버지가 한쪽 옆문을 두드렸다. 약한 소리였지만 주먹으로 둔탁하게 두드렸다. "그레고르, 그레고르." 아버지가 불렀다. "무슨 일이냐?" 잠시 후 아버지는 보다

묵직한 음성으로 "그레고르, 그레고르" 하며 다시 재촉했다. 다른 쪽 옆문에서는 여동생이 나지막하게 "오빠? 어디 아파? 뭐 필요한 것 있어?" 하고 애원하듯 말했다. 그레고르는 양쪽을 향해 "준비 다 됐어요." 하고 대답하였다. 그는 매우 조심스레 발음을 하고, 또 낱말들 사이에 긴 간격을 둠으로써 어떤 이상한 느낌도 없게 하고자 애를 썼다. 아버지는 아침식사를 위해 자리로 돌아갔으나, 여동생은 "오빠, 문 열어봐, 제발" 하고 소곤거렸다. 하지만 그레고르는 전혀 문을 열 생각이 없었다. 그 대신 외근들로 인해 자신도 모르게 집에서조차 밤이면 문을 모두 걸어 잠그는 조심스러운 태도를 지니게 된 걸 오히려 다행이라 여겼다.

우선 그는 아무런 방해를 받지 않고 조용히 일어나 옷을 입고 먼저 아침식사부터 한 뒤, 그 다음에 나머지 일들에 대해 생각해 보고자 했다. 그것은 침대 속에서는 고민을 해 봤자 어떤 이성적인 결론에 이르지 못할 것임을 잘 알고 있기 때문이다. 그는 자다가 혹시 자세가 잘못되어 그랬는지 종종 가벼운 고통을 느꼈던 적이 있었는데, 일어나 보면 그것이 한낱 공상(空想)에 불과했다는 게 떠올랐다. 그는 자신이 오늘 겪은 이 모습들이 어떻게 서서히 해체될지 궁금했다. 그는 목소리가 변한 것은 외무사원의 직업병인 심한 감기가 시작되는 것임을 추호도 의심치 않았다.

이불을 치우는 것은 아주 간단했다. 그가 배를 조금 앞으로 불룩 내밀자 이불이 저절로 밑으로 떨어졌다. 하지만 그 다음이 쉽지 않았다. 무엇보다 그의 몸이 너무 옆으로 벌어져 있기 때문이었다. 몸을 일으키려면 팔과 손이 필요한데, 그에게는 조그만 다리만 여러 개 있을 뿐이었다. 이 다리들이 계속 제멋대로 움직였으며 전혀 통제가 되지 않았다. 어느 한 다리를 오므리려 하면 그 다리가 바로 펴지는 것이었다. 마침내 잠자는 그 다리로 자기가 원하는 것을 할 수 있었지만, 그동안 다른 다리들은 마치 고삐 풀린 듯이 제 맘대로 고통스럽게 움직였다. 그레고르는 "쓸데없이 침대에 누워 있는 것만은 피해야 해."라고 혼잣말을 했다.

그는 먼저 하반신부터 침대에서 빠져나오려 했다. 하지만 아직 그가 본 적도 없고 또 어떤 모습일지 상상도 안 되는 하반신이 웬만해선 움직이지가 않았다. 아주 천천히 꿈틀거렸다. 마침내 그는 거의 화가 나서 사정없이 힘껏 앞으로 몸을 내밀었으나, 그만 엉뚱한 방향을 택하는 바람에 침대의 아래쪽 기둥에 심하게 부딪히고 말았다. 따끔거리는 통증을 느낀 그는 바로 자기 몸의 하체가 어쩌면 현재 가장 민감한 부분일 수 있음을 알게 되었다.

그는 우선 상체부터 침대에서 빠져나오려고 시도하였고, 조심히 머리를 침대의 가장자리 쪽으로 돌렸다. 이건 그리 어렵지 않았다. 체구가 크고 무겁긴 해도 결국은 머리가 움직이는 방향을 따라 천천히 움직였다. 하지만 그가 마침내 침대 바깥으로 머리를 내밀었을 때, 그는 계속 이런 식으로는 앞으로 나아가기가 겁이 났다. 왜냐하면 결국은 밑으로 떨어질 것이기 때문이었다. 기적이 일어나지 않는다면 머리를 다칠 것만 같았다. 그는 지금 이 순간 어떤 일이 있어도 정신을 똑바로 차려야만 했다. 차라리 침대에 그대로 있고 싶었다.

그러나 그는 방금 전과 똑같이 힘들게 고생해서 다시 원래 자세로 누우며 한숨을 내쉬었고, 자신의 다리들이 더 화가 난 것처럼 서로 싸우는 것을 보았다. 이렇게 제멋대로인 상태에서는 휴식과 질서를 유지하는 게 불가능해 보였다. 그는 스스로에게 이렇게 침대에 누워 있을 수만은 없고, 또 침대에서 벗어날 수 있는 약간의 가능성만 있다면 모든 것을 희생해서라도 시도해 보는 게 가장 이성적이라고 다시 혼잣말을 했다. 그러면서 동시에 그는 희망도 없는 것을 하겠다고 결심하느니 차라리 차분하게, 정말 차분하게 생각하는 게 훨씬 낫다고 이따금씩 떠올리는 것을 잊지 않았다. 그런 순간마다 그는 가능한 한 예리하게 창문을 주시했다. 그러나 아침 안개로 인해, 심지어 좁은 골목길의 건너편까지 자욱하게 뒤덮고 있는 안개 때문에 자신감이나 경쾌함을 제대로 느낄 수 없었다. "벌써 일곱 시로군." 탁상시계가 또다시 울리는 소리를 듣고 그가 중얼거렸다. "벌써 일곱 시인데 여전히 저렇게 안개가 끼어 있다니." 그는 마치 일체의 정적(靜寂) 속에서 실제의 정상적인 일상들이 되돌아오기를 기대하듯이 옅은 숨을 내쉬며 한동안 가만히 누워 있었다.

하지만 잠시 후 그가 중얼거렸다. "일곱 시 십오 분이 되기 전에는 어떤 일이 있더라도 침대에서 완전히 벗어나야 해. 게다가 그때쯤이면 회사에서 누군가가 와서 내게 무슨 일이 있는지 물어보겠지. 회사는 일곱 시 이전에 문을 여니까." 그는 이제 침대에서 빠져나오고자 몸 전체를 일정하게 흔들었다. 이런 식으로 침대에서 떨어진다면, 그는 떨어지는 순간 머리를 똑바로 쳐들 것이기 때문에 머리를 다치지는 않을 것이다. 등이 단단한 것 같으니, 등부터 양탄자 위로 떨어진다면 아마 별일 없을 것이다. 그가 제일 염려하는 것은 떨어지는 순간 쿵 하고 요란한 소리가 날 것 같아서이다. 그러면 십중팔구 방문 너머 가족들에게 놀라움까진 아니더라도 적어도 걱정을 끼칠 것이기 때문이다. 하지만 그 점을 무릅쓰고라도 시도할 수밖에 없었다.

그레고르가 이미 반쯤 침대 바깥으로 몸을 내밀었을 때, 그는 누군가가 자신을 도와주기만 하면 이 모든 게 간단할 텐데 하는 생각이 들었다. 그는 계속해서 몸을 간헐적으로 흔들어댔는데, 이 새로운 방법은 사실 고생이라기보다는 놀이 같았다. 힘센 사람이 두 명만 있다면 - 아버지와 하녀가 떠올랐다 - 충분했을 것이다. 그들이 둥그런 자신의 등 아래로 팔을 밀어 넣어 그를 그대로 침대에서 빼낸 뒤 그의 몸을 잡은 채 아래로 굽힌 다음, 그가 바닥에서 몸을 뒤집도록 조심스레 받치고만 있으면 되었다. 그때는 작은 다리들이 제대로 움직일 것이다. 방문들이 모두 닫혀 있는데 이제 정말 도와 달라고 외쳐야 할까? 그는 매우 난감한 상황에서도 이와 같은 생각에 이르자 미소를 억누를 수 없었다.

이제 그가 더 세게 몸을 흔들자 거의 균형을 잡을 수 없게 되었다. 그는 이제 곧 최종적인 판단을 해야 했다. 왜냐면 오 분 뒤면 일곱 시 십오 분이기 때문이다. 그때 현관에서 벨이 울렸다. "회사에서 누가 왔나 보다." 그렇게 그는 혼잣말을 하며 몸이 거의 굳어 버렸고, 그 동안에도 작은 다리들은 더욱 분주하게 춤을 추었다. 잠시 주위가 잠잠해졌다. "문을 열어주지 않을 거야." 그레고르는 중얼거리며 엉뚱한 희망에 사로잡혔다. 하지만 여느 때처럼 이번에도 하녀가 씩씩하게 현관으로 가서 문을 열었다. 그레고르는 방문객이 건넨 인사의 첫마디만 듣고도 그가 누구인지 금방 알았다. 바로 지배인이었다. 왜 유독 그레고르는 조금만 늦어도 곧장 큰 의심을 사는 회사에 다니는 신세가 되었나? 도대체 모든 직장인들이 다 건달이란 말인가? 그들 중에는 아침에 불과 몇 시간을 회사를 위해 사용하지 않으면 양심의 가책을 느껴서 이상하게 되어 결국 침대 신세를 지게 되는, 성실하고 헌신적인 사람이 없단 말인가? 굳이 필요하다면 견습 사원을 한 명 보내 물어보는 것만으로도 충분할 텐데 꼭 지배인이 직접 와야 했나? 그래서 죄 없는 가족 모두에게 이 사건은 의심스러우니 지배인이 직접 나서야 되는 일임을 알려야 했나? 여기까지 생각이 미치자 그레고르는 흥분해서, 올바른 판단에 따른 행동이 아니라 흥분해서 온 힘을 다해 몸을 흔들어 침대로부터 벗어났다. 큰 소리가 났지만 그렇게 요란스럽지는 않았다. 떨어지는 충격이 양탄자로 인해 다소 완화되었고, 등은 그레고르가 생각했던 것보다 훨씬 탄력적이었다. 그래서 그리 요란하지 않은 둔탁한 소리가 울렸다. 다만 머리를 조심해서 제대로 세웠어야 했는데 그러지 못해 부딪치고 말았다. 그는 화가 나고 아파서 머리를 돌려 양탄자에 문질렀다.

"저 안에서 뭔가가 떨어진 것 같습니다." 왼쪽 옆방에 있던 지배인이 말했다. 그레고르는 오늘 그가 겪는 것과 비슷한 일이 지배인에게도 한 번은 일어나지 않을까 하고 생각해 보았다. 그 가능성은 사실 인정해야 한다. 하지만 옆방에 있는 지배인은 이에 대해 거칠게 대답이라도 하듯이 이제 단호하게 몇 발자국 걸음을 떼었고, 그의 에나멜 구두로 인해 삐걱삐걱 소리가 났다. "오빠, 지배인이 왔어." 오른쪽 옆방에서 여동생이 그레고르에게 살며시 소곤거렸다. "알고 있어." 그레고르가 혼잣말을 했다. 하지만 여동생이 들을 수 있을 정도로 큰 소리를 낼 수는 없었다.

"그레고르." 이제 왼쪽 옆방에서 아버지가 말했다. "지배인님이 오셔서 네가 왜 새벽 기차를 타지 않았는지 물으시는구나. 어떻게 대답해야 될지 모르겠다. 그리고 지배인님이 너와 직접 얘기하고 싶으시단다. 제발 문을 좀 열거라. 네 방이 어질러졌어도 그에 대해선 개의치 않으실 게다." 그 사이에 지배인이 다정하게 외쳤다. "잠자 씨, 안녕하세요." 아버지가 문 앞에서 말을 건네는 중에 어머니는 지배인에게 말했다. "그 애는 몸이 좋질 않아요. 지배인님, 정말입니다. 그 애는 몸이 불편해요. 안 그러면 그레고르가 어떻게 기차를 놓치겠습니까! 저 애는 머릿속에 오로지 일 생각밖에 없답니다. 아이가 저녁에 단 한 번도 외출을 안 해서 제가 다 화가 날 지경입니다. 지금은 일주일 내내 시내에서 업무를 보았지만, 저녁마다 집에 있었습니다. 우리랑 같이 식탁에 앉아 조용히 신문을 보거나 아니면 기차 시간표를 살펴봅니다. 그 애는 실톱으로 무언가를 만들면서 스트레스를 풉니다. 예를 들어 지난 이틀, 사흘 저녁 내내 톱질을 해서 작은 액자를 만들었는데, 얼마나 잘 만들었는지 보면 놀라실 겁니다. 방 안에 걸려 있어요. 그레고르가 방문을 열면 바로 보실 수 있습니다. 아, 그리고 저는 지배인님이 오셔서 기쁩니다. 우리의 설득만으로는 그레고르가 문을 열지 않을 겁니다. 아주 고집이 세거든요. 분명히 저 애는 몸이 아픈데도 아침이라 거짓말하는 겁니다." "곧 나갈게요." 그레고르가 천천히 그리고 신중하게 말했고, 대화를 한 마디도 놓치지 않기 위해 가만히 있었다. "부인, 저 역시 다른 식으로는 설명이 안 됩니다." 지배인이 말했다. "별일이 아니기를 바랍니다. 그래도 제가 한 말씀 드리고 싶은 것은 우리처럼 사업하는 사람들은, 유감인지 다행인지 모르겠지만 몸이 약간 불편한 정도는 업무를 생각해서 대체로 그냥 견뎌내야 합니다." 참을성이 없는 아버지가 "그럼 이제 지배인님이 네 방에 들어가도 되겠니?" 하고 묻고 다시 방문을 두드렸다. "아니요." 그레고르가 말했다. 왼쪽 옆방에서는 난감한 침묵이 흘렀고, 오른쪽 옆방에서는 여동생이 흐느끼기 시작했다.

왜 여동생은 다른 사람한테 가지 않고 있지? 그녀는 아마 방금 일어나서 미처 옷도 갈아입지 못했을 것이다. 그런데 왜 울지? 오빠가 일어나지 않았고, 지배인에게 문을 열어주지 않는다고? 그가 직업을 잃을 위험에 처해서? 그것도 아니면 사장이 옛날에 부모님께 했던 요구들을 다시 반복하며 그들을 괴롭힐까 봐 그런가? 하지만 이런 것들은 지금 당장에는 쓸데없는 걱정들이다. 그레고르는 여전히 여기에 있고, 가족을 버릴 생각은 추호도 없었다. 그는 지금 이 순간에 양탄자 위에 누워있으며, 그의 상황을 아는 사람이라면 그 누구라도 그에게 지배인에게 방문을 열어주라고 진지하게 요구할 수는 없을 것이다. 하지만 나중에 적절한 이유를 댈 수 있는, 이런 사소한 결례 때문에 그레고르를 바로 회사에서 쫓아내지는 못할 것이다. 그레고르는 지금 가족들이 울고 애원하며 그를 방해하느니 차라리 그를 조용히 내버려 두는 게 훨씬 이성적이라고 여겼다. 하지만 바로 그 불확실성 때문에 다른 사람들이 압박감을 느끼고 또 그런 행동을 보이는 것도 사실이다.

"잠자 씨", 이제 지배인이 언성을 높여 말했다. "도대체 무슨 일입니까? 당신은 방에 틀어박혀서 예, 아니요라고만 답하며 당신의 부모님께 불필요하게 큰 걱정을 끼치고 있고, 이왕 말이 난 김에 얘기하지만 정말 황당한 방법으로 당신의 업무상 의무를 소홀히 하고 있습니다. 나는 여기서 당신 부모님과 사장을 대신해 말하고 있고, 즉시 명확한 설명을 해줄 것을 당신에게 매우 진지하게 요구합니다. 놀랍습니다, 놀라워요. 나는 당신이 조용하고 현명한 사람인 줄로 알고 있는데, 갑자기 이런 기이한 변덕을 부리는군요. 오늘 새벽에 사장님이 당신이 왜 태만한지 그럴싸한 이유를 슬쩍 흘리긴 했지만, 얼마 전에 당신에게 맡긴 수금 건 때문이라고. 나는 진짜 맹세하지만 그 이유는 아니라고 봅니다. 그런데 지금 여기서 당신의 그 이해할 수 없는 고집을 보니 조금이라도 당신의 입장을 두둔하려던 마음이 싹 가시는군요. 당신의 지위는 전혀 안전하지 않아요. 원래는 우리 둘만 있을 때 당신에게 그 점에 대해 말하려 했답니다. 그런데 당신이 여기서 나를 이렇게 하릴 없이 시간을 허비하게 하니, 내가 왜 이 사실을 당신의 부모님께 숨겨야 되는지 모르겠군요. 최근에 당신의 업무 성과는 무척 불만스럽습니다. 지금이 좋은 영업성과를 낼 시즌이 아니라는 건 우리도 알고 있어요. 그렇지만 장사가 안 되는 계절이란 원래 없는 법이고, 있어서도 안 되지요, 잠자 씨."

"하지만 지배인님." 그레고르가 자제력을 잃고 소리쳤으며 흥분해서 다른 것들은 생각할 겨를이 없었다. "즉시, 바로 지금 문을 열겠습니다. 몸이 좀 안 좋아서, 현기증이 좀 있어서 일어나지 못했습니다. 아직도 침대에 누워있습니다. 하지만 지금은 멀쩡합니다. 방금 일어났거든요. 잠시만 기다려 주세요! 생각만큼은 아직 좋지가 못합니다. 하지만 곧 괜찮을 겁니다. 어떻게 나에게 이런 일이 닥칠 수 있는지! 어제 저녁만 해도 아주 멀쩡했습니다. 제 부모님도 알고 있죠. 아니 어쩌면 어제 저녁에 약간 예감이 들었습니다. 제가 그것을 알아챘어야 했는데. 왜 제가 그걸 회사에는 알리지 않았는지! 그런데 사람들은 집에서 쉬지 않아도 병이 낫는다고 항상 생각합니다. 지배인님! 제 부모님께는 조심해 주십시오! 당신이 제게 하는 그 모든 비난은 근거가 없습니다. 누구도 나에게 그런 일로 말한 적은 단 한 번도 없답니다. 당신은 어쩌면 제가 당신께 보낸 마지막 주문서들을 읽지 않으셨나 봅니다. 어쨌든 여덟 시 기차를 타고 외근을 나가겠습니다. 몇 시간 휴식을 취했더니 힘이 납니다. 지배인님, 여기 계시지는 말아 주세요. 제가 곧 사무실로 출근할 테니, 부디 사장님께 말씀해 주시고 제 안부도 전해 주십시오!"

그레고르가 이 모든 말을 급하게 내뱉었지만 정작 자신은 무슨 말을 하는지 잘 알 수 없었다. 동시에 그는 옷장으로 다가가 그것을 짚고 일어나려 했다. 이미 침대에서 연습을 해서 그런지 쉽게 다가갈 수 있었다. 그는 정말 문을 열고 싶었고, 정말 자신의 모습을 보여주며 지배인과 얘기하고 싶었다. 그는 지금 자신을 그토록 찾는 사람들이 이 모습을 보면 무슨 말을 할지 몹시 궁금했다. 그들이 놀란다면 그건 그레고르의 책임이 아니니 그저 가만히 있으면 된다. 그런데 만일 그들이 모든 상황을 차분히 받아들인다면, 그레고르 역시 흥분할 이유가 없다. 그는 서두르면 정말 여덟 시에 역에 나갈 수 있다. 먼저 그는 매끄러운 옷장에서 몇 번 미끄러졌지만 몸에 반동을 세게 줘서 마침내 똑바로 설 수 있었다. 하복부가 심하게 따끔거리며 고통스러웠지만 전혀 개의치 않았다. 그는 가까이에 있는 의자 등받이를 향해 몸을 던지며 작은 다리들로 등받이 가장자리를 꽉 붙들었다. 결국 그는 그렇게 자기 몸의 균형을 잡게 되었고 조용히 있었다. 왜냐하면 이제 지배인이 하는 말을 엿들을 수 있었기 때문이다.

"한 마디라도 알아들으셨습니까?" 지배인이 부모님에게 물었다. "그가 우리를 놀리는 건 아니겠지요?" "오, 이를 어째." 어머니가 그새 울면서 소리쳤다. "그 애가 심하게 아픈지도 몰라요, 우리가 그 애를 괴롭히고 있어요. 그레테! 그레테!" 어머니가 소리쳤다. "왜요, 엄마?" 다른 편에 있던 여동생이 소리쳤다. 두 사람은 그레고르의 방을 사이에 두고 서로 얘기했다. "즉시 의사한테 다녀오너라. 그레고르가 아프단다. 속히 의사에게 도움을 요청해. 그레고르가 방금 말하는 소리를 들었니?" "동물의 목소리인데요." 지배인이 어머니의 외침과는 너무나 대비되게 나지막이 말했다. "안나! 안나!" 아버지가 현관 너머 부엌 쪽을 향해 소리치며 손뼉을 쳤다. "즉시 열쇠공을 데려와!" 어느새 두 소녀는 치맛자락 소리를 내며 현관을 순식간에 지나 - 여동생이 어떻게 저리 빨리 옷을 입었지? - 현관문을 열어 젖혔다. 문 닫는 소리가 전혀 들리지 않았다. 아마 문을 열어둔 것 같은데, 큰 불행이

닥친 집에서는 자주 있는 일이었다.

그러나 그레고르는 훨씬 침착해졌다. 사람들이 비록 그의 말을 더 이상 이해하지 못했지만, 자신이 생각하기에는 충분히 뚜렷했다, 아니 좀 더 뚜렷해졌다. 어쩌면 귀에 익숙해졌기 때문이리라. 하지만 어쨌건 사람들이 그가 온전한 상태가 아님을 믿게 되었고, 그를 도우려 했다. 그는 가장 먼저 행해진 안전 조처들에 신뢰를 느끼며 편안해졌다. 그는 다시 사람들의 무리에 속하게 되었음을 느꼈고, 의사와 열쇠공 중 누구이든 상관없으니 뛰어나고 놀라운 능력을 발휘해 줄 것을 기대했다. 그는 잠시 뒤에 있을 결정적인 대화에서 가능한 한 명확한 음성으로 말할 수 있게 살짝 헛기침을 하였다. 물론 매우 숨죽여 하느라고 애를 써야 했다. 그것은 어쩌면 이 소리마저도 인간의 기침과는 다르게 들릴 수 있기 때문이었다. 그 스스로는 이 차이를 더 이상 구분할 자신이 없었다. 그 사이 옆방이 아주 조용해졌다. 어쩌면 부모님이 지배인과 식탁에 앉아 귓속말을 주고받는지, 아니면 모두가 문에 기대어 방 안을 엿듣고 있는지 알 수 없었다.

그레고르가 천천히 소파를 밀면서 문 쪽으로 다가갔고, 거기에 소파를 내버려 둔 채 문을 향해 몸을 던져 마침내 문에 기대고 섰다. 그의 다리마다 끝부분에서 약간의 점액이 묻어났다. 거기까지 오느라 힘이 들어 잠시 쉬었다. 그리고는 열쇠구멍에 꽂혀 있는 열쇠를 입으로 돌려보려 했다. 아쉽게도 그는 제대로 된 이빨이 전혀 없는 것 같은데, - 이제 뭘로 열쇠를 잡지? - 하지만 그 대신에 턱이 매우 단단했다. 그는 턱을 이용해 정말 열쇠를 움직였지만, 그 과정에서 다칠 가능성이 높다는 것을 고려하지 못했다. 실제 그의 입에서 갈색 액체가 흘러나와 열쇠를 타고 바닥에 한 방울씩 떨어졌기 때문이다. "한번 들어 보세요." 옆방에서 지배인이 말했다. "그가 열쇠를 돌리고 있어요." 이 말이 그레고르에게 큰 격려가 되었다. 하지만 모두가 그를 응원했어야 했다, 아버지와 어머니까지도. "그레고르, 힘내. 좀 더 가까이, 열쇠구멍에 바짝 다가가!" 하고 외쳤어야 했다. 모두가 자신이 애쓰고 있음을 긴장하며 지켜보고 있다는 생각에, 그는 있는 힘을 다해 정신없이 열쇠를 꽉 물었다. 열쇠를 돌리는 방향에 따라 그가 열쇠구멍 주위로 빙 돌았다. 이제는 오직 입으로만 몸을 지탱하였고, 필요에 따라 열쇠에 매달리거나 또는 온 힘을 다해 열쇠를 아래로 눌렀다. 마침내 잠겨있던 방문이 찰칵하고 풀리는 경쾌한 소리에 그레고르는 제대로 정신이 번쩍 들었다. 그는 숨을 들이켜며 "거봐, 열쇠공 없이도 해냈어." 하고 혼잣말을 했다. 그리고 문을 활짝 열어젖히기 위해 머리로 문손잡이를 눌렀다.

그가 방문을 이렇게 열 수밖에 없었기에, 방문이 이제 활짝 젖혀졌지만 그의 모습은 보이지 않았다. 그는 천천히 한쪽 문짝을 타고 몸을 돌려야 했다, 아주 조심스럽게. 잘못하면 그가 거실에 들어서기도 전에 쿵 하고 뒤로 나자빠질 수도 있었다. 그는 여전히 힘겹게 움직이느라 다른 것에 신경 쓸 겨를이 없었다. 순간적으로 그는 지배인이 "아!" 하고 크게 소리 지르는 것을 - 마치 휙 하는 바람소리처럼 - 들었다. 이제 또 그는 지배인이, 그가 문에서 제일 가까이 서있었다, 벌어진 입을 손으로 막으며 마치 어떤 보이지 않는 지속적인 힘에 의해 쫓겨나듯이 천천히 뒷걸음치는 것을 보았다. 어머니는, 어머니는 지배인이 있었지만 자고 일어나 마구 헝클어진 머리 그대로였다. 어머니는 처음에는 두 손을 모은 채 아버지를 바라보다가 그레고르가 있는 쪽으로 두 발자국 다가서는가 싶더니 풀썩 주저앉았다. 순간 그녀가 입은 치마가 활짝 펼쳐지며 그녀의 몸을 감쌌다. 어머니의 얼굴은 가슴에 깊이 파묻혀 보이지 않았다. 아버지는 그레고르를 다시 방 안에 밀어 넣겠다는 듯이 적의에 찬 표정으로 주먹을 불끈 쥐고 불안하게 거실을 둘러보더니, 곧 양 손으로 눈을 가리고 튼튼한 가슴팍이 들썩일 정도로 울었다.

그레고르는 거실에 전혀 들어가지 않고, 대신 꽉 고정된 다른 쪽 문의 뒤에 기대고 섰다. 그로 인해 몸의 반쪽과 옆으로 기운 머리가 보였다. 그의 머리는 다른 사람들이 있는 쪽을 향하고 있었다. 어느새 날이 많이 밝아졌다. 길 건너편에는 서로 마주보며 놓인 한없이 긴, 진회색 건물의 일부가 선명하게 드러났다. 그것은 병원이었다. 그 건물의 전면에는 벽을 뚫어 낸 창문들이 규칙적으로 배열되어 있었다. 여전히 비가 내렸는데, 눈에 보일 만큼 커다란 빗방울들이 하나씩 땅에 떨어졌다. 식탁에는 아침 식사용 식기가 많이 놓여 있었다. 왜냐하면 아버지에게는 아침 식사가 하루 중 제일 중요한 식사였기 때문이다. 그는 여러 신문들을 보며 식사 시간을 몇 시간씩 끌었다. 바로 맞은편 벽에는 그레고르의 군대 사진이 하나 걸려 있었다. 그가 소위 때였는데, 사진 속의 그는 군도(軍刀)에 손을 얹고 걱정 없이 미소를 띠면서 그의 자세와 제복을 존중해 줄 것을 요구하고 있었다. 현관방으로 난 문은 열려 있었다. 현관문 또한 열려 있었기에 현관 입구와 내려가는 계단의 윗부분을 볼 수 있었다.

"이제", 입을 연 그레고르는 차분한 상태를 유지하고 있는 사람은 오직 자기밖에 없음을 알았다. "즉시 옷을 입고 견본을 꾸려서 출발하겠습니다. 제가, 제가 출발하도록 해 주실 거죠? 그리고, 지배인님, 보시는 것처럼 저는 고집불통이 아니고 일하는 걸 좋아합니다. 출장이 힘들지만 저는 출장 없이는 살 수 없습니다. 지배인님, 어디로 가실 건지요? 회사로 들어가십니까? 그렇습니까? 모든 것을 사실대로 보고해 주시겠습니까? 제가 현재는 일할 상황이 못 되지만 지금이야말로 과거의 실적들을 떠올려 보고, 또 지금의 장애물들이 없어지고 나면 나중엔 더 열심히 힘내서 일하겠노라고 다짐해 보는 적절한 때라고 봅니다. 예, 저는 사장님께 당연히 그럴 의무가 있지요, 잘 아시지 않습니까. 게다가 저는 부모님과 여동생이 걱정이 됩니다. 전 지금 난처한 상황에 빠졌지만 다시 벗어날 겁니다. 저를 지금보다 더 힘든 상황으로 내몰진 말아 주십시오. 회사에서 제 편이 되어 주세요! 사람들이 외무사원을 좋아하지 않는다는 걸 저도 압니다. 우리가 무슨 떼돈을 벌어 풍족한 삶을 누린다고 생각들을 하죠. 사람들은 이런 편견이 과연 올바른지 제대로 따져 볼 생각조차 안 합니다. 하지만, 지배인님, 당신은, 당신은 이런 상황들을 그 어떤 직원보다도 더 잘 알고 계시지 않습니까? 심지어, 예 정말 믿고 말씀드립니다만, 사장님보다도 더 잘 아시잖습니까? 사장님은 회사의 주인이다 보니 직원에게 불리한 판단을 하기가 쉽습니다. 지배인님도 잘 아시겠지만, 외무사원은 거의 일 년 내내 회사 바깥에서 지내며 온갖 수다와 갑작스러운 일정 변경들, 또 근거 없는 항의들을 참아내야 합니다. 그런 일들을 버텨내기란 정말 불가능합니다. 왜냐하면 대개는 그런 일을 전혀 인식하지 못하고 있다가 힘들게 외근을 마치고 귀가하면 그때서야 비로소 원인을 알 수 없는, 나쁜 병들이 몸 여기저기서 나타납니다. 지배인님, 가시기 전에 적어도 일부는 제 말이 옳다고 한 마디라도 해주십시오!"

그러나 지배인은 그레고르가 첫 마디를 내뱉는 순간 이미 몸을 돌렸고, 입술을 삐죽 내민 채 고개를 돌려 움츠러든 어깨 너머로 그레고르를 쳐다볼 뿐이었다. 그는 그레고르가 말하는 동안 잠시도 가만히 있지 못하고 문 쪽으로 물러났다. 마치 방을 벗어나선 안 된다는 비밀 계율이라도 존재하는 것처럼 아주 천천히 움직였다. 그 순간에도 지배인은 그레고르에게서 시선을 떼지 않았다. 그는 어느새 현관방에 다다랐다. 거실을 벗어나는 마지막 순간에 그는 후다닥 하고 뛰쳐나갔는데, 그 모습이 마치 방금 발바닥에 불이 붙은 것 같았다. 그가 현관에서 계단 쪽으로 오른팔을 쭉 내미는데, 이 광경은 마치 그곳에서 어떤 초자연적인 구원이 그를 기다리고 있는 것 같았다.

그레고르는 지배인이 절대 이런 기분으로 돌아가게 할 수 없었다. 그랬다가는 회사에서 자신의 위치가 매우 위협받게 될 것이다. 부모님은 이 모든 걸 잘 이해하지 못했다. 그들은 지난 수 년 동안 그레고르가 지금 다니는 회사에서 노후를 보장받은 줄로 믿고 있었다. 더군다나 두 분은 지금 눈앞에 펼쳐진 문제에만 신경을 쓰느라 전혀 앞일을 생각하지 못했다. 하지만 그레고르는 앞일을 생각했다. 지배인을 붙들고 안정을 시킨 뒤, 또 설득을 해서 꼭 우리 편으로 만들어야 했다. 그레테와 가족의 미래가 온전히 거기에 달려있었다! 여동생이 여기 있으면 좋으련만! 그 애는 똑똑하다. 여동생은 그레고르가 아까 조용히 누워있을 때 벌써 울었다. 지배인은 여자한테는 약하니까 여동생이 나서면 틀림없이 가던 발걸음을 돌릴 것이다. 여동생은 일단 현관문을 닫고, 현관방에서 대화를 통해 그의 놀란 마음을 가라앉힐 수 있을 것이다. 그런데 지금 여동생이 없으니, 그레고르가 직접 나서야 했다. 그는 자신이 현재 몸을 움직일 수 없다는 것, 또 자신이 하는 말을 남들이 어쩌면 아니 십중팔구 이해하지 못한다는 것을 생각하지 않은 채, 기대고 있던 문짝에서 몸을 뗐다. 그는 몸을 밀어서 열린 문을 통과하고, 지배인이 있는 쪽으로 가려고 했다. 이미 현관 앞까지 나간 지배인은 우스꽝스럽게 두 손으로 난간을 꽉 움켜쥐고 있었다. 그레고르는 하지만 바로 그 순간 지탱할 곳을 찾다가 짧게 비명을 지르며 작은 다리들을 바닥에 짚으며 풀썩 쓰러졌다. 그와 동시에 그는 이날 아침 처음으로 몸이 편안함을 느꼈다. 그의 작은 다리들이 단단히 바닥을 딛고 섰다. 그는 다리들이 원하는 대로 움직인다는 것을 알고 너무도 기뻤다. 다리들은 심지어 그가 가고자 하는 방향으로 그를 운반하려고 애를 썼다. 어느새 그는 이제 곧 모든 고통이 사라질 것이라고 믿었다. 그는 조심스럽게 흔들거리며, 어머니에게서 그리 떨어지지 않은 지점에서 그녀를 마주보며 바닥에 웅크렸다. 그러나 이와 동시에, 깊은 생각에 잠긴 것 같았던 어머니가 갑자기 벌떡 일어서서 양팔을 넓게 벌리고 손바닥을 편 채로 "도와주세요, 제발 도와주세요!" 하고 소리쳤다. 어머니는 그레고르를 더 자세히 보려는 듯 고개를 한쪽으로 기울였다. 그런데 오히려 정반대로 정신없이 뒤로 달아났다. 그녀는 뒤편에 식사를 차려놓은 식탁이 있다는 걸 잊었다. 식탁 옆으로 가서 정신이 나간 듯이 급하게 그 위에 걸터앉았다. 그녀는 옆에 놓인 큰 커피주전자가 넘어지면서 바닥의 양탄자에 커피가 콸콸 쏟아지는 것을 전혀 알아차리지 못하는 것 같았다.

"어머니, 어머니." 그레고르는 조용히 어머니를 부르며 위로 올려다보았다. 잠시 지배인에 대한 생각은 완전히 잊었다. 커피가 흘러내리는 것을 보고 그는 자기도 모르게 몇 번이나 허공을 향해 턱을 움직여 커피를 핥으려 했다. 그 광경에 어머니가 다시 소리를 지르며 식탁에서 도망을 쳤고, 어머니 쪽으로 급히 달려온 아버지가 쓰러지는 그녀를 팔로 부축했다. 하지만 그레고르는 부모님을 생각할 겨를이 없었다. 지배인이 어느새 계단에 가 있었다. 그는 난간에 턱을 댄 채 마지막으로 뒤를 돌아다보았다. 그레고르는 어떻게 해서라도 그를 따라잡으려고 내달았다. 지배인이 계단을 한 번에 몇 칸씩 뛰어서 밖으로 사라지는 걸 보아 그는 무언가를 예감한 게 틀림없다. 그가 "휴!" 하고 크게 내뱉는 소리가 계단 전체에 울렸다. 그런데 유감스럽게도 지배인이 이렇게 도망쳐버리자 그때까지 비교적 평정심을 유지하던 아버지가 몹시 당황하는 것 같았다. 왜냐면 아버지는 본인이 직접 지배인을 뒤따라가거나 아니면 적어도 그를 뒤좇는 그레고르를 가로막지는 말았어야 했는데, 오히려 오른손으로는 지배인의 지팡이를 쥐고 - 그가 지팡이와 모자, 외투를 소파에 그대로 두고 갔다 - , 왼손으로는 식탁에 있던 큰 신문을 쥐고 양손을 흔들었고, 발로 바닥을 쿵쿵거리며 그레고르를 그의 방으로 밀어 넣으려 했다. 그레고르가 아무리 애원해도 소용이 없었고, 또 그의 애원을 이해하지도 못했다. 그가 고분고분하게 고개를 돌리는 순간에도 아버지는 발로 더욱 세게 바닥을 구를 뿐이었다. 저쪽 편에서는 어머니가 서늘한 날씨임에도 불구하고 창문을 활짝 열고 바깥을 향해 기댄 채, 손으로 감싼 얼굴을 창밖으로 쭉 내밀었다. 골목과 복도 계단을 통해 강한 바람이 들어왔다. 커튼이 날렸고, 식탁에 놓인 신문들이 바스락거렸으며 그중 몇 장은 바람에 실려 바닥으로 떨어졌다. 아버지가 무자비하게 몰아대면서 쉭쉭 소리를 내는데, 마치 야만인 같았다. 그런데 그레고르는 아직 한 번도 뒤로 걷는 연습을 해본 적이 없어서 매우 느릿느릿 움직였다. 그가 몸을 돌릴 수만 있다면 바로 방에 도달할 텐데. 하지만 그가 방향을 바꾸느라 시간을 끌면 아버지가 인내심을 잃고, 언제라도 손에 쥐고 있는 지팡이로 자신의 등이나 머리에 치명타를 가할까 봐 겁이 났다. 그럼에도 결국엔 다른 방법이 없었다. 그는 뒷걸음으로는 전혀 방향을 잡을 수 없다는 걸 알고 깜짝 놀랐기 때문에, 그는 겁먹은 표정으로 끊임없이 아버지를 곁눈질하면서 최대한 신속히 - 그러나 실제로는 매우 느렸다 - 방향을 틀기 시작했다. 아버지가 어쩌면 그의 선의를 알아챘는지 그는 그레고르의 움직임을 방해하지 않고, 오히려 멀찌감치 떨어진 곳에서 막대기 끝을 이리저리 움직이며 회전 동작을 지휘했다. 아버지가 제발 저 견디기 힘든 쉭쉭 소리만 좀 내지 않으면 좋겠는데! 그레고르는 그 소리에 정신이 없었다. 이미 거의 다 방향을 틀었을 때쯤, 그는 계속되는 이 쉭쉭 소리에 헷갈려서 다시 다른 방향으로 다시 몸을 살짝 돌리기도 했다. 마침내 다행히 그는 머리 쪽부터 문 출입구에 다다랐다. 그런데 그의 몸이 너무 커서 문을 쉽게 통과할 수가 없었다. 지금 아버지는 그레고르가 충분히 통과하도록 한쪽 문을 마저 열어주고 싶은 마음이 추호도 없었다. 오로지 그는 그레고르가 최대한 빨리 자기 방으로 돌아가는 것만 생각했다. 그레고르가 몸을 일으켜 세우고 어쩌면 그 상태에서 문을 통과하기 위해 어떤 준비들이 필요했다고 한들, 아버지는 그 번거로움을 결코 허용하지 않았을 것이다. 오히려 아무런 장애물이 없다는 듯이 이제는 요란한 소리를 내며 그레고르를 계속 앞쪽으로 몰았다. 그레고르의 등 뒤로 들리는 소리는 더 이상 하나밖에 없는 유일한 아버지의 음성이 아니었다. 이제 정말 더는 재미가 없었다. 그레고르는 문 안쪽으로 - 될대로 되라지! - 밀치고 들어갔다. 그의 몸 한쪽이 들린 채 비스듬히 문 통로에 껴버렸다. 한쪽 옆구리가 상처가 나도록 문에 쓸리며 하얀색 문에 혐오스러운 얼룩을 남겼다. 곧 그는 꽉 끼어서 혼자서는 도저히 움직일 수 없었다. 한쪽 편 다리들은 허공을 향한 채 바르르 떨고 있었고, 다른 편 다리들은 고통스럽게 바닥에 짓눌려있었다. 그때 아버지가 뒤편에서 그레고르를 정말 구원이라도 하듯 강한 충격을 가했고, 그는 심하게 피를 흘리며 멀리 날아 방 안으로 떨어졌다. 아버지는 지팡이로 쳐서 문을 닫아버렸고 마침내 조용해졌다.

II

저녁 어스름이 질 무렵이 되어서야 비로소 그레고르는 혼수상태 같은 깊은 잠에서 깨어났다. 그는 충분히 휴식과 수면을 취한 것 같아서 누가 방해하지 않았어도 분명 늦게까지 오래 자지는 않았을 것이다. 그런데 그는 재빠른 발걸음 소리와 또 현관방으로 연결된 문을 조심히 잠그는 소리에 잠이 깬 것 같았다. 방 천장과 방 안에 놓인 가구들의 위쪽 여기저기에 거리의 가로등 불빛이 희미하게 비쳤지만, 그레고르가 누워있는 아래쪽은 어두웠다. 그는 아직은 서툴게 촉수를 더듬거리면서 - 촉수가 왜 중요한지 이제야 비로소 알았다 - 밖에서 무슨 일이 벌어지는지를 보기 위해 문 쪽으로 천천히 몸을 움직였다. 그의 왼쪽 옆구리에 길게 난 불쾌한 상처 한 군데가 당기는 느낌이 들었고, 그는 양측의 자그마한 다리들을 많이 절룩거릴 수밖에 없었다. 게다가 오전에 있었던 소동으로 인해 심하게 다친 다리는 힘없이 질질 끌렸다. 다리 하나만 다친 건 거의 기적이었다.

그는 방문 앞에 다가가서야 무엇이 그를 이곳으로 유인했는지 알 수 있었다. 그것은 어떤 음식 냄새 때문이었다. 신선한 우유를 담은 그릇이 하나 놓여 있었는데, 잘게 썬 흰 빵조각을 우유에 띄워 놓았다. 아침 때보다 더 배가 고팠던 그는 하마터면 기뻐서 웃을 뻔했다. 그는 당장 눈가가 닿을 정도로 우유 속에 머리를 처박았다. 하지만 곧 실망해서 머리를 뺐다. 옆구리의 통증 때문에 먹기가 힘들기도 했고, 숨이 가쁘게 몸 전체를 움직여야 겨우 먹을 수 있었다. 게다가 우유가 전혀 맛이 없었다. 평소 그가 제일 즐겨 마시던 음료였고, 또 분명히 그 때문에 여동생이 우유를 가져다 놓았을 것이다. 그는 어쩔 수 없는 심정으로 우유 그릇을 뒤로하고 다시 방 한가운데로 기어갔다.

그레고르가 문틈으로 내다보니, 거실에 가스등이 켜졌다. 그런데 보통 이맘때 같으면 아버지가 오후에 나온 석간신문을 어머니와 때로는 여동생도 함께 있는 자리에서 목소리를 높여 읽어주곤 했는데, 지금은 아무런 소리도 들리지 않았다. 어쩌면 여동생이 늘 이야기하고 또 편지에도 쓰곤 했던 신문 읽어주기가 최근에는 전혀 없는 모양이다. 집안이 비어 있는 것도 아닌데 주위가 너무도 고요했다. "가족들이 매우 조용히 사는구나." 그레고르가 혼잣말을 했다. 그는 어둠 속을 응시하며, 자신의 노력으로 부모와 여동생이 이렇게 아름다운 집에서 이 같은 삶을 살 수 있게 된 것에 대해 큰 자부심을 느꼈다. 그러나 지금 이 모든 평온과 윤택한 생활, 그리고 일체의 만족감이 끔찍스러운 결말로 끝난다면 어떻게 될까? 그레고르는 그와 같은 생각에 빠지지 않기 위해 차라리 몸을 움직이며 방 안을 이리저리 기어 다녔다.

긴 저녁 시간 동안 한번은 이쪽 옆문이, 또 어떤 때는 다른 쪽 옆문이 살짝 열렸다가 금방 다시 닫혔다. 누군가가 방 안에 들어올 일이 있는데 매우 주저하는 것 같았다. 그레고르는 문 쪽으로 바짝 다가갔고, 머뭇거리고 있는 사람을 어떻게든 안으로 들어오게 해줘야겠다고, 아니 최소한 그 사람이 누구인지를 알아야겠다고 마음먹었다. 그런데 이제 더 이상 문이 열리지 않았고, 그레고르는 하릴없이 기다리기만 했다. 아침에 문들이 잠겨있을 때에는 모두가 그의 방으로 들어오려 하더니, 정작 그가 지금처럼 문 하나를 열어놓거나 또는 다른 문들이 열려 있는 낮 시간에는 아무도 오지 않았고, 이제는 바깥쪽 열쇠구멍에 열쇠를 꽂아두기까지 했다.

밤이 늦어서야 비로소 거실의 불빛이 꺼졌다. 부모님과 여동생이 그때까지 자지 않고 있었다는 걸 쉽게 알 수 있었다. 그들이 지금 발끝을 세우고 조심히 물러가는 게 뚜렷이 들렸기 때문이다. 이제 분명 아침까지는 누구도 그레고르가 있는 방에 들어오지 않을 것이다. 말하자면 그는 이제 자신의 삶을 어떻게 새롭게 설정해야 할지를 방해 없이 긴 시간 동안 생각할 수 있게 된 셈이다. 떠밀려 들어간 방에서 그는 바닥에 납작하게 엎드려 있었다. 천장이 높고 텅 빈 방이 그를 불안하게 만들었다. 그가 오 년째 살고 있는 방인데 왜 그런지 이유를 알 수 없었다. 그는 반은 무의식적인 몸놀림으로 살짝 부끄러워하면서 얼른 소파 밑으로 들어갔다. 등을 좀 구부려야 하고, 머리를 더 이상 치켜들 수 없었지만 금방 그곳이 너무 편하게 느껴졌다. 단지, 몸이 너무 넓어 소파 밑으로 완전히 들어갈 수 없는 게 아쉬울 따름이었다.

그곳에서 그는 밤새 머물렀다. 반수면 상태로 있다가 굶주림에 깜짝 놀라 수차례 잠에서 깨어나는가 하면, 또 어떤 때는 걱정도 하고 막연한 희망을 품기도 했다. 그러나 언제나 결론은 자신이 당분간 차분히 행동해야 하고, 또 그의 현재 상태가 가족에게 초래한 불쾌한 일들을 견뎌내기 위해 인내하고 가족을 최대한 배려해야 한다는 점이었다.

바로 다음날 아침 일찍, 아직은 거의 밤이었다, 그레고르는 자신이 방금 한 결심을 시험해 볼 기회가 있었다. 옷을 거의 다 입은 여동생이 현관방 쪽에서 방문을 열고 긴장한 채 안을 들여다보았다. 처음엔 그레고르를 찾지 못하다가 소파 밑에 들어가 있는 그를 발견하고는 소스라치게 놀라서 - 젠장, 그도 어딘가에 있어야지, 날아서 어디론가 도망칠 수는 없잖은가! - 자제력을 잃고 다시 바깥에서 문을 닫아버렸다. 하지만 여동생은 자신의 행동을 후회하듯이 이내 방문을 열고 마치 중환자나 아니면 낯선 사람에게 다가갈 때처럼 발끝을 들고 걸어 들어왔다. 그레고르가 소파의 바깥쪽까지 머리를 내밀고 그녀를 관찰하였다. 여동생은 그가 우유를 그대로 둔 것을 눈치 챘을까, 결코 배가 덜 고파서 그런 게 아니라는 것도? 그녀가 그레고르에게 더 잘 맞는 다른 음식을 들여올까? 여동생이 스스로 그리 하지 않는다면, 그는 차라리 굶어죽을지언정 여동생에게 일부러 그런 점을 알리고 싶지는 않았다. 그럼에도 그는 소파 밑에서 기어 나와 여동생의 발치에 엎드려 뭔가 맛있는 음식을 달라고 그녀에게 간청하고 싶은 마음이 강하게 솟구쳤다. 하지만 놀랍게도 여동생은 그릇의 주위에 우유가 조금 흘렀을 뿐, 여전히 가득 차 있음을 즉시 알아챘다. 곧장 그녀는 맨손 대신 걸레로 그릇을 집어 들고 밖으로 나갔다. 그레고르는 여동생이 그 대신 뭘 가지고 올지 몹시 궁금했고, 그에 대해 온갖 상상을 다 해보았다. 하지만 착한 여동생이 실제로 한 일을 그는 결코 알아맞힐 수 없었으리라! 그녀는 그레고르의 입맛을 알아보기 위해 여러 종류의 음식을 낡은 신문지 위에 펼쳐서 가져왔다. 반쯤 상한 오래된 야채, 흰색 소스가 굳어 엉겨있는, 저녁식사 때 먹고 남은 뼈, 건포도와 편도 몇 개, 그레고르가 이틀 전에 맛없어서 못 먹겠다고 했던 치즈, 마른 빵, 버터를 바른 빵, 버터를 바르고 그 위에 소금을 뿌린 빵 등이 놓여 있었다. 게다가 그녀는 이 음식들 곁에 이제 어쩌면 완전히 그의 전용이 된 그릇도 함께 두었는데, 그 안에는 물이 담겨 있었다. 다정스러운 동생은 그레고르가 자기가 있는 데서는 먹지 않을 것임을 알았기에 신속히 자리를 떴으며, 심지어 그레고르에게 원하는 대로 편히 행동하라고 일부러 알려주기 위해 밖에서 열쇠로 잠그기까지 했다. 그레고르가 음식이 있는 쪽으로 갈 때 작은 다리들이 윙윙거리는 소리를 냈다. 그러고 보니 그의 몸에 난 상처가 이미 완전히 다 나은 듯했다, 더 이상 불편함을 느끼지 못했다. 그는 이 점을 의아스럽게 생각하며, 한 달도 더 전에 칼에 손가락을 살짝 베인 적이 있었고 불과 그저께까지도 제법 아팠던 기억을 떠올렸다. 그는 "섬세한 감각이 둔해졌다는 건가?" 하고 생각하며 어느새 치즈를 게걸스럽게 갉아먹기 시작했다. 다른 어떤 음식보다도 치즈가 즉각적이고도 강렬하게 그를 유혹했다. 그는 만족스러움에 눈물을 흘리며 치즈와 야채, 소스를 허겁지겁 연달아 먹었다. 하지만 신선한 음식들은 전혀 맛이 없었고 심지어 냄새조차 역겨워, 그가 먹을 음식은 옆쪽으로 끌어당겼다. 이윽고 여동생이 그레고르에게 뒤로 물러나라는 의미로 열쇠를 천천히 돌렸을 때, 그는 벌써 음식을 다 먹고 굼뜬 채로 똑같은 자리에 그대로 있었다. 이미 거의 잠들 뻔했던 그는 달그락거리는 소리에 깜짝 놀랐고, 서둘러 소파 밑으로 기어들어갔다. 하지만 여동생이 방 안에 머문 잠깐 동안 소파 밑에 있기 위해선 꽤나 자기극복이 요구됐다. 왜냐면 배불리 먹은 탓에 몸뚱이가 약간 불룩해졌고, 소파 밑 좁은 곳에서 숨쉬기가 힘들었기 때문이다. 그는 곧 질식할 듯이 가벼운 경련을 일으켰고, 눈이 살짝 부어서 튀어나왔다. 아무것도 모르는 동생은 그레고르가 먹다 남은 음식찌꺼기는 물론 심지어 그가 전혀 손대지 않은 음식들까지도 빗자루로 쓸어 담았다, 마치 이 음식들은 더 이상 필요가 없다는 듯이. 그녀는 이 음식물들을 급하게 양동이에 쏟아 부은 뒤 나무뚜껑으로 덮고, 그것을 밖으로 들고 나갔다. 모든 과정을 물끄러미 쳐다보던 그레고르는 여동생이 뒤돌아서 나가자마자 소파에서 기어 나와 몸을 쭉 펴서 부풀렸다.

이제 그레고르는 매일 이런 식으로 음식을 받았다. 한 번은 부모님과 하녀가 아직 자는 동안에, 또 한 번은 모두가 점심식사를 마친 후였다. 이때는 부모님 역시 잠깐 낮잠을 주무시고, 동생이 하녀에게 뭔가 심부름을 시켜 밖으로 내보낸 뒤였다. 분명히 가족들도 그레고르가 굶어죽는 걸 원치 않았다. 하지만 어쩌면 그들은 그레고르의 식사에 대해 간접적으로 들은 것 이상은 알고 싶지 않은 것 같았다. 어쩌면 여동생은 부모님들의 슬픔을 가능하다면 조금이라도 덜어주려 한 것 같았다. 사실 그들이 지금 당하는 고통만으로도 충분했다.

일이 벌어진 그 첫날 아침, 어떤 핑계를 대면서 의사와 열쇠공을 다시 집 밖으로 내보냈는지 그레고르는 알 수 없었다. 아무도 그를 이해하지 못했기 때문에 어느 누구도, 심지어 여동생도 그레고르가 다른 사람들의 말을 이해할 수 있다고 생각하지 않았다. 그래서 그는 여동생이 그의 방에 있을 때 가끔씩 한숨을 내쉬거나 '하느님' 하고 부르는 소리를 듣는 것에 만족해야 했다. 여동생이 이 모든 상황에 어느 정도 적응이 된 이후 - 완전하게 적응이 된다는 것은 물론 있을 수 없는 일이다 - 가끔씩 우호적으로 내뱉은 말을, 아니 최소한 그렇게 받아들여도 되는 말을 그레고르는 포착할 수 있었다. 그녀는 그레고르가 음식을 부지런하게 먹어치울 때면 "오늘은 맛이 있었나 보네." 하고 말을 했다. 반면에 그 반대의 경우에는, 이런 일이 점점 더 자주 반복되었다, "또 전부 그대로네." 하고 거의 슬프게 말하곤 했다.

그레고르가 새로운 소식을 직접 접하지 못하는 동안에도, 여러 가지를 옆방을 통해 엿들을 수 있었다. 어디선가 말소리가 들리면 그는 즉시 소리가 나는 문 쪽으로 이동해 문에 온몸을 바짝 붙였다. 특히 처음 며칠간은 어떤 식으로든, 설령 비밀스러운 속삭임조차도 그와 연관되지 않은 얘기가 없었다. 이틀 동안 매번 식사 때마다 이제 어떻게 해야 되는지 의논하는 걸 들을 수 있었다. 또 식사가 없는 때에도 같은 주제로 대화를 했는데, 왜냐면 언제나 최소한 두 명은 집에 있었기 때문이다. 아마 누구도 혼자 집에 있으려 하지 않았고, 또 그렇다고 집을 절대 비워둘 수도 없었기 때문일 것이다. 하녀 역시 바로 첫날 - 그녀가 이번 일에 대해 뭘 얼마나 알고 있는지 분명치 않았다 - 어머니에게 무릎을 꿇고 즉시 그만두게 해달라고 간청했다. 이렇게 한 십오 분을 버티다 가도 좋다고 하자, 그녀는 마치 큰 은혜를 입은 듯 눈물을 보이며 해고해준 걸 고마워했다. 그리고 요구하지도 않았는데 아무에게도 결코 단 한마디 하지 않겠노라고 단단히 맹세했다.

이제 여동생은 어머니와 함께 요리도 해야 했다. 물론 식구들이 거의 먹지 않았기 때문에 크게 힘이 들진 않았다. 그레고르가 계속 반복해서 들은 것은, 누군가가 다른 사람에게 식사를 권하고 다른 사람은 "괜찮아, 배가 안 고파."라고 말하거나 이와 비슷한 대답을 할 뿐이었다. 어쩌면 술도 안 마시는 듯 했다. 종종 여동생이 아버지에게 맥주를 마시겠느냐고 물으며 자기가 직접 가져다주겠다고 말했다. 아버지가 이에 대해 아무 말이 없자, 여동생은 아버지의 염려를 덜어주고자 관리인 아주머니에게 가져다달라고 부탁할 수도 있다고 말했다. 그러나 아버지가 결국 "필요 없다." 하고 단호히 말했고, 더 이상은 그에 대해 얘기하지 않았다.

첫날 아버지는 어머니뿐 아니라 여동생에게까지 전반적인 재정 상태와 향후 전망을 설명했다. 아버지는 중간중간에 탁자에서 일어나 그가 오 년 전에 사업이 망했을 때 건져낸 작은 비밀금고에서 무슨 영수증과 장부를 들고 왔다. 그가 복잡한 자물쇠를 열어서 찾는 것을 꺼낸 후, 다시 잠그는 소리가 들렸다. 지금 아버지가 하시는 설명은 부분적으로는 그레고르가 감금된 이후 들은 말 중에 처음으로 기쁜 내용이었다. 그는 당시 사업이 부도가 나면서 아버지 앞으로 남은 돈이 한 푼도 없는 걸로 알고 있었다. 아니 최소한 아버지는 그렇지 않다고 부정한 적이 없었고, 그레고르 역시 아버지에게 그 일에 대해 묻지도 않았다. 당시 가족 모두가 완전히 절망에 빠져있었고, 그레고르는 그들이 사업상의 불운을 가능한 한 빨리 잊도록 모든 걸 다 바치는 것에 몰두했다. 그렇게 그는 당시에 온 힘을 다해 일하기 시작했고, 하룻밤 새에 한낱 점원에서 외무사원이 되었다. 당연히 외무사원은 돈 벌 기회가 많았으며, 그가 계약을 성사시킬 때마다 바로 커미션의 형태로 현금을 받았다. 그가 그렇게 번 돈을 집에 와서 탁자에 내려놓으면 가족들은 놀라고 행복해했다. 정말 행복한 시절이었다. 그 후로는, 적어도 그때만큼 화려한 시절은 다시 돌아오지 않았다. 그럼에도 불구하고 그레고르는 나중에 가족 모두의 생계를 꾸릴 정도의 돈을 벌었고, 또 실제로 가계를 책임졌다. 모두가 그런 생활에 익숙해졌다, 가족도, 그레고르도. 가족들은 감사하게 돈을 받았고, 그레고르는 기꺼이 내놓았다. 그렇다고 특별히 따뜻하게 대해주지는 않았다. 여동생만이 그레고르와 가깝게 지냈다. 그레고르는 자신과 달리 음악을 매우 사랑하고 바이올린을 감동적으로 연주하는 여동생을 내년에 아무리 큰 비용이 들더라도 음악학교에 보낼 계획을 남몰래 갖고 있었다. 비용 같은 것은 어떻게든 댈 수 있을 것이다. 그레고르는 외근 중간에 잠깐 집에 머물게 되어 여동생과 대화를 나눌 때면, 가끔씩 음악학교를 언급하곤 했었다. 하지만 언제나 실현 가능성이 전혀 없는 아름다운 꿈 정도로 여겼고, 부모님은 이에 대해 그냥 언급하는 것조차 싫어하셨다. 그러나 그레고르의 생각은 매우 구체적이었고, 크리스마스 저녁 때 이 계획을 멋지게 공포하려 했다.

이처럼 그의 현재 상태에서 전혀 쓸데없는 생각들이 머릿속을 스치고 지나는 동안에도 그는 문 옆에 달라붙어서 엿듣고 있었다. 때때로 피곤해서 더 이상 귀를 기울일 수 없었다. 방심해서 머리가 아래로 쳐지며 문에 부딪치기도 했지만 금방 다시 고개에 힘을 주었다. 그렇지 않으면 아무리 작은 소리라도 옆방의 가족들에게 들릴 것이고, 모두를 침묵하게 만들었기 때문이다. 잠시 후 아버지는, 아마도 문 쪽을 향해 "재가 또 무슨 짓을 하는 건지."라고 말했다. 그리고 나서야 중단되었던 대화가 서서히 다시 이어졌다.

그레고르는 불행 중에도 당시 재산이 정말 아주 조금 남아 있었고, 또 그 돈에서 생긴 이자를 그대로 두어서 돈이 약간 불었다는 것을 이제 자세히 듣게 되었다. 아버지가 이런저런 설명을 하면서 자주 똑같은 말을 반복해서 말했는데, 그것은 부분적으로는 아버지 본인도 한동안 이런 일에 손을 놓아 자신도 익숙하지 못했고, 또 다른 한편으로는 어머니가 한번 설명해서는 다 이해하지 못했기 때문에 그랬다. 그 외에도 그레고르가 매달 자신을 위해서는 겨우 몇 푼밖에 쓰지 않고 집에 들고 온 돈을 전부 쓰지 않고 소규모 자본이 되도록 모아두었다. 그레고르는 문 뒤에서 열심히 고개를 끄덕였고, 전혀 예상치 못한 신중함과 절약 태도에 기뻤다. 사실 이렇게 돈이 남는 줄 알았더라면 그는 아버지가 사장님에게 진 빚을 더 갚을 수 있었고, 이 직장을 그만둘 수 있는 날도 훨씬 앞당길 수 있었을 것이다. 하지만 지금은 의심할 여지 없이 아버지의 방식이 더 나았다.

하지만 그 돈은 가족들이 이자를 받는다든지 해서 살기엔 어림도 없었다. 어쩌면 가족들이 일 년, 최대한 이 년 정도는 버틸 수 있지만 더 이상은 불가능했다. 말하자면, 그 액수는 사실상 손을 대서는 안 되고 급할 때를 위해 비축해두어야 하는 정도였다. 그러나 살기 위해서는 돈을 벌어야 한다. 그리고 아버지는 비록 건강하긴 해도 나이가 들었고, 벌써 오 년째 아무 일도 하지 않아서 그에게 너무 많은 것을 바랄 수는 없었다. 아버지의 힘겨웠던 그러나 결과적으로 실패한 인생에서 처음 갖는 휴식인 지난 오년의 세월 동안 그는 살이 많이 쪘고, 그로 인해 행동이 매우 둔해졌다. 그러면 이제 어쩌면 나이 든 어머니가 돈을 벌어야 하나? 그녀는 천식을 앓고 있어서 집 안을 걸어 다니는 것만으로도 힘이 들고, 호흡곤란 때문에 이틀에 한 번씩 창문을 열고 소파에 앉아있어야 했다. 그러면 이제 겨우 열일곱살 아이인 여동생이 돈을 벌어야 할까? 그녀가 지금까지 영위해 온 삶의 방식은 예쁘게 옷을 입고, 푹 자고, 집안일을 조금 도우며, 몇 가지 검소한 놀이를 즐기고 그리고 무엇보다 바이올린을 켜는 일이었다. 돈을 벌어야 된다는 얘기가 나올 때면 그레고르는 언제나 문에서 뒤로 물러나 문 옆의 차가운 가죽소파에 몸을 던졌다. 부끄러움과 슬픔으로 얼굴이 몹시 화끈거렸기 때문이다.

그는 그곳에서 자주 긴 밤들을 꼬박 지새우며 한순간도 잠들지 않았고, 가죽 소파에서 몇 시간씩 그르렁그르렁 소리를 낼 뿐이었다. 아니면 안락의자 하나를 창가 쪽으로 힘겹게 옮긴 뒤 창틀에 기어올라, 소파에 몸이 꽉 끼인 채 창에 기대었다. 그는 예전에 창밖을 내다볼 때 느꼈던 그런 해방감에 아련히 젖어드는 듯했다. 정말 하루가 다르게 조금 떨어진 곳에 있는 사물조차도 점점 희미하게 보였다. 옛날엔 너무 자주 봐서 욕을 했던, 길 건너 병원이 더 이상 보이지 않았다. 그가 사는 이곳이 조용하지만 도시 분위기를 물씬 자아내는 샬롯텐가(街)임을 알고 있기에 망정이지, 안 그랬다면 창밖에 펼쳐진 광경에서 잿빛 하늘과 잿빛 대지가 분간되지 않게 서로 하나가 된 황량한 들판을 떠올렸을 것이다. 관찰력이 있는 여동생은 안락의자가 창가에 있는 것을 단 두 차례 보았을 뿐인데, 그녀는 방 청소가 끝나면 매번 안락의자를 다시 창 쪽에 밀어 놓았고, 심지어 이제는 안쪽 덧창문까지 열어두는 것이었다.

그레고르가 여동생과 대화를 하고 또 자기 때문에 고생이 많다고 감사를 표할 수만 있었다면, 그녀의 수고가 조금은 덜 부담스러웠을 것이다. 하지만 그렇지 못했기에 그는 힘들었다. 여동생은 물론 이 모든 난처한 일들에 대해 가급적 아무 생각하지 않으려 했고, 시간이 지날수록 당연히 더 잘 해냈다. 그레고르 역시 점점 모든 것을 훨씬 자세히 들여다보았다. 여동생이 방에 들어오는 것만으로도 그는 깜짝 놀랐다. 그녀는 보통 때 같으면 다른 사람이 그레고르의 방 안을 들여다보지 못하게 매우 신경을 썼다. 그러나 이제는 방에 들어서자마자 방문을 닫기는커녕 곧장 창문 쪽으로 달려가, 마치 질식하는 사람처럼 재빨리 양손으로 창문을 열어젖혔다. 그리고 여전히 추운 바깥 공기에도 아랑곳하지 않고 창가에 잠시 서서 깊게 숨을 쉬었다. 그레고르는 이처럼 매일 두 번씩 요란스럽게 방 안을 가로질러 뛰어가는 동생 때문에 깜짝 놀랐다. 그레고르는 동생이 방에 있는 내내 소파 밑에서 덜덜 떨었다. 그러면서도 만일 동생이 자기가 있는 이 방의 창문이 닫힌 상태에서도 그냥 들어와 할 일들을 했다면 분명 자신이 이렇게 고생을 하지는 않았을 거라고 생각했다.

한번은 그레고르가 변신한 지 한 달이 더 경과했을 때로, 여동생이 그레고르의 모습에 새삼스럽게 놀랄 만한 특별한 이유가 없었다. 그런데 여동생이 여느 때보다 조금 일찍 들어오다 그레고르와 마주쳤다. 그는 미동도 않고 놀랍게도 똑바로 서서 창밖을 내다보고 있었다. 여동생이 들어오지 않는다 해도, 그에게는 전혀 예상치 못할 일은 아니었다. 왜냐면 창가에 있는 그레고르 때문에 그녀가 즉시 창문을 열수 없었기 때문이다. 그런데 여동생은 들어오지 않았을 뿐 아니라, 심지어 뒤로 물러나서는 문을 잠그는 것이었다. 낯선 사람이 보았더라면, 마치 그레고르가 동생이 나타나기를 숨어서 기다리다가 그녀를 물려했다고 생각했을 것이다. 당연히 그레고르는 즉시 소파 밑으로 몸을 숨겼으며, 여동생이 다시 오기를 기다려야 했다. 점심때 다시 나타난 여동생은 평상시보다 훨씬 불안해 보였다. 이를 통해 그는 여동생이 여전히 자신의 모습을 보는 것을 견디기 힘들어하고 또 앞으로도 그럴 것임을 알았고, 또 소파 바깥으로 삐져나온 그의 몸이 일부만 비쳐도 달아나는 일이 없으려면 스스로 잘 이겨내야 할 것이라고 생각했다. 하루는 그가 여동생이 자신의 모습을 보지 않게 하려고 등으로 침대시트를 운반해 소파 쪽으로 끌고 갔고 - 이 일을 하느라 네 시간이나 걸렸다 - 자기 몸이 완전히 가리도록 잘 덮어씌었다. 여동생이 허리를 숙여 소파 밑을 쳐다봐도 그를 볼 수 없을 것이다. 만일 여동생 생각에 이 침대시트가 불필요했다면 그녀는 이걸 치워도 좋았을 것이다. 사실 이렇게 스스로를 완전히 차단하고 있는 게 그레고르에게 썩 즐거운 일이 아님은 자명한 일이었다. 그런데도 여동생은 그대로 두었다. 심지어 그는 여동생이 이 새로운 배치를 어떻게 여기는지 보려고 한번 머리로 침대시트를 살짝 들추었을 때, 여동생에게서 고맙다는 눈짓을 본 것 같았다.

처음 이 주일 동안 부모님은 그레고르의 방에 들어오지 못했다. 부모님이 여동생에게 지금 너무 수고한다고 칭찬하는 소리가 자주 들렸다. 여태까지 그들은 여동생을 별 쓸모없는 계집애라고 여기며 자주 그녀에게 화를 냈었다. 그런데 이제 아버지와 어머니 두 분은 종종 여동생이 그레고르의 방을 청소하는 동안 문 앞에서 기다렸다. 여동생은 방에서 나오자마자 부모님께 방의 모습이 어땠으며, 그레고르가 무엇을 먹었고, 이번에는 어떤 행동을 했으며, 뭔가 약간 나아진 건 없는지 등을 자세히 얘기해야 했다. 어쨌건 어머니는 가급적 곧 그레고르를 방문하려 했지만, 아버지와 여동생이 우선은 그럴싸한 이유를 대며 이를 말렸다. 그 이유를 그레고르가 아주 집중해서 들어보니 틀린 말이 하나도 없었다. 하지만 나중에는 완력으로 어머니를 가로막아야 했다. "제발 그레고르한테 가게 해 줘, 불쌍한 우리 아들이잖아! 내가 그 얘한테 가봐야 한다는 것을 왜 이해하지 못해?" 어머니가 이렇게 외칠 때면, 그레고르는 어쩌면 어머니가 들어오시는 게 좋을 수도 있다고 생각하였다. 물론 매일은 아니고 일주일에 한 번 정도로. 사실 여동생보다는 어머니가 훨씬 더 잘 이해하시지 않는가. 여동생은 용기는 많지만 어린애에 불과하고, 따지고 보면 아마 뭘 모르고 이런 어려운 과제를 떠맡은 것이다.

어머니를 보고 싶은 그레고르의 소망은 곧 이루어졌다. 그레고르는 부모님을 배려해 낮에는 창가에 있지 않았다. 그러나 방바닥의 불과 몇 미터 안에서는 많이 기어 다닐 수가 없었다. 그렇다고 밤에 조용히 누워있기도 쉽지 않았고, 곧 식사는 전혀 기쁘지 않았다. 그래서 그는 심심풀이로 벽과 천장을 이리저리 기어 다니는 게 습관이 되었다. 특히 천장에 매달리는 걸 좋아했는데, 바닥에 웅크리고 있는 것과는 전혀 달랐다. 숨쉬기가 편했고, 가볍게 힘만 줘도 몸 전체가 움직였다. 그레고르가 천장에 매달려 즐겁게 시간 때우기를 하다 자신도 모르게 그만 몸이 바닥으로 쿵하고 떨어지는 일이 있었다. 하지만 이제는 전과 달리 몸을 온전히 제어할 수 있었고, 그렇게 세게 떨어진다 해도 몸을 다치지 않았다. 이제 여동생은 그레고르가 스스로 생각해낸 이 새로운 놀이를 즉시 알아채고 - 그는 기어 다니며 여기저기에 끈끈한 점액 자국을 남겼다 - 그레고르가 넓게 기어 다닐 수 있도록 그의 움직임을 방해하는 가구들을, 특히 장롱과 책상을 밖으로 빼낼 생각을 하였다. 그런데 동생 혼자서는 이 일을 할 수 없었다. 아버지에게는 차마 도움을 청할 용기가 없었고, 하녀는 절대 동생을 돕지 않을 것이다. 왜냐면 열여섯 살 정도의 이 소녀는 전에 있던 식모가 해고된 이후 용감하게 버티고는 있지만, 부엌문을 계속 잠가 놓겠다고 양해를 구했던 것이다. 물론 특별한 일로 부를 때는 열어주었다. 결국 여동생은 아버지가 안 계시는 동안에 어머니를 불러오는 수밖에 별 도리가 없었다. 어머니는 기쁘게 대답하며 오셨지만, 그레고르의 방문 앞에서 입을 다물고 말았다. 우선 여동생은 그레고르의 방을 들여다보고 모든 게 제대로 돼 있는지 확인하였고, 그 다음에 어머니가 들어오시게 했다.

그레고르가 황급히 침대시트를 더 아래로 당겨 접히도록 하는 바람에, 그냥 봐서는 누군가가 우연히 소파 위에 시트를 던져놓은 듯이 보였다. 그레고르는 이번에도 침대시트 밑에서 훔쳐보는 걸 그만 두었다. 그는 이번에는 어머니를 보는 걸 포기하고, 어머니가 정말 오신 것만으로 기뻐했다. "들어오세요, 그가 없어요." 동생이 말했다. 아마 어머니의 손을 잡고 끌고 있는 듯했다. 힘없는 두 여인이 여전히 무거운 낡은 장롱을 미는 소리가 들렸다. 여동생은 어머니의 조심하라는 주의에도 불구하고 계속해서 대부분 자기 혼자 할 수 있다고 고집을 피웠다. 어머니는 여동생이 너무 고생한다고 염려를 했다. 무척 오래 걸렸다. 그렇게 한 십오 분 정도 일을 했을 때, 어머니가 차라리 장롱을 여기 그대로 두자고 했다. 그 이유로 첫 번째는 장롱이 너무 무거워 아버지가 도착하기 전에 이 일을 끝내지 못할 거고, 장롱을 방 한 가운데 두면 그레고르가 움직이는 길을 모두 막을 것이라 했다. 두 번째 이유는, 가구를 없애는 것을 그레고르가 맘에 들어 할지 확실치 않다는 것이다. 어머니 생각에는 반대일 것 같다고 했다. 그녀는 텅 빈 벽의 모습을 보니 마음이 슬프고, 그레고르 역시 이런 감정을 왜 안 느끼겠느냐고 말했다. 그는 방의 가구들에 오래 전부터 익숙해졌고, 빈 방에서는 버림받은 심정일 거라고 말했다. "그리고 나는 말이다", 어머니는 그레고르가 전혀 듣지 못하게 거의 속삭이듯 아주 나지막하게 말했다. 사실 어머니는 그가 정확히 어디 있는지도 모른다. 어머니는 그레고르가 말을 알아듣지 못한다고 확신했다. "그리고 나는 말이다, 우리가 가구들을 치워버리면, 그 애가 나을 수 있다는 희망을 일체 포기하고 매몰차게 그 애를 혼자 내버려두는 것이라고 생각한단다. 내 생각에는 방을 원래대로 두는 게 최선인 것 같구나. 그래야 그레고르가 우리에게 다시 돌아왔을 때, 모든 게 그대로인 걸 보게 되고, 그러면 또 그 사이의 시간들도 더 빨리 잊을 수 있지 않겠니?"

어머니가 하신 말씀을 들은 그레고르는 지난 두 달간 가족 안에서 단조롭게 생활하며 사람들과의 직접적인 대화가 결핍된 탓에 자신의 판단력이 흐려졌다는 걸 깨달았다. 왜냐면 그가 자신의 방을 치워주길 진지하게 원했다는 걸 달리 설명할 길이 없었기 때문이다. 그는 상속받은 가구들로 안락하고 따뜻하게 꾸며진 방을 정말 동굴로 바꾸고 싶었을까? 물론 방해 없이 사방으로 기어 다닐 수는 있겠지만, 동시에 인간으로서의 자신의 과거를 빠르고 완전히 잊고 싶었을까? 그는 지금 이미 거의 잊기 직전의 상황까지 와 있었는데, 한동안 듣지 못했던 어머니의 목소리가 그를 정신 차리도록 흔들었다. 아무것도 빼내서는 안 되었다. 모두 그대로 두어야 한다. 가구가 그의 상태에 끼치는 좋은 영향력을 포기할 수 없었다. 그리고 그가 쓸데없이 이리저리 기어 다니는 게 만일 가구들 때문에 가로막혀 어렵다 한들, 그것은 손해가 아니라 큰 유익인 것이다.

하지만 유감스럽게도 여동생의 생각은 달랐다. 그녀는 어느덧 부모님과 그레고르의 일을 의논하는 자리에서 특히 전문가처럼 행동하였다. 물론 어느 정도 타당한 면은 있었다. 그래서인지 동생은 어머니의 충고를 듣더니 이제는 애초에 생각했던 장롱과 책상만 치우는 게 아니라, 뺏기 힘든 소파는 제외하고 다른 가구를 모두 밖으로 빼내야 한다고 주장했다. 동생의 이런 결정은 물론 어린애들의 고집이나, 또는 최근 전혀 기대치 않게 어렵게 생긴 자신감 때문만은 아니었다. 그녀는 그레고르가 기어 다닐 공간이 많이 필요하고, 그에 반해 보다시피 가구들은 전혀 도움이 안 된다는 걸 실제로 관찰했기 때문이다. 어쩌면 그녀 나이 또래의 계집애들에게서 보이는, 기회만 되면 자기 고집대로 하려는 막무가내식 태도가 함께 작용했을 수도 있다. 그래서 그레테는 그레고르에게 지금보다 더 많은 도움을 주기 위해 그의 처지를 더욱 끔찍스럽게 만들고 싶은 유혹이 있었을 것이다. 왜냐면 그레고르 혼자서 텅 빈 벽을 지배하는 방에는 그레테 외에는 그 누구도 결코 들어갈 용기를 내지 못할 것이기 때문이다.

그래서 여동생은 어머니의 충고에도 자신의 결정을 굽히지 않았다. 이 방에서 나는 큰 소리 때문에 불안한 기색을 보이던 어머니는 곧 입을 다물고 여동생이 장롱을 밖으로 빼내는 것을 힘닿는 데까지 도왔다. 그럼 이제, 그레고르는 어쩔 수 없다면 장롱은 포기한다 해도, 책상만은 있어야 했다. 여인들이 낑낑대며 장롱을 바깥으로 밀고 나가자마자, 그레고르는 어떻게 하면 조심히 그리고 최대한 신중하게 개입할 수 있는지 살피기 위해 소파 밖으로 고개를 내밀었다. 그런데 불행히도 먼저 돌아온 사람은 어머니였다. 그동안 그레테는 옆방에서 꿈쩍도 하지 않는 장롱을 어떻게 해보려고 장롱을 양팔로 감고 이쪽저쪽으로 흔들었다. 어머니는 그레고르의 모습에 익숙하지 않았다. 그는 어머니를 병나게 할 수도 있었다. 그래서 깜짝 놀란 그레고르는 서둘러 소파의 다른 쪽 끝까지 뒷걸음질 쳤다. 그러나 앞쪽에서 침대시트가 살짝 움직이는 것은 어쩔 수 없었다. 그것만으로도 어머니의 주의를 끌기에 충분했다. 어머니는 움직임을 멈추고 잠시 조용히 서 있다가 그레테 쪽으로 다시 돌아갔다.

그레고르는 별일 아니고 가구 몇 개를 재배치할 뿐이라고 혼잣말을 되풀이했다. 그러나 곧 스스로도 인정할 수밖에 없듯이, 여인들이 왔다 갔다 하고, 작은 소리로 부르며 가구를 바닥에 끄는 소리, 사방에서 나는 소동이 그를 자극했다. 그는 머리와 다리를 바짝 오므리고, 몸을 바닥에 밀착한 채, 이 모든 일을 더 이상은 견딜 수 없다고 말해야만 했다. 그들이 그의 방을 완전히 비웠고, 그가 아끼는 모든 것을 가져갔다. 그가 실톱을 비롯해 다른 연장들을 보관했던 장은 이미 바깥으로 들어냈고, 바닥에 단단히 고정한 책상을 벌써 떼 내는 중이었다. 그 책상은 그가 상업고등학교에 다닐 때와 그전에 시립중학교에, 심지어 국민학생 때도 숙제할 때 사용하던 것이다. 그는 두 여인이 어떤 좋은 의도로 그러는지 평가할 시간이 없었다. 그는 그들의 존재를 거의 잊었다. 왜냐면 두 사람은 지쳐서 이미 말없이 일하고 있었고, 그들의 무거운 발걸음 소리만 들렸기 때문이다.

그렇게 그레고르는 여자들이 옆방에서 책상에 기대 잠시 숨을 돌리고 있는 사이에, 앞으로 기어 나와 네 번이나 가는 방향을 바꿨다. 그는 정말 어떤 것부터 먼저 건져내야 할지 몰랐다. 그런데 그때, 이미 텅그러니 빈 벽에 모피 옷만 걸친 숙녀의 그림이 걸려 있는 게 눈에 띄었다. 그는 빨리 기어 올라가서 유리에 몸을 꾹 눌렀다. 유리가 그에게 착 달라붙으며 그의 뜨거운 배를 시원하게 해주었다. 그레고르가 완전히 덮고 있는 이 그림만은 결코 아무도 그에게서 빼앗지 못할 것이다. 그는 방으로 돌아오는 여자들을 관찰하기 위해 거실 쪽 문으로 고개를 돌렸다.

그들은 충분히 휴식을 취하지 못하고 벌써 돌아왔다. 그레테는 어머니를 팔로 감싸고 단단히 부축하였다. "그럼 이제 어떤 걸 내갈까요?" 그레테가 이렇게 말하며 주위를 둘러봤다. 그 순간 그녀의 시선이 벽에 붙어 있던 그레고르의 시선과 마주쳤다. 아마 어머니가 있어서 그랬는지 여동생은 평정심을 유지한 채, 어머니가 주위를 둘러보지 못하도록 어머니 쪽으로 머리를 숙이며 "아, 우리 차라리 잠깐 거실로 가지 않을래요?" 하고 엉겁결에 말했다. 그러나 그녀의 음성은 떨고 있었다. 그레테의 의도는 분명했다. 그녀는 어머니를 안전한 곳에 모시고 난 후, 그 후에 그를 벽에서 내려오도록 쫓으려 했던 것이다. 자, 한번 해 보라지! 그는 자신의 그림을 깔고 앉아 내주지 않을 것이다. 오히려 그레테의 얼굴에 뛰어내릴 것이다.

하지만 그레테의 말이 어머니를 더욱 불안하게 만들었다. 어머니는 옆으로 비켜섰고, 꽃무늬 벽지 위에 웅크린 거대한 갈색 자국을 보았다. 그녀는 자신이 본 것이 그레고르라고 의식도 하기 전에 거칠게 고함치듯 외쳤다. "오 맙소사, 오 맙소사!" 그리고 마치 모든 걸 포기했다는 듯이, 양팔을 벌린 채 소파 위로 쓰러져 꼼짝도 하지 않았다. "그레고르 오빠!" 동생은 주먹을 치켜들고 쏘아보는 시선으로 소리쳤다. 그가 변신한 이래 여동생이 그에게 처음으로 직접 한 말이었다. 동생은 기절한 어머니를 깨우기 위해 무슨 약물을 가지러 옆방으로 뛰어갔다. 그레고르도 돕고 싶었다. 그림을 구할 시간은 아직 있었다. 그런데 몸이 유리에 착 달라붙어 있어서 힘을 세게 줘서 겨우 몸을 떼어냈다. 그리고는 이전처럼 동생에게 조언을 해줄 것처럼 옆방으로 달려갔다. 그는 동생이 작은 약병들을 뒤지는 동안 그녀의 등 뒤에 가만히 서있어야 했다. 동생이 몸을 돌리다 깜짝 놀라 병 하나를 바닥에 떨어트리는 바람에 병이 산산조각이 났다. 유리조각이 그레고르의 얼굴에 상처를 냈다. 뭔가 부식 성분의 약제가 그의 주위로 흘렀다. 그레테는 더 이상 지체하지 않고 손에 잡히는 대로 약병을 모두 들고 어머니가 계시는 방으로 달려 들어갔고, 발로 차서 방문을 닫았다. 그레고르는 자기 탓에 어쩌면 죽을지도 모르는 어머니로부터 이제 차단되었다. 그는 문을 열어서는 안 되었다. 동생이 어머니 곁에 있어야 하는데, 그녀를 쫓아내고 싶지 않았다. 이제는 기다릴 수밖에 없었다. 그는 자책과 걱정으로 괴로워하며 기어 다니기 시작했다. 사방의 벽과 가구들, 천장 등 모든 곳을 기어 다녔고, 방 전체가 그를 에워싸고 돌기 시작했을 때 마침내 절망에 빠져 책상 한복판에 떨어졌다.

잠시 시간이 흘렀을까. 그레고르가 힘없이 쓰러져 있었고, 주위는 고요했다. 어쩌면 좋은 징조 같았다. 그때 초인종이 울렸다. 하녀가 물론 부엌에서 문을 걸어 잠그고 있으니, 그레테가 문을 열어야 했다. 아버지가 오셨다. "무슨 일이냐?" 그의 첫마디였다. 그레테의 모습이 이미 그에게 모든 것을 말해주었다. 그레테는 짓눌린 목소리로 말했는데, 십중팔구 얼굴을 아버지의 가슴에 파묻고 있을 것이다. "어머니가 기절했었는데, 이제 괜찮아졌어요. 그레고르가 밖으로 나왔어요." "내 그럴 줄 알았다." 아버지가 말했다. "내가 두 사람에게 그렇게 말했는데도, 이 여자들이 도무지 들으려 하지 않더니." 아버지가 그레테의 간단한 대답을 나쁘게 해석하고, 어떤 폭력행위의 책임을 그레고르 자신에게 전가시키려 하는 것이 분명했다. 그 때문에 그는 지금 아버지를 진정시켜야 했다. 그에게는 해명을 할 시간도 또 그럴 기회도 없을 것이기 때문이다. 그래서 그는 자기 방 문 쪽으로 달아나, 문에 붙어 서 있었다. 그는 아버지가 현관방을 지나 들어오다 자신을 보고, 자기가 즉시 방으로 돌아갈 의사가 있음을 알아주길 바랐다. 그러니 자신을 억지로 방으로 몰아넣을 필요가 없다고, 문을 열어주기만 하면 된다고. 그러면 그는 바로 사라질 것이다.

하지만 아버지는 그런 섬세한 것까지 신경 쓸 기분이 아니었다. 그는 현관문을 들어서면서 "아!" 하고 탄식 소리를 냈는데, 분노와 기쁨이 함께 섞인 음성이었다. 문 옆에 있던 그레고르는 고개를 돌려 아버지를 올려다보았다. 지금 서 계신 저 모습의 아버지는 상상하지 못했다. 사실 그는 최근에 새로운 방식으로 기어 다니는 데 정신이 팔려 이전처럼 집안의 일들을 미처 신경 쓰지 못했다. 환경이 바뀐 것을 대비했어야 했다. 그렇다 해도, 아무리 그렇다 해도 아버지가 저랬단 말인가? 예전에 그레고르가 출장을 나설 때면 지친 기색으로 침대에 죽은 듯이 누워있던 그 사람이란 말인가? 저녁에 귀가할 때면 잠옷 차림으로 안락의자에 앉아 아들을 맞이하던 사람. 아버지는 일어나지도 않고, 기쁘다는 표시로 단지 팔을 살짝 들어보였을 뿐이다. 일 년 중 일요일 날 겨우 두세 번 또는 큰 명절에 가끔 함께 산책을 갈 때면, 낡아빠진 외투를 입고, 안 그래도 걸음이 느린 그레고르와 어머니의 사이에서 언제나 조심히 지팡이를 짚으며 좀 더 뒤에 처져서 걷던 그 사람, 그리고 무슨 할 말이 있을 땐 거의 매번 잠자코 서서 옆 사람들을 자기 주위로 오게 했던 그 사람인가?

그랬던 아버지가 지금은 꼿꼿하게 서 있다. 마치 은행의 사환들이 입는 것처럼 금단추가 달린 빳빳하게 펴진 푸른색 제복을 입었고, 딱딱하게 각이 잡힌 칼라 위로 그의 이중 턱이 강한 인상을 풍겼다. 숱이 많은 눈썹 아래 검은 눈에서 내비치는 시선은 활력 있고 주의력이 깊었다. 보통 때 같으면 엉클어진 흰 머리를 지나치게 윤기 나고 가지런하게 빗질을 해서 가르마를 냈다. 그는 은행의 상호 같은 것이 금색으로 장식된 모자를 방 끝에 있는 소파 쪽으로 포물선을 그리듯 휙 던졌다. 그런 다음 길이가 긴 제복 상의의 끝자락을 뒤로 젖히고 양손은 바지주머니에 꽂은 채 찌푸린 얼굴로 그레테에게 다가갔다. 아버지는 본인이 무엇을 하려 했는지 모르는 것 같았다. 아무튼 그는 발을 매우 높이 들었는데, 그레고르는 아버지의 구두바닥이 얼마나 큰지 놀랐다. 하지만 그는 가만히 정지해 있을 수 없었다. 그의 새로운 삶이 시작된 첫날 이미 아버지가 자신을 얼마나 혹독하게 대했는지를 알기 때문이다. 그렇게 그는 아버지에게서 달아났다. 아버지가 서면 자신도 섰고, 아버지가 조금만 움직일 것 같으면 어느새 재빨리 앞으로 내뺐다. 뭔가 결정적인 상황이 벌어지는 것도 아니고, 이렇게 두 사람은 방 안을 몇 바퀴나 돌았다. 엄밀히 말하자면, 이 모든 상황은 느린 속도로 전개되었기에 쫓고 쫓기는 모습이 전혀 아니었다. 그래서 그레고르 역시 잠시 방바닥에 멈춰 섰다, 사실 그가 벽이나 천장으로 달아나면 아버지가 이를 괘씸하게 여길 것 같아 무서웠던 탓도 있다. 게다가 그레고르는 이런 달리기를 더는 못하겠다고 생각했다, 왜냐면 아버지가 한 발자국을 내딛는 동안 그는 무수히 많은 동작을 해야 했기 때문이다. 옛날에도 폐기능이 썩 좋았던 적은 없었지만, 벌써 숨이 차는 게 느껴졌다. 달아나기 위해 온 힘을 모으느라 비틀거렸고, 거의 눈을 뜰 수 없었다. 감각이 둔해진 상태에서 그는 달아나는 것 외에 어떤 다른 방도도 생각나지 않았다. 심지어 그가 벽을 자유롭게 기어 다닐 수 있다는 것조차 거의 잊고 있었다. 물론 여기 이 방의 벽은 정교하게 깎아 만든 가구들로 인해 여기저기 모서리와 뾰족 튀어나온 것들로 막혀 있기는 했다. - 그때 가볍게 날아온 무언가가 그를 가까스로 비껴갔고, 그의 앞에 굴러 떨어졌다. 사과였다. 곧 두 번째 사과가 날아왔다. 그레고르는 겁이 나서 멈춰 섰다. 계속 달아나는 것은 무의미했다. 아버지가 이제 그를 향해 폭탄세례를 퍼붓기로 결심했기 때문이다. 아버지는 식탁 위 과일 그릇에 담긴 사과들을 주머니에 가득 채운 뒤, 정확히 겨누지도 않고 사과를 하나씩 던졌다. 작은 빨간 사과들이 마치 살아있는 듯이 바닥에서 이리저리 구르며 서로 부딪쳤다. 약하게 던진 사과 하나가 그레고르의 등을 스쳤지만 충격을 가하지 않은 채 굴러 떨어졌다. 그러나 바로 뒤이어 날아온 사과가 그의 등에 제대로 박혔다. 그레고르는 마치 장소를 옮기면 갑작스럽고도 극심한 고통이 사라지기라도 할 것처럼, 몸을 질질 끌며 계속 나아가려 했다. 그러나 그의 몸은 못이 깊이 박힌 듯이 아팠고, 결국 온 몸의 감각이 완전히 혼미해진 채 쭉 뻗어버렸다. 그가 쓰러지기 직전 마지막으로 본 것은 어머니가 그의 방문을 활짝 열고, 소리를 지르는 여동생을 뒤로 한 채 밖으로 뛰쳐나오는 장면이었다. 어머니는 내복 바람이었다. 왜냐면 여동생이 기절한 어머니가 숨을 쉴 수 있게 옷을 벗겨두었기 때문이다. 어머니는 아버지를 향해 달려갔고, 도중에 느슨하게 풀려있던 치마들이 하나씩 벗겨져 바닥에 떨어지는 바람에 어머니가 치맛자락에 걸려 넘어지면서 아버지를 덮쳤다. 아버지와 완전히 한 몸이 되도록 그를 껴안은 어머니는 - 그러나 이 순간 그레고르는 시력을 잃었다 - 두 손을 아버지의 머리 뒤쪽으로 모으며 그레고르의 목숨을 보존해 달라고 빌었다.

III

그레고르의 심한 부상은 아무도 그에게서 사과를 제거해 줄 엄두를 못 내서 한 달이 넘게 고통을 안기며, 눈에 보이는 기념품처럼 그의 살에 박혀 있었다. 이 부상은 아버지에게도 그레고르가 지금은 비록 슬프고 흉측스런 모습일지라도 엄연히 가족의 일원이고, 가족을 원수같이 대해선 안 되며, 서로 못마땅해도 이해하고 참고 또 참는 가족의 의무를 준수해야 함을 상기시켜 준 것 같았다.

이제 그레고르는 부상 때문에 어쩌면 두 번 다시 움직일 수 없게 되었고, 늙은 부상병처럼 당장 방을 가로지르는 것조차 매우 긴 시간이 필요했으며, 천장을 기어 다니는 것은 생각도 할 수 없었다. 그럼에도 그는 자신의 몸 상태가 나빠진 데 대해 충분히 만족스러운 보상을 받았다고 생각했다. 예컨대, 저녁이면 가족들은 그레고르가 한두 시간 전부터 뚫어져라 쳐다보곤 했던 거실 문을 항상 열어놓았다. 그는 거실에서는 안 보이는, 방 한 쪽의 어두컴컴한 곳에 웅크린 채로 전등이 켜진 식탁에 가족들이 앉아 있는 것을 보거나, 또는 그들의 대화를 엿들을 수 있었다. 가족들은 이전과는 전혀 달리 이것을 어느 정도 용인했다.

물론 그가 들은 대화에는 예전에 그레고르가 작은 호텔방의 눅눅한 침대에 지친 몸을 털썩 누일 때마다 언제나 그리워하며 떠올렸던 그런 유쾌함이 더 이상 없었다. 지금은 대부분 아주 조용히 대화가 오고 갔다. 아버지는 저녁식사가 끝나면 안락의자에서 곧 잠이 들었고, 어머니와 여동생은 서로에게 조용히 하라고 주의를 주었다. 어머니는 전등 아래로 깊게 숙인 채 양장점에서 부탁받은 고급 속옷들을 바느질했고, 판매원 자리를 구한 여동생은 나중에 좀 더 나은 자리에 올라갈 때를 대비해 저녁 시간에 속기와 프랑스어를 공부했다. 가끔 아버지는 잠에서 깨면, 본인이 잠들었던 것을 전혀 모르는 사람처럼 "당신은 오늘도 되게 오래 바느질을 하고 있군!" 하고 어머니에게 말하고 바로 다시 잠이 들었다. 그러면 어머니와 여동생이 서로를 보며 지친 얼굴에 미소를 지었다.

아버지는 고집스럽게 집에서도 사환 제복을 벗지 않았다. 잠옷을 옷걸이에 그대로 걸어둔 채, 그는 제복을 입고 앉은 자리에서 꾸벅꾸벅 졸았다. 마치 언제든 일터로 달려갈 준비가 되어 있고, 여기서도 상사의 지시를 기다리는 것 같았다. 그 때문에 처음부터 새 옷이 아니었던 제복은 어머니와 여동생의 세심한 관리에도 불구하고 더러워졌다. 그레고르는 열심히 문지른 금단추들만 반짝일 뿐 점점 때가 묻은 옷을 저녁 내내 보는 경우가 잦았다. 저 노인은 저 옷을 입고 아주 불편하게, 하지만 조용히 잠을 잤다.

시계가 열 시를 알리자, 어머니는 낮은 목소리로 아버지를 깨워 침대로 가시라고 설득했다. 여기서는 제대로 잠을 잘 수 없고, 또 여섯 시에 일을 시작해야 하는 아버지로서는 충분한 수면이 절대적으로 필요했기 때문이다. 하지만 아버지는 사환이 되고부터 더 완고해진 고집을 피우며 탁자 옆에 더 앉아 있겠다고 버텼다. 그러면서도 꾸벅꾸벅 졸았다. 그가 앉은 안락의자 대신 침대로 옮겨가도록 그를 움직이는 데 여간 힘이 드는 게 아니었다. 어머니와 여동생이 아버지에게 조금 잔소리를 하며 일어나시도록 재촉했지만, 그는 십오 분 동안이나 천천히 고개를 저으며 눈을 감은 채 일어날 생각조차 하지 않았다. 어머니는 그의 소매를 잡고 귀에 비위맞추는 소리를 속삭였으며, 여동생은 하던 과제를 멈추고 어머니를 도왔다. 그러나 아버지는 듣지 않았다. 아버지는 안락의자에 더욱 깊이 파묻혔다. 여인들이 그의 겨드랑이로 손을 넣어 부축하자 그는 겨우 눈을 뜨고 어머니와 여동생을 번갈아 쳐다보며 "이게 사는 맛이지. 이게 내 인생 늘그막의 휴식이구만." 하고 말하곤 했다. 그리고 두 여인에게 기댄 채 꾸물거리며 일어섰다, 마치 자신 스스로가 가장 큰 짐이라도 되는 것처럼. 그가 여인들의 부축을 받으며 방문에 이르자 두 사람에게 이제 됐다고 손짓을 하고 혼자 계속 걸었다. 그동안 어머니는 바느질감을, 여동생은 펜을 급하게 내던지고 아버지를 마저 도와주려고 그를 뒤따라 들어갔다.

이처럼 힘들게 일하고 피곤에 지친 가족들 중에 누가 필요 이상으로 그레고르를 돌봐줄 시간이 있을까? 가계는 갈수록 위축되었다. 이제 하녀도 해고해 버렸고, 대신 흰 머리가 흩날리는 건장하고 골격이 있는 가정부가 가장 힘든 일을 처리하기 위해 아침과 저녁 시간에 왔다. 그 외에 다른 모든 일들은 어머니가 그 많은 바느질 노동을 하면서 함께 해결했다. 심지어 이전에 어머니와 여동생이 놀러 갈 때나 축제에 갈 때 무척 행복해하며 지니고 다녔던 집안의 여러 장신구나 보석을 파는 일이 벌어졌다. 이것을 그레고르는 저녁에 가족들이 얼마를 받았으면 하고 대화를 나누는 걸 듣고 알게 되었다. 하지만 언제나 제일 큰 탄식을 내뱉을 때는 지금 처지에서는 이 집이 지나치게 큰 게 맞지만, 그레고르를 어떻게 옮길지 뾰족한 아이디어가 없는 한 이사를 갈 수가 없다는 말을 할 때였다. 그렇지만 그레고르는 이사를 가로막는 건 자신에 대한 배려 때문만이 아님을 잘 알고 있었다. 왜냐면 적당한 크기의 상자에 그를 넣고 거기에 숨 쉴 구멍을 몇 개만 내면 간단히 운반할 수 있었기 때문이다. 가족들이 이사를 하지 않는 진짜 이유는 오히려 너무나 큰 절망감과, 또 친척들과 지인들을 통틀어 아무도 겪지 않는 불행을 오직 자신들만이 겪고 있다는 생각 때문이었다. 세상이 가난한 사람들에게 요구하는 것을 그들은 최대한 다 해냈다. 아버지는 은행의 말단 관리들에게 아침식사를 날랐고, 어머니는 낯선 사람들의 속옷을 만드느라 자신을 희생하고 있고, 여동생은 고객의 명령에 따라 판매대 뒤에서 이리저리 분주하게 뛰어다녔다. 그러나 가족들의 힘만으로는 딱 거기까지였다. 어머니와 여동생이 아버지를 침대에 눕힌 뒤 다시 거실로 돌아와, 하던 일들을 내려놓고 서로 볼이 맞닿을 정도로 가까이 앉아 있을 때, 어머니가 이제 그레고르의 방을 가리키면서 "그레테, 저 문을 닫거라." 하고 말할 때, 그리고 그레고르가 이제 다시 어둠 속에 있는 동안, 옆방에서 여인들이 눈물을 훔치거나 아니면 차마 울지도 못하고 물끄러미 탁자를 응시할 때면 그레고르는 등에 난 상처가 처음인 것처럼 아픔이 느껴지기 시작했다.

그레고르는 며칠을 밤낮으로 거의 한숨도 자지 못했다. 가끔씩 그는 방문이 다시 열리면 가족의 일을 예전처럼 전적으로 자신이 다시 떠맡아야겠다고 생각했다. 거기까지 생각이 미치자 오랜만에 다시 사장과 지배인, 점원들, 견습생들, 아둔하기 짝이 없는 사환, 다른 회사의 친구 두세 명, 시골 호텔의 객실청소부 아가씨, 잠시 스쳐지나간 사랑스런 추억, 그레고르가 진지하게 하지만 너무 늦게 구애했던 어느 모자 가게의 계산대 아가씨, 이들 모두가 낯선 사람들 혹은 이미 기억 속에서 사라진 사람들과 뒤섞여 나타났다. 그러나 이들은 그와 그의 가족에게 도움을 주기는커녕 가까이 하기도 어려웠다. 이들의 모습이 사라지자 그레고르는 기뻤다. 그러나 그는 지금 가족을 챙길 수 있는 기분이 전혀 아니었고, 그보다는 자신을 푸대접하는 것에 대해 분노가 치밀었다. 어떤 음식을 먹고 싶은지 생각해봤지만 아무것도 떠오르지 않자, 그는 식품 보관창고로 갈 수 있는 방법을 궁리

했다. 거기서 그는 비록 배가 고프지 않더라도 자기 몫을 취할 것이다. 여동생은 아침과 오후에 일터로 달려가기 전에 그레고르의 방문을 열고 발로 아무 음식이나 밀어 넣었다. 그레고르가 특히 좋아하는 음식이 무엇인지 고민 따위는 하지 않았다. 그리고 저녁이 되면 그레고르가 음식을 조금이라도 먹었는지 혹은, 대부분의 경우처럼, 전혀 손도 대지 않았는지 상관없이 그냥 빗자루로 한 번에 쓸어 담았다. 동생이 이제는 밤에만 방청소를 했고, 그것도 서둘러서 해치웠다. 벽을 따라 더러운 자국이 쭉 나있고, 곳곳에 먼지와 오물이 뭉쳐있었다. 그레고르가 처음에는 여동생이 들어올 때에 오물들이 특히 많이 쌓인 구석에 가서 있었는데, 이는 그렇게 해서 여동생에게 나름 비난을 가하려는 의도였다. 하지만 그가 그 자리에 몇 주 동안을 웅크리고 있다 한들, 여동생은 나아지지 않았을 것이다. 여동생 역시 그와 마찬가지로 오물을 보았지만, 그녀는 그것을 그대로 내버려두기로 결심했다. 그런데 동생은 전에 없이 매우 예민하게 - 가족 모두가 다 예민했다 - 그레고르의 방의 청소를 자기 외에 다른 사람은 못하도록 감시하였다. 한번은 어머니가 몇 번이나 양동이로 물을 떠 나르며 그레고르의 방을 대청소했는데, 어머니 역시 동생의 비난을 피하지 못했다. 물청소로 인한 축축한 습기는 그레고르에게도 괴로웠다. 그는 화난 얼굴로 꼼짝하지 않고 소파 위에 넓게 펴져 있었다. 그날 밤 여동생은 그레고르의 방이 달라진 것을 보자마자 크게 모욕감을 느끼며 거실로 달려가 끝내 울음을 터트렸다. 어머니가 양손을 들고 다시는 안 그러겠다고 맹세했지만 소용이 없었다. 여동생의 울음에 부모님은 처음엔 놀라서 멍하니 바라보다, 마침내 몸을 움직였다. 아버지 또한 깜짝 놀라 앉아있던 안락의자에서 벌떡 일어났다. 오른편에서는 아버지가 어머니에게 왜 그레고르의 방을 그레테가 청소하도록 놔두지 않았느냐고 나무랐고, 반대로 왼편에서는 여동생이 자기가 그레고르 방을 청소하는 것도 못하게 한다고 소리쳤다. 어머니는 그 사이에 흥분해서 안절부절하는 아버지를 침실로 끌고 가려 했다. 여동생은 어깨가 들썩하도록 흐느끼면서 그 작은 주먹으로 탁자를 두드렸다. 그레고르는 이 광경과 이 난리를 보지 않도록 문을 닫아 줄 사람이 없다는 것에 너무도 화가 나 크게 쉭쉭 소리를 냈다.

여동생이 직장 일에 지쳐 그레고르를 이전처럼 보살피는 게 싫증났다 해도 여동생을 대신해 어머니가 굳이 나설 필요는 전혀 없었고, 또 그레고르를 소홀히 다룰 필요도 없었다. 그 이유는 가정부가 있었기 때문이다. 이 늙은 과부는 여태껏 사는 동안 가장 나쁜 일도 그녀의 억세고 다부진 몸으로 이겨낸 듯했다. 가정부는 그레고르에 대해 아무런 거리낌이 없었다. 가정부가 한번은 별 생각 없이 우연히 그레고르의 방문을 열었고, 깜짝 놀란 그레고르는 아무도 그를 쫓지 않았는데도 이리저리 달아나기 시작했다. 그녀는 그레고르를 보고 놀라서 앞치마에 양손을 포갠 채 그 자리에 멈춰 섰다. 그 이후로 가정부는 언제나 아침과 저녁으로 잠시 방문을 살짝 열고 그레고르를 쳐다보는 걸 잊지 않았다. 처음에는 그녀가 "이리 와 봐, 늙은 말똥구리야!" 혹은 "저 늙은 말똥구리 좀 보게!" 하고 말하면서 그레고르를 자기한테 오라고 불렀는데, 제 딴에는 이게 친근한 표현이라고 여기는 것 같았다. 이렇게 불러도 그레고르는 전혀 반응하지 않았고, 대신 한곳에 꼼짝하지 않고 그대로 있었다. 마치 문이 닫혀 있는 것처럼. 누가 이 가정부더러, 자기 기분대로 그레고르를 쓸데없이 방해하지 말고, 차라리 그의 방을 매일 청소하라고 시켰다면 좋았을 텐데! 한번은 이른 새벽이었다. 강한 빗줄기가 유리창을 두들겼다. 어쩌면 새해가 다가오는 신호였다. 가정부가 또 다시 그런 말투로 자신을 부르자 그레고르는 너무 불쾌해서, 마치 공격을 하듯이, 천천히 그리고 힘없이 그녀 쪽으로 몸을 돌렸다. 그런데 가정부는 겁을 먹기는커녕 문 옆에 있는 의자를 높이 들고, 입을 떡하니 벌린 채 버티고 섰다. 그녀의 의도는 명백했다. 손에 든 의자를 그레고르의 등에 내리찍은 후에 입을 다물겠다는 것이다. “더 다가오면 안 돼, 알지?” 그녀는 그레고르가 다시 몸을 돌리자 의자를 조용히 구석에 내려놓으면서 이렇게 말했다.

그레고르는 더 이상 거의 아무 것도 먹지 않았다. 갖다 놓은 음식 옆을 우연히 지날 때 장난으로 음식을 한 입 베어 물고는, 몇 시간을 그러고 있다가 대개는 나중에 그대로 다시 뱉었다. 그는 처음엔 자기 방이 달라진 것 때문에 슬퍼서 식욕이 사라졌다고 생각했다. 하지만 방의 변화에 그는 빠르게 순응했다. 가족들은 다른 곳에 보관하기 마땅치 않은 물건들을 이 방에 두는 데 익숙해졌고, 그런 물건들이 하나둘씩 늘어났다. 그건 방 하나를 세 명의 남자들에게 세를 놓았기 때문이다. 이 근엄한 남자들은 - 그레고르가 한번은 문틈으로 보니 세 명 모두 턱수염이 덥수룩했다 - 지나칠 정도로 정돈에 집착했다. 그들이 묵는 방은 물론이고, 그들이 이 집에 세 들어 사는 이상 집 안 전체가, 특히 부엌이 정돈돼 있기를 원했다. 그들은 쓰지 않거나 더러운 잡동사니가 보이는 걸 참지 못했다. 게다가 그들은 이사 올 때, 자신들이 쓰던 이전 가구들을 대부분 들고 왔다. 그 때문에 많은 물건들이 불필요하게 되었는데, 이것들은 내다팔 정도는 아니었고, 그렇다고 버릴 수는 없었다. 이런 물건들이 전부 그레고르의 방으로 들어갔다. 그 중에는 부엌에 있던 재를 담는 통과 쓰레기통도 있었다. 항상 바쁜 가정부는 당장 못 쓰게 된 물건들을 모조리 그레고르의 방에 아무렇게나 던져 넣었다. 대개의 경우 그녀는 안 보이고 집기들과 그걸 들고 있는 손만 보였는데, 이게 그레고르에겐 다행이었다. 어쩌면 가정부는 시간과 기회가 되면 이 물건들을 다시 꺼내거나 아니면 모두 한꺼번에 내다버릴 심산이었다. 실제로 물건들은 그레고르가 그 사이에서 몸을 돌리다 건드리지만 않으면 처음 방 안에 던져놓은 그대로 있었다. 그레고르는 기어 다닐 공간적 여유가 없다보니 어쩔 수 없이 물건들과 부딪칠 수밖에 없었다. 그런데 나중에는 이게 점점 재밌어졌다. 물론 그렇게 돌아다니고 나면 죽을 정도로 피곤하고 슬퍼서 다시 몇 시간을 꼼짝 않고 있었다.

하숙인들이 때때로 공동 거실에서 식사를 해서 거실 문이 닫혀 있는 경우가 종종 있었다. 그레고르는 문이 열리기를 쉽게 포기하였다. 거실 문이 열려 있는 저녁들도 적잖았지만 그는 그 기회를 활용하지 않았고, 대신 가족들의 눈에 띄지 않게 방의 어두운 구석에 웅크리고 있었다. 한번은 가정부가 거실로 난 문을 살짝 열어두었는데, 저녁에 하숙인들이 귀가해 불을 켰을 때도 열려있었다. 그들은 예전에 아버지와 어머니, 그레고르가 앉던 식탁의 상석에 앉아 냅킨을 펴고 나이프와 포크를 집었다. 그 즉시 어머니가 고기를 담은 대접을 들고 문을 열고 들어왔으며, 여동생이 수북이 감자를 담은 대접을 들고 뒤따랐다. 음식에서 김이 모락모락 피어올랐다. 하숙인들은 먹기 전에 검사라도 하듯이 그들 앞에 놓인 대접 위로 몸을 굽혔다. 이제 그들 중 다른 두 남자의 윗사람 같아 보이는 가운데 사람이 아닌 게 아니라 정말로 대접에서 고기 한 조각을 집어 잘랐다. 필시 고기가 잘 익었는지, 다시 부엌으로 되돌려 보내야 하는지를 판단하기 위한 것 같았다. 긴장한 채 이를 지켜보던 어머니와 여동생은 그가 만족하자 안도의 숨을 쉬며 미소를 지었다.

정작 가족들은 부엌에서 식사를 했다. 아버지는 부엌으로 가시기 전에 거실에 들러, 모자를 벗어 손에 쥔 채 가볍게 목례를 하고 식탁 주위를 한 바퀴 돌았다. 하숙인들은 모두 일어나서 수염에 가려진 입으로 뭔가를 중얼거렸다. 다시 그들만이 남게 되자, 거의 한마디도 하지 않고 식사만 했다. 그레고르는 식사 때 나는 그 많은 소리들 중에 오로지 씹는 소리만 계속 들린다는 게 특이하게 느껴졌다. 이것은 흡사 그레고르에게 먹기 위해서는 이가 필요하고, 아무리 멋진 턱이라도 이가 없으면 아무것도 할 수 없음을 보여주려는 것 같았다. "식욕이 당기는데." 그레고르가 근심스럽게 혼잣말을 했다. "하지만 이런 음식들 말고. 저 사람들처럼 먹었다가는 나는 죽을 거야!"

바로 그날 저녁, 부엌 쪽에서 바이올린 켜는 소리가 들렸다. 지금까지 그레고르는 바이올린 켜는 소리를 들은 기억이 없었다. 하숙인들은 저녁 식사를 이미 마친 뒤였다. 가운데 앉은 남자가 신문을 하나 집어 다른 두 사람에게 각각 한 장씩 빼서 주었다. 그들은 의자에 기대 신문을 읽으며 담배를 피웠다. 바이올린 연주가 시작되자, 그들은 그 소리에 주의를 기울이다 일어나 뒤꿈치를 들고 조용히 현관방 문 쪽으로 걸어가 문에 기대고 섰다. 부엌에서도 그들의 인기척을 들었는지, 아버지가 "선생님들께 혹시 연주 소리가 거슬렸습니까? 즉시 멈추지요." 하고 크게 말했다. "그 반대입니다." 가운데 남자가 말했다. "아가씨가 우리 쪽으로 건너와 여기 방에서 연주하실 수 있을까요? 이곳이 훨씬 편안하고 아늑할 텐데요." "아, 예, 그러죠." 아버지가 큰소리로 말했다, 마치 자신이 바이올린을 연주하는 사람인 것처럼. 남자들은 방으로 돌아가 기다렸다. 즉시 아버지가 보면대를 챙겼고, 어머니는 악보를, 여동생은 바이올린을 각각 들고 왔다. 여동생은 연주를 시작하기 위해 하나씩 차분히 준비했다. 지금까지 한 번도 방을 세놓아 본 적이 없는 부모님은 하숙인들에게 지나치게 공손했고, 심지어 자기 안락의자에도 쉽게 앉지 못했다. 문에 기대고 선 아버지는 입고 있는 사환 제복의 단추 사이로 오른손을 집어넣었다. 어머니에게는 하숙인 한 명이 의자를 내밀었다. 그는 별 뜻 없이 구석에 의자를 두었는데, 어머니는 의자를 방 가운데로 들고 오지도 못하고 그대로 거기에 앉았다.

여동생이 바이올린을 켜기 시작했다. 아버지와 어머니는 각자의 방향에서 딸의 손의 움직임을 유심히 관찰했다. 연주 소리에 이끌린 그레고르가 용기를 내어 약간 앞으로 전진했고, 어느새 머리를 거실 안으로 들이밀었다. 그는 최근 들어 자기가 타인들을 별로 배려하지 않는다는 것에 그리 놀라지 않았다. 예전 같으면 타인에 대한 세심한 배려가 그의 자랑거리였다. 그러나 바로 지금은 그가 몸을 숨겨야 할 이유가 더 많았다. 그의 방은 여기저기 먼지가 널려있고 미동에도 먼지 뭉치들이 방 안을 떠다녔는데, 그의 몸 역시 먼지들로 완전히 뒤덮였기 때문이다. 그는 실뭉치, 머리카락, 음식찌꺼기들을 등과 옆구리에 묻힌 채 여기저기를 누비고 다녔다. 낮에 몇 번씩이고 양탄자 바닥에 누워 등을 문지르며 닦아대던 예전과 달리, 그는 이제 그 무엇에도 아무 관심이 없었다. 그는 이런 더럽고 추한 상태에도 불구하고 주저함 없이 깨끗한 거실 바닥을 기어 좀 더 앞으로 나아갔다.

그런데 아무도 그를 보지 못했다. 가족들은 바이올린 연주에 정신이 팔려 있었다. 반면에 하숙인들은 처음엔 바지주머니에 양손을 넣고 보면대 뒤에 서 있었다. 악보가 보일 정도로 너무 가깝게 있어서 여동생의 연주가 방해될 정도였다. 그런데 그들은 곧 고개를 숙인 채 중간 정도의 목소리로 서로 얘기하면서 창가로 가 머물렀다. 아버지는 이 모습을 걱정스럽게 관찰하였다. 그들이 멋진, 아니면 최소한 재밌는 바이올린 연주를 들을 줄로 기대했다가 실망했고, 이 연주에 싫증이 났지만 예의상 가만히 듣고 있다는 게 사실 너무 역력했다. 특히 그들이 코와 입을 통해 공중으로 담배연기를 내뿜는 모습에서 그들이 많이 짜증이 나있음을 짐작할 수 있었다. 하지만 여동생의 연주는 훌륭했다. 동생은 옆으로 고개를 기울이고 시선은 악보의 오선지를 검토하듯 슬프게 따라갔다. 그레고르는 조금 더 앞으로 기어가, 그녀가 볼 수 있게 고개를 바닥에 바싹 붙였다. 음악에 이렇게 감동을 받는데 그가 동물이란 말인가? 갈망하던 미지의 양식(糧食)에 이르는 길이 그에게 비춰지는 것 같았다. 그는 여동생이 있는 데까지 전진해서, 바이올린을 들고 자기 방으로 가자고 암시하기 위해 치마를 잡아당겨야겠다고 결심했다. 왜냐면 여기서는 누구도 자기만큼 동생의 연주를 칭찬하지 않았기 때문이다. 그는 동생을 더 이상 자기 방에서 내보내지 않을 것이다, 적어도 그가 살아있는 동안에는. 그의 흉측한 몰골이 처음으로 그에게 도움이 될 것이다. 그는 들어오려는 문마다 가서 공격자들을 쉭쉭 소리 내며 막을 것이다. 그러나 여동생을 강요하지는 않을 것이고 스스로 그의 곁에 머무르게 할 것이다. 그녀가 그의 옆에 소파에 앉아 그가 있는 쪽으로 고개를 숙이고 귀를 갖다 대면, 그는 여동생에게 음악학교에 보내려고 굳게 결심했었다고 털어놓을 것이다. 그 사이에 불행이 닥치지만 않았더라면 지난 크리스마스 때 - 크리스마스가 이미 지났나? - 어떤 반대에도 개의치 않고 모두에게 이를 알리려 했다고. 이렇게 설명하면 여동생은 감격해서 눈물을 왈칵 쏟을 것이고, 그레고르는 그녀의 어깨까지 몸을 일으켜 훤히 드러난 그녀의 목에 키스를 할 것이다. 동생은 일을 가면서부터 초커를 빼거나 깃이 없는 옷을 입어 목이 다 보였다.

"잠자 씨!" 가운데 있는 남자가 아버지를 부르며 말없이 집게손가락으로 천천히 앞으로 나오고 있는 그레고르를 가리켰다. 바이올린 소리가 그쳤다. 가운데 남자는 처음엔 고개를 저으며 옆의 친구들에게 웃음을 지었고, 그리고 다시 그레고르를 쳐다보았다. 아버지는 그레고르를 쫓아내는 것보다 먼저 하숙인들을 달래는 게 급선무라고 여기는 것 같았다. 그러나 이들은 전혀 흥분하지 않았고, 바이올린 연주보다 그레고르 모습을 더 재밌어하는 것 같았다. 재빨리 그들에게 다가간 아버지는 양팔을 활짝 벌려 그들이 방에 들어가도록 종용했고, 동시에 자신의 몸으로 그들이 그레고르를 보지 못하게 가리려고 애를 썼다. 그들이 이제 정말 화를 좀 냈는데, 그게 아버지의 행동 때문인지 아니면 옆방에 그레고르 같은 이웃이 있는 것을 숨긴 것 때문인지 명확치 않았다. 그들은 아버지에게 해명을 요구하고는 불안하게 손으로 수염을 쓸어 당기며 천천히 자기들 방으로 물러났다. 갑자기 중단된 바이올린 연주 때문에 정신이 멍해졌던 여동생은 그 사이에 정신을 차렸다. 그녀는 잠시 힘없이 축 처진 손으로 바이올린과 활을 쥐고 마치 연주를 계속하고 있는 것처럼 악보를 들여다보았다. 어머니는 호흡곤란으로 거칠게 숨을 쉬며 계속 안락의자에 앉아 있었다. 여동생은 벌떡 일어나 어머니의 무릎에 악기를 내려놓고 두고 옆방으로 달려갔다. 하숙인들이 아버지에 떠밀리다시피 하면서 방으로 빠르게 다가오고 있었다. 여동생이 익숙한 손놀림으로 침대보와 베개를 들어 펼치면서 가지런히 정리하는 게 보였다. 그녀는 하숙인들이 방에 들어오기 전에 침구 정리를 끝내고 밖으로 빠져나왔다. 아버지는 다시 오기가 생겼는지 최소한 세입자들에게 지켜야 하는 존경심을 완전히 잊어버렸다. 그는 하숙인들의 등을 밀고 또 밀어 방문까지 이르렀다. 그때 가운데 남자가 발로 바닥을 세게 굴리며 아버지에게 그만 멈추게 했다. "저는 이제 선언합니다만", 그가 한 손을 치켜들고 시선은 어머니와 여동생을 찾았다. "이 집과 가족에게서 벌어지고 있는 불쾌한 상황을 감안해" - 이때 그는 대뜸 바닥에 침을 뱉었다 - "당장 내 방을 비우겠습니다. 물론 내가 여기서 그간 산 날짜에 대해 단 한 푼도 지불하지 않을 겁니다. 오히려 제가 당신에게 어떤 요구를 해야 되는 게 아닌지 고민해볼 겁니다. 이유가 너무나 명백하지 않습니까? 두고 보세요." 그는 말을 멈추고 정면을 쳐다보았다, 마치 무언가를 기대하는 듯했다. 아니다 다를까 다른 두 친구들도 즉시 "우리도 당장 나가겠습니다." 하고 말했다. 그러자 그는 문손잡이를 잡고 쿵 소리가 나게 문을 닫아버렸다.

아버지는 손을 짚고 비틀거리면서 안락의자로 다가가 털썩 쓰러졌다. 그가 마치 습관적인 초저녁 졸음 때문에 기지개를 켜는 것처럼 보였다. 그런데 머리를 세게 끄덕이는 거로 보아 잠을 자는 건 전혀 아니었다. 그레고르는 하숙인들이 그를 발견했던 그 자리에 내내 그대로 조용히 있었다. 자기의 계획이 실패한 데 대한 실망감과, 또 어쩌면 오랜 굶주림에서 비롯된 허약함 때문에 그는 전혀 움직일 수 없었다. 그는 다음 순간 분명히 무슨 날벼락이 자신을 덮칠 것 같아 겁먹은 채 가만히 기다렸다. 어머니가 손가락을 떠는 바람에 바이올린이 무릎에서 떨어지면서 날카로운 소리를 냈지만, 그 소리조차도 그레고르에겐 들리지 않았다.

"아버지, 어머니", 여동생이 말을 꺼내며 손으로 탁자를 두드렸다. "이렇게는 더 이상 안 돼요. 어쩌면 두 분은 잘 모르시겠지만 저는 알아요. 저는 이 괴물 앞에서 오빠의 이름을 부르고 싶지 않아요. 그래서 드리는 말씀인데, 우리는 저것에게서 벗어나야 해요. 우리는 저것을 보살펴주고 또 참기도 했고, 어쨌든 사람이 할 바는 다 했어요. 제 생각에 누구도 우리를 결코 비난하지 못할 거예요."

"저 애 말이 백번 옳아." 아버지가 혼잣말을 했다. 아직도 호흡이 정상으로 돌아오지 않은 어머니는 손으로 입을 막고 눈을 이상하게 뜨고 낮게 기침을 하기 시작했다.

여동생은 재빠르게 어머니한테 가서 이마를 받쳐주었다. 아버지는 여동생의 말에 좀 더 구체적인 생각을 하는 것 같았다. 그는 자세를 고쳐 바로 앉고, 하숙인들의 저녁식사를 위해 식탁 위에 둔 접시들 사이에 있던 사환 모자를 만지작거리며 조용히 있는 그레고르를 간간이 쳐다보았다.

"우리는 저것에게서 벗어날 방법을 찾아야 해요." 여동생은 어머니가 기침 때문에 아무것도 듣지 못하자, 이제 아버지한테만 말했다. "저것이 두 분 모두를 죽게 할 거예요. 그렇게 될 게 뻔해요. 우리 모두처럼 이미 힘들게 일한다면, 집에서까지 이런 끝없는 고통을 견딜 수는 없어요. 저는 더는 못하겠어요." 여동생이 얼마나 심하게 우는지 그녀의 눈물이 어머니의 얼굴로 흘러내렸다. 어머니는 그저 반복적인 손동작으로 눈물을 훔치기만 했다.

"얘야", 아버지가 가여운 듯이, 또 전에 없는 이해심을 보이며 말했다. "그런데 우리가 무엇을 할 수 있단 말이냐?"

여동생은 자기도 잘 모르겠다는 듯이 어깨를 으쓱해 보였다. 이전까지 확신에 찬 태도가 우는 동안 사라져버렸다.

"저 애가 우리를 이해할 수만 있다면." 아버지가 반쯤 묻는 투로 말했다. 울고 있던 여동생은 절대 그런 일은 생각할 수 없다며 손을 세게 저었다.

"저 애가 우리를 이해할 수만 있다면." 아버지가 같은 말을 반복했고, 그게 불가능하다는 여동생의 확신을 자신도 인정한다는 듯이 눈을 감았다.

"그러면 저 애와 뭔가 합의라도 볼 텐데. 하지만 그게…"

"없애야 해요." 여동생이 소리쳤다. "아버지, 그게 유일한 방법이에요. 저것이 그레고르라는 생각을 버리도록 해봐요. 우리의 진짜 불행은 우리가 오랫동안 그렇게 믿었다는 거예요. 그런데 저것이 어떻게 그레고르이겠어요? 저것이 그레고르라면, 그는 인간이 저런 동물과 함께 살 수 없다는 것을 진즉에 알고 제 발로 나갔겠죠. 그랬다면 우리는 오빠가 없다 해도 계속 살 수 있고, 그를 훌륭한 모습으로 기억하겠죠. 그런데 이 동물은 우리를 괴롭히고 하숙인들을 내쫓는가 하면, 보아하니 이 집을 통째로 차지하고 우리를 거리로 내몰려고 하잖아요." 여동생이 갑자기 고함을 쳤다. "저 보세요, 아버지! 또 다시 시작했어요!" 여동생은 경악을 하면서 - 왜 저리 놀라는지 그레고르는 전혀 이해가 안 됐다 - 어머니의 곁을 떠났다. 단호하게 어머니의 안락의자에서 벗어나 재빨리 아버지의 등 뒤로 갔다. 마치 그레고르의 곁에 머무르느니 차라리 어머니를 희생시키는 걸 택한 것 같았다. 아버지는 단지 여동생의 행동에 당황해 자리에서 일어섰고, 여동생을 보호하듯이 그녀 앞으로 반쯤 팔을 뻗었다.

그러나 그레고르는 누구에게도, 하물며 여동생에게 위협을 가할 생각이 추호도 없었다. 그는 자기 방으로 다시 이동하기 위해 단지 몸을 돌리기 시작했을 뿐인데, 그게 매우 눈에 띄었다. 그건 그가 몸을 다치는 바람에 머리를 살짝 같이 움직여줘야 했기 때문이다. 그는 여러 번 머리를 들었다가 바닥에 부딪치면서 밀었다. 그는 멈춰 서서 주위를 둘러보았다. 그의 선한 의도가 전달된 모양이다. 그들은 단지 잠깐 놀랐을 뿐이었다. 이제 모두가 말없이 슬프게 그를 응시했다. 어머니는 안락의자에서 다리를 쭉 펴서 포개고 있었고, 지쳐서 두 눈이 거의 감겨 있었다. 아버지와 여동생은 나란히 앉아 있었는데, 여동생의 손이 아버지의 목에 닿아 있었다.

"이제는 몸을 좀 돌려도 되겠지." 이렇게 생각한 그레고르는 하던 동작을 계속 이어갔다. 그는 힘이 들어 숨이 가쁜 것을 견딜 수 없어 가끔씩 쉬어야 했다. 물론 아무도 그를 재촉하지 않았고, 모든 게 그의 판단이었다. 회전이 완전히 끝나자 그는 즉시 방까지 직선으로 되돌아가기 시작했다. 그는 여기서부터 방까지 이렇게 먼 것에 대해 놀랐고, 또 이렇게 허약한 몸으로 방금 전에 어떻게 똑같은 길을, 그것도 멀다고 전혀 의식하지 못한 채 왔는지 전혀 이해할 수 없었다. 그는 계속 빨리 기어가는 것만 신경 쓰느라, 그를 방해하는 가족들의 말이나 고함 소리가 전혀 없었음을 생각지 못했다. 그가 문에 이르렀을 때 비로소 고개를 뒤로 돌렸다. 목이 뻣뻣해지는 느낌이 들면서 고개를 완전히 돌릴 수 없었다. 그럼에도 그는 자신의 뒤에서 아무 것도 변하지 않은 것을 볼 수 있었다. 다만 여동생이 일어나 있었다. 그의 마지막 시선이 이제는 완전히 잠이 든 어머니를 스치고 지나갔다.

그가 방에 들어서자마자 순식간에 문이 닫히고, 단단히 빗장을 건 뒤 막아버렸다. 뒤에서 들린 갑작스런 소음에 그레고르는 너무 놀랐고, 그 바람에 조그만 다리들이 꺾였다. 그렇게 급하게 서두른 사람은 여동생이었다. 그녀는 미리 일어나서 기다리고 있다가 민첩하게 앞으로 뛰어나와 - 그레고르는 여동생이 오는 걸 전혀 듣지 못했다 - 문 자물쇠에 열쇠를 꽂고 돌리면서, 부모님을 향해 "이제 됐어요!" 하고 외쳤다.

"이제 어떻게 하지?" 그레고르는 자신에게 되물으며 어둠 속에서 주위를 둘러봤다. 그는 자기가 이제 전혀 움직일 수 없음을 곧 깨달았다. 그건 놀랍지 않았다. 오히려 그가 지금까지 이렇게 작고 가는 다리들로 정말로 돌아다녔다는 게 이상했다. 그런데 그는 비교적 편안해졌다. 온몸에 통증이 있었지만 그 통증들이 서서히 약해지고 또 약해져서 결국엔 완전히 사라질 것 같았다. 등에 박힌 썩은 사과와, 또 부드러운 먼지로 뒤덮인 그 주위의 곪은 상처를 그는 이미 거의 느끼지 못했다. 그는 감동과 사랑으로 가족들을 떠올렸다. 자신이 없어져야 된다는 생각은 여동생의 생각보다 어쩌면 더 확고했다. 탑시계가 오전 세 시를 알릴 때까지 그는 다 내려놓은 듯이 평온하게 생각에 잠겨있었다. 창밖의 세상이 서서히 밝아지는 것을 아직 느낄 수 있었다. 다음 순간 자기도 모르게 머리가 앞으로 푹 쳐졌다. 그의 콧구멍에서 마지막 숨이 힘없이 새어나왔다.

아침 일찍 가정부가 왔다. 그녀에게 제발 그러지 말아달라고 수도 없이 부탁했건만, 가정부가 집의 문들을 너무 세게 닫아대는 바람에 그녀가 오고나면 집에서 더는 조용히 잘 수가 없었다. 그녀는 늘 하던 대로 그레고르의 방에 잠시 들어갔다. 그러나 처음에는 별다른 점을 전혀 찾지 못했다. 그녀는 그가 모욕당한 사람처럼 일부러 그렇게 꼼짝 않고 있다고, 되게 머리가 좋다고 생각했다. 가정부가 마침 들고 있던 긴 빗자루를 가지고 문가에 서서 그레고르를 간지럽게 했다. 그러나 전혀 움직임이 없자 약이 오른 가정부가 그레고르를 살짝 찔렀다. 그런데도 그의 몸이 아무 저항 없이 밀려나자 그녀는 자세히 살폈고, 곧 사태를 정확히 파악했다. 가정부는 눈을 커다랗게 뜨고 휘파람 소리를 냈으나, 그곳에 오래 머물지는 않았다. 그녀는 침실로 달려가 문을 활짝 열고 어둠 속을 향해 큰 소리로 외쳤다. "한번 와보세요, 저것이 뒈졌어요. 저기 뻗어있는데, 완전히 뒈졌다구요!"

잠자 씨 부부는 침대에서 일어나 똑바로 앉으며, 그녀가 전하는 내용을 파악하기에 앞서 우선 갑자기 가정부가 뛰어 들어온 것에 대해 놀란 기색을 감추려 했다. 그리고 잠자 씨 부부는 각각 침대 양편에서 급히 내려왔다. 잠자 씨는 이불을 어깨에 걸쳤고, 잠자 부인은 잠옷만 입은 채 바깥으로 나왔다. 그렇게 두 사람은 그레고르의 방에 들어섰다. 그 사이에 거실 방문도 열렸다. 하숙을 치게 되면서부터 그레테가 거실에서 잠을 잤는데, 지금 그녀는 전혀 잠을 자지 않은 듯이 옷을 다 입고 있었고, 그녀의 창백한 얼굴 역시 그렇게 말하고 있었다. "죽었다고요?" 잠자 부인이 말하며 묻는 투로 가정부를 쳐다보았다. 굳이 물을 필요 없이 본인 스스로 모든 상황을 살펴볼 수 있고, 심지어 살펴보지 않아도 뻔히 알 수 있었다. "그런 것 같은데요." 가정부는 말하고, 마치 증명이라도 하듯 빗자루로 그레고르의 시체를 옆으로 크게 밀어보였다. 잠자 부인은 빗자루를 붙잡으려는 제스처를 썼지만, 실제로 붙잡지는 않았다. 잠자 씨가 말했다. "그럼 이제 하나님께 감사를 드릴 수 있겠구나." 그가 성호를 긋자 세 명의 여인들이 그를 따라 했다. 시체에서 눈을 떼지 못하고 있던 그레테가 "한 번 보세요, 그가 얼마나 야위었는지. 사실 오랫동안 먹지를 않았잖아요. 음식들을 방에 넣어준 그대로 다시 들고 나왔어요." 그레고르의 몸은 정말 완전히 납작하고 바짝 말라있었다. 이제야 비로소 그것이 보였다. 왜냐면 작은 다리들이 더 이상 그의 몸을 받치고 있지 않았고, 또 시선을 회피하게 하는 그 어떤 것도 남지 않았기 때문이다.

"그레테야, 잠시 우리 방으로 좀 가자." 잠자 부인이 슬픈 미소를 지으며 말했고, 그레테는 고개를 돌려 시체를 쳐다본 뒤 부모님을 따라 침실로 건너갔다. 가정부는 방문을 닫고, 창문을 완전히 활짝 열었다. 이른 아침이지만 신선한 공기에 이미 온기가 서려 있었다. 그러고 보니 이미 3월 하순이었다.

세 명의 하숙인은 방에서 나와 어리둥절하며 그들의 조식이 어디 있는지 둘러보았다. 모두가 그들의 존재를 잊고 있었던 것이다. "아침 식사는 어디에 있지요?" 가운데 신사가 가정부에게 투덜거리며 말했다. 그녀는 손가락을 입술에 대며 남자들에게 그레고르 방으로 와보라고 짧고 빠르게 손짓을 했다. 방으로 따라 들어온 그들은, 좀 닳은 저고리 주머니에 손을 찌른 채, 이미 훤하게 밝은 방의 그레고르의 시체 주위에 둘러섰다.

그때 침실의 문이 열렸고, 사환 제복을 입은 잠자 씨가 나타났다. 그의 양팔을 아내와 그레테가 각각 붙잡고 있었다. 모두 조금 운 얼굴이었다. 그레테가 이따금씩 아버지의 팔에 얼굴을 파묻었다.

"즉시 내 집에서 떠나주시오!" 잠자 씨는 여전히 여자들에게 양팔을 내맡긴 채 문을 가리켰다. "무슨 말이십니까?" 가운데 남자가 약간 당황해서 말하며 부자연스럽게 미소를 지었다. 다른 두 남자는 양손을 등 뒤로 한 뒤 계속 손을 비벼댔다. 마치 자신들이 유리할 수밖에 없는 큰 싸움이 벌어지길 즐겁게 기대하는 사람들 같았다. "제가 말한 그대로입니다." 잠자 씨는 이렇게 답하고, 두 명의 동행인들과 한 줄로 서서 그 가운데 남자에게 다가갔다. 이 사람은 처음에는 잠자코 서 있다가, 마치 머릿속으로 생각을 새롭게 가다듬는 듯 바닥을 보았다. "그렇다면 가죠." 그가 그렇게 답하고 잠자 씨를 쳐다보았는데, 갑자기 겸손해진 그가 마치 이 결정에 대해서도 새로 허락을 구하는 것 같았다. 잠자 씨는 눈을 크게 뜨고 그에게 단지 몇 차례 짧게 고개를 끄덕였다. 그러자 그 남자는 정말로 즉각 성큼성큼 현관으로 걸어갔다. 그의 두 동료들은 이미 손동작을 멈춘 채 대화를 들었고, 이제 얼른 뛰어서 그를 뒤따라갔다. 마치 잠자 씨가 자신들보다 먼저 현관에 가서 자신들과 그들의 대표자 사이에 끼어들까 봐 두려운 듯했다. 세 명의 남자들은 현관의 옷걸이에서 모자를 집고 지팡이 통에서 지팡이를 꺼냈으며, 말없이 고개 숙여 인사를 하고 집을 나갔다. 결과적으로 전혀 근거 없는 의심을 품었던 잠자 씨는 두 여자와 함께 집 현관문 밖까지 나갔다. 이들은 난간에 기대고 서서, 세 명의 남자들이 천천히 그러나 일정한 속도로 긴 계단을 내려가는 것을, 또 각 층에서 방향을 틀 때마다 시야에서 사라졌다가 잠시 후 다시 나타나는 것을 보았다. 그들이 아래로 내려갈수록 그들에 대한 잠자 씨 가족의 관심도 사라져갔다. 정육점 점원이 고기를 담은 판을 어깨에 이고 자랑스럽게 계단을 오르다 세 남자를 지나쳐 위로 올라오자, 잠자 씨는 여자들과 함께 난간에서 물러나 가벼워진 마음으로 함께 집 안으로 들어갔다.

그들은 오늘 하루를 충분히 쉬면서 산책을 하기로 했다. 그들은 일을 쉴 자격이 있을 뿐 아니라, 또 절대적으로 필요하기도 했다. 그렇게 그들은 탁자에 앉아 잠자 씨는 관리자에게, 잠자 부인은 일감을 맡긴 사람에게, 그레테는 상점주인에게, 이렇게 각자 양해 편지를 썼다. 그들이 편지를 쓰고 있는데, 가정부가 들어와 아침 일이 끝나 이제 간다고 말하려 했다. 글을 쓰던 세 사람은 고개를 들지도 않고 그냥 끄덕이기만 했다. 그런데도 가정부가 여전히 가지 않고 서 있자, 잠자 씨가 다소 짜증이 나 그녀를 보며 "뭡니까?" 하고 물었다. 가정부는 문에 서서 미소를 띠고 있었다. 그녀는 가족에게 아주 좋은 소식이 있는데, 자기한테 자세히 물어보면 알려주겠다는 표정이었다. 그녀의 모자에 거의 수직으로 꽂혀 있는 작은 타조 깃이 사방으로 가볍게 흔들거렸다. 잠자 씨는 그녀가 일하는 동안 내내 이 깃이 거슬렸었다. "대체 무슨 일이죠?" 가정부가 제일 존경하는 잠자 부인이 물었다. "예, 실은", 가정부는 대답을 하면서도 생글생글 웃느라 바로 말을 잇지 못했다. "옆방에 있는 저것을 어떻게 내다버릴지 걱정하지 마시라구요. 이미 다 처리했습니다." 잠자 부인과 그레테가 쓰던 편지를 마저 쓰기 위해 몸을 앞으로 숙였다. 잠자 씨는 가정부가 지금 세세하게 얘기를 시작하려는 것을 눈치 채고 손을 뻗어 단호하게 이를 제지했다. 그녀는 말할 기회를 주지 않자 급한 일이 생각났다면서 자존심이 상한 듯 "그럼 안녕히 계세요." 하고 외쳤다. 그리고 획 돌아서 쿵 소리가 나도록 현관문을 엄청나게 세게 닫고 나갔다.

"저녁 때 해고해야겠어." 잠자 씨가 말했다. 그러나 부인도 딸도 아무런 대답이 없었다. 왜냐면 그들이 겨우 얻은 휴식을 가정부가 또 방해한 것 같았기 때문이다. 두 여자는 일어나 창가로 갔고, 거기서 서로 부둥켜안은 채로 있었다. 안락의자에 앉아 있던 잠자 씨는 그들 쪽으로 몸을 돌린 뒤 잠시 두 사람을 조용히 바라보았다. 그리고는 외쳤다. "자, 이리로 좀 와. 지난 일들은 이제 그만 내려두고. 그리고 내 생각도 조금 해줬으면 해." 즉시 두 여자는 그의 말에 따라 그에게로 달려와 그를 쓰다듬었고, 쓰던 편지를 얼른 끝냈다.

그리고는 세 사람이 다 함께 몇 달 만에 처음으로 집을 나섰다. 그들은 전차를 타고 시내를 벗어나 야외로 갔다. 그들 가족만이 타고 있는 전차에는 따스한 햇살이 스며들고 있었다. 그들은 의자에 편안하게 기댄 채 미래의 전망에 대해 대화를 나누었는데, 자세히 들여다보니 그렇게 나쁘지만은 않음을 알게 되었다. 왜냐면 각자 하는 일에 대해 서로 자세히 물은 적은 없었지만 세 사람의 일자리 모두 매우 괜찮았고, 특히 향후에 더 유망했기 때문이다. 당장 시급하게 상황을 개선하려면 우선은 집부터 옮겨야 했다. 그들은 현재 살고 있는, 그레고르가 구한 이 집보다는 조금 작고 가격이 싼, 하지만 위치가 좋고 무엇보다 살기 편한 집을 알아볼 것이다. 그들이 그렇게 대화를 나누는 동안 잠자 씨와 잠자 부인은 갈수록 생기발랄해지는 딸을 바라보면서, 딸아이가 최근에 뺨이 창백해질 정도로 온갖 고생을 겪으면서도 아름답고 풍만한 아가씨로 활짝 피어나고 있음을 거의 동시에 느꼈다. 이들 부부는 하던 대화를 점차 멈추고 거의 무의식적으로 서로의 눈빛으로 마음을 주고받으면서, 이제 딸아이를 위해 멋진 남자를 찾아볼 때가 되었다고 생각했다. 전차가 목적지에 도착하자 딸이 제일 먼저 일어나 젊은 육체를 쭉 폈을 때, 잠자 씨 부부는 그들의 새로운 꿈과 선한 의도를 다짐하는 것 같았다.

선고

Das Urteil

선고

F.를 위하여

화창하기 이를 데 없는 봄날의 어느 일요일 오전이었다. 젊은 상인 게오르크 벤데만은 강을 따라 일렬로 죽 늘어선, 단순하게 지은 저층 주택들 중 한 채의 이 층 자기 방에 앉아 있었다. 이 주택들은 높이와 색깔만 다를 뿐 생긴 게 똑같았다. 그는 외국에 있는 어릴 적 친구에게 보내는 편지를 이제 막 끝낸 후 장난하듯 천천히 편지를 봉하고, 팔꿈치를 책상에 괸 채 창 너머로 강과 다리를 바라보았다. 강 건너 기슭의 비탈면에는 연한 초록빛이 감돌기 시작했다.

그는 이 친구가 고향에서 장래의 전망에 만족하지 못하고 수년 전에 러시아로 달아나다시피 떠났던 일을 생각했다. 그가 지금은 페테르부르크에서 사업을 하고 있었다. 그가 고향을 방문하는 횟수가 예전과 달리 갈수록 점점 뜸해졌는데, 그때마다 앓는 소리를 하는 걸로 봐서 초창기에는 잘 되던 사업이 오래 전부터 부진한 것 같았다. 그렇게 그 친구는 객지에서 헛되이 고생만 하고 있는 셈이다. 낯선 느낌의 덥수룩한 수염이 유년시절부터 익숙하던 그의 얼굴을 볼품없이 다 가렸고, 그의 누런 피부색은 어떤 병이 있는 것은 아닐까 하고 짐작케 했다. 그의 말로는 그는 그곳에 있는 동향인들 집단과 제대로 된 연결고리가 없고, 고향의 가족들과도 교류가 거의 없으며, 그렇게 완전히 독신생활에 적응해가고 있었다.

안타깝게도 분명 곤경에 처한 것 같지만, 도울 길이 없는 사람에게 무슨 말을 쓸 수 있을까? 어쩌면 다시 집으로 돌아와 이곳에 생활터전을 뿌리내리고, 옛날 친구들과의 모든 관계를 다시 시작하고 - 이건 전혀 문제가 되지 않을 것이다 - 게다가 친구들의 도움을 믿어보라고 그에게 조언해야 하나? 하지만 이는 동시에 그에게 지금까지 너의 시도들이 실패했으니 이제는 제발 그 일들을 멈추고 귀향해야 하고, 고향에 완전히 돌아온 사람에게 쏟아지는 타인들의 놀란 시선을 견뎌내야 한다는 말이며, 네 친구들만이 어느 정도 이 상황을 이해할 수 있고, 나이만 들었지 철부지에 불과한 네가 성공한 고향 친구들의 말을 들어야 한다고 말하는 것이기도 하다. 그를 위한다고 말할수록 그에겐 더 큰 상처가 될 것이다. 그렇다면 그에게 이런 온갖 고통을 주는 게 효과가 있기나 한 걸까? 어쩌면 그의 귀향조차도 이루어지지 않을 것이다. 그 스스로도 이제는 고향의 상황을 모른다고 말하지 않았던가. 만일 그가 온갖 어려움에도 불구하고 타지에 머무른다면, 괜히 조언한답시고 그의 기분만 상하게 하고 친구들과는 더 멀어지게 할 것이다. 하지만 그가 실제로 조언을 받아들인다 해도 그는 이곳에서 기가 죽어 - 물론 누구도 의도하지 않겠지만 현실을 보고 - 친구들과 어울리지 못하고, 그들 없이 제대로 지내지도 못한 채 부끄러움으로 고통받을 것이다. 그가 정말 고향도 친구도 되찾지 못한다면 차라리 지금처럼 타지에 머물러 있는 것이 그에게 훨씬 더 낫지 않을까? 사정이 이런데 그가 여기에서 무슨 성공을 거두리라고 생각할 수 있을까?

이런 이유로 게오르크는 그와 서신 교환을 유지하고 싶었지만, 아주 먼 곳에 있는 지인들에게도 주저 없이 알릴 수 있는 그런 소식들조차 전할 수 없었다. 그 친구는 어느덧 삼 년이 넘도록 고향에 오지 않았는데, 이에 대해 러시아의 정치 상황이 불안정해서 작은 사업을 하는 사람일지라도 잠시 동안 자리를 비우는 게 불가능하다고 매우 궁색한 변명을 했다. 수십만 명의 러시아인들이 문제없이 세계를 돌아다니는데도 말이다. 하지만 이 삼 년의 기간 동안 게오르크에게는 많은 변화가 있었다. 이 년 전쯤에 어머니가 돌아가셨고, 그 이후로 게오르크는 늙으신 아버지와 한 집에 살고 있었다. 친구가 어머니의 사망 소식을 들었는지 편지로 조의를 표했는데, 그 내용이 무미건조했다. 그것은 타지에서는 이런 일에 대한 슬픔이 전혀 와 닿지 않기 때문인 것 같았다. 한편 게오르크는 그때 이후로 다른 것과 마찬가지로 자기 사업에 더욱 공을 들였다. 어쩌면 아버지는 어머니가 살아계실 때에 사업과 관련해 본인의 생각만 옳다고 함으로써 게오르크가 실제로 나서서 활동하는 걸 방해한 것 같았다. 어쩌면 아버지는 어머니의 사망 이후, 여전히 가게를 하고는 있지만 더 소극적으로 변한 것 같았다. 아니면 뜻밖의 행운이 크게 작용했는지, 필경 그랬을 것이다, 아무튼 지난 이 년간 가게가 전혀 기대치 않았는데 번창하였다. 직원을 두 배로 늘려야 했고 매상이 다섯 배로 증가했으며, 계속 발전할 것임에는 의심의 여지가 없었다.

친구는 이런 변화를 상상도 못할 것이다. 이전에, 아마 가장 최근에 조문 편지를 보내왔을 때인데, 그 편지에서 친구는 게오르크가 러시아로 이주하도록 설득하려 했고, 게오르크가 페테르부르크에 가게의 지점을 열 경우에 전망이 어떨지를 장황하게 설명해준 적이 있었다. 그가 말한 수치들은 게오르크의 가게가 현재 벌어들이고 있는 규모에 비하면 너무나 미미했다. 그러나 게오르크는 자신이 운영하는 사업이 얼마나 성공했는지 친구에게 편지로 알릴 마음이 전혀 없었고, 이제 와서 그렇게 하는 것도 정말로 이상하게 보였을 것이다.

그래서 게오르크는 어느 조용한 일요일 날, 곰곰이 생각해보면 기억 속에 이것저것 두서없이 떠오르는, 그런 대수롭지 않은 일들만을 친구에게 편지로 알리기로 했다. 친구는 아마 지난 오랜 세월 동안 고향의 도시에 대해 자신이 그리는 모습을 간직한 채 그에 만족하고 있을 것이기에, 게오르크는 그 모습을 일체 훼손하고 싶지 않았다. 그렇게 게오르크는 친구에게 꽤나 긴 시차를 두고 쓴 편지들에서 모 아무개 남자와 역시 모 아무개 아가씨의 약혼을 세 차례 알렸는데, 이 친구가 게오르크의 의도와는 전혀 달리 이 기이한 일에 관심을 보이기 시작한 것이다.

게오르크는 친구에게 그런 일들은 기꺼이 알렸지만, 정작 자기 자신이 한 달 전에 유복한 가정의 딸인 프리다 브란델펠트 양과 약혼했다는 사실은 실토하지 않았다. 종종 그는 약혼녀에게 그 친구 이야기를 하면서, 그 친구와는 서신을 주고받는 특별한 관계라고 말했다. "그렇다면 그가 우리 결혼식에 올 리는 없겠네. 하지만 나는 네 친구들을 모두 알 권리가 있어." 그녀가 말했다. "나는 그를 방해하고 싶지 않을 뿐이야. 오해하지 않았으면 해. 십중팔구 그는 올 거야. 적어도 내 생각은 그래. 하지만 그는 강요당했다고 또 상처 입었다고 느낄 거야. 어쩌면 나를 부러워하고 분명 불만도 있겠지. 그러나 그 불만을 결코 해소하지 못한 채 혼자 다시 돌아가겠지, 혼자서. 그게 무슨 의미인지 알겠어?" 이렇게 게오르크가 대답했다. "알지. 그렇지만 네 친구가 우리 결혼에 대해서 다른 경로로 알 수 있지 않을까?" "그것까지 내가 막을 순 없지. 하지만 그가 사는 방식을 보면, 그럴 가능성은 거의 없어." "게오르크, 네게 그런 친구들이 있다면 차라리 약혼을 하지 않는 편이 좋을 뻔했어." "그래, 그건 우리 두 사람의 잘못이야. 그렇지만 난 지금도 내 생각에 변화가 없어." 그의 계속된 키스로 그녀가 가쁘게 숨을 내쉬면서 "그래도 기분이 상한 것은 사실이야." 라고 말하자, 게오르크는 친구에게 편지로 모든 일을 알려주는 게 정말로 위험하지 않을 거라고 생각했다. "나는 이런 사람이니까, 이런 내 모습을 그는 받아들여야 해." 그는 혼잣말을 했다. "친구와의 우정을 위해, 그에게 좀 더 어울리는 사람이 되어보겠다고 나를 내가 아닌 다른 사람으로 만들 수는 없어."

실제로 게오르크는 지금 일요일 오전에 친구 앞으로 쓴 긴 편지에서 자신이 약혼했다는 사실을 다음과 같은 말로 알렸다. "제일 좋은 새로운 소식을 끝까지 숨기고 있었군. 나는 프리다 브란덴펠트라는 아가씨와 약혼을 했어. 유복한 가정의 딸인데, 그 집은 네가 떠나고 한참 후에 이곳으로 이주했으니 너는 잘 모를 거야. 내 약혼녀에 관해 더 자세한 이야기를 들려줄 기회가 다음에 있을 거야. 오늘 쓸 말은 그저 내가 매우 행복하다는 것, 그리고 우리의 서로의 관계에서 달라진 것이라곤 단지 내가 그저 평범한 친구에서 이제는 행복한 친구가 되었다는 것, 이것뿐이야. 게다가 너는 내 약혼녀와 허물없는 친구가 될 거야. 이는 너처럼 총각에게는 전혀 의미 없는 일은 아닐 거야. 지금 그녀가 너에게 다정한 인사를 전하고 있고, 다음엔 직접 편지를 쓸 거야. 네가 여러 일들에 매여 있어서 이곳을 방문하기 힘들 거라고 생각해. 하지만 내 결혼식이야말로 온갖 장애를 한 번에 물리칠 최고의 기회가 아닐까? 그러나 상황이 어떻든 간에 너무 다른 것들을 고려하지는 말고, 오직 너의 뜻대로 행동하길 바랄께."

게오르크는 이런 내용의 편지를 손에 들고 창밖을 바라보면서 오랫동안 책상에 앉아 있었다. 거리에서 아는 사람 한 명이 지나가다 게오르크를 보고 인사를 했지만, 그는 건성으로 미소를 지을 뿐 제대로 답하지 않았다.

마침내 그는 편지를 주머니에 넣고 자기 방을 나와 작은 복도를 가로질러 아버지의 방으로 들어섰다. 그 방에 가지 않은 지 벌써 몇 달째였다. 가게에서 항상 아버지와 함께 있기에 굳이 방에까지 찾아갈 필요는 없었다. 두 사람은 한 식당에서 같이 점심 식사를 하고, 저녁에는 각자 볼일을 보았다. 저녁에 게오르크가 친구들과 함께 있거나 혹은 지금처럼 약혼녀를 만나러 나가는 경우가 자주 있는데, 이런 때를 빼고 두 사람은 저녁에 공동 거실에 잠시라도 앉아 각자 신문을 들척거리곤 했었다.

게오르크는 햇볕이 내리쬐는 오전인데도 아버지의 방이 너무 어두워서 깜짝 놀랐다. 좁은 마당 건너편에 세워진 높다란 담 때문에 그늘이 진 탓이었다. 구석 쪽 창가에 앉은 아버지는 나빠진 시력 때문에 신문을 눈앞에 비스듬히 들고 읽고 있었다. 구석 쪽은 돌아가신 어머니를 기리는 여러 가지 물건들로 꾸며져 있었다. 탁자 위에는 아침 식사를 하고 남은 것이 있었는데, 별로 많이 드신 것 같지 않았다.

"아, 게오르크구나!" 하고 말하면서 아버지가 바로 그에게 다가왔다. 그가 걸을 때 무거운 잠옷이 풀어 헤쳐졌고, 끝자락이 그를 감싸며 펄럭였다. '아버지는 여전히 거인이시구나.' 게오르크는 생각했다.

"여긴 지독히 어둡군요." 이윽고 그가 말했다.

"그래, 사실 어둡긴 하지." 아버지가 대답하였다.

"창문도 닫았나 보죠?"

"난 닫는 게 더 좋구나."

"바깥은 아주 따뜻합니다." 게오르크는 앞서 한 말에 덧붙이듯 말하며 자리에 앉았다.

아버지는 아침 식사 그릇을 모아 옆의 서랍장 위에 두었다.

"제가 아버지께 말씀드리고자 하는 것은", 늙은 남자의 움직임을 무심하게 좇던 게오르크가 말을 꺼냈다. “고민 끝에 이제 페테르부르크에 제 약혼 사실을 알렸다는 겁니다.” 그는 주머니에서 편지를 살짝 꺼냈다가 도로 집어넣었다.

“페테르부르크에?” 아버지가 물었다.

“제 친구에게 말입니다” 하고 말하며 게오르크가 아버지의 눈치를 살폈다.

‘아버지가 가게에서는 전혀 다른 모습이었는데.’ 게오르크는 생각했다. ‘여기선 다리를 쩍 벌리고 앉아 가슴 위로 팔짱을 끼고 계시는구나.’

“음, 네 친구한테 말이지.” 아버지가 힘주어 말했다.

“아버지도 아실 겁니다. 제가 처음엔 친구에게 제 약혼 얘기를 전혀 하지 않으려고 했다는 걸요. 배려해서 그런 것이지, 그 외에 다른 이유는 없습니다. 아버지도 아시다시피 그 친구는 까다롭잖아요. 생각해보니, 그가 다른 경로로 제 약혼 사실을 알게 될 것 같습니다. 외롭게 혼자 지내는 그가 그럴 가능성은 거의 없다고 보지만, 설령 그렇다 해도 제가 막을 수는 없습니다. 하지만 저한테서 약혼 얘기를 들을 리는 절대 없을 겁니다.”

“그런데 이제 생각이 바뀌었단 말이지?” 아버지는 이렇게 물으면서 큰 신문을 창문턱에 내려놓고, 손에 쥐고 있던 안경을 신문 위에 놓았다.

“예, 이제 다시 생각을 해보았습니다. 그가 제게 좋은 친구라면, 제 행복한 약혼을 그 역시 행복하게 여길 겁니다. 그래서 그에게 약혼을 알리는 것을 더 이상 주저하지 않게 됐습니다. 하지만 편지를 우체통에 넣기 전에 그것을 아버지에게 말하고 싶었습니다.”

“게오르크” 하고 아들의 이름을 부르며 아버지는 이가 없는 입을 크게 벌렸다. “들어 보거라! 네가 그 일 때문에 내게 상의하러 왔단 말이지. 그건 확실히 잘한 일이다. 하지만 네가 지금 진실을 있는 그대로 말하지 않는다면 그건 아무것도 아니다. 아니 오히려 더욱 불쾌한 일이지. 난 이 일과 상관없는 일들은 들추어내지 않으마. 사랑스런 네 엄마가 세상을 떠난 후로 불미스런 일들이 좀 일어났지. 아마도 그 일들에 대해 말할 때가 있겠지, 어쩌면 우리가 생각하는 것보다도 더 빨리 그리 될 수도 있을 게다. 가게에서 내가 모르게 일어나는 일들이 많더구나. 아마도 내게 숨긴 채 그대로 지나가지는 못할 게다. 지금 나는 네가 내게 뭔가를 숨기고 있다고는 결코 생각하지 않는다. 난 더 이상 힘도 없고, 기억력도 떨어졌단다. 나는 모든 일을 하나하나 다 살펴볼 수 없단다. 이건 무엇보다 자연의 순리이고, 두 번째는 네 엄마의 죽음이 너보다 내게 큰 충격을 안겨주었기 때문이다. - 그런데 마침 그 얘기가 나왔으니 말인데, 그 편지 말이다, 게오르크야 제발 네게 부탁하건대 날 속이진 말거라. 이건 언급할 가치조차 없는 사소한 일이란다, 그러니 날 속일 생각은 말아라. 네가 페테르부르크에 정말 그런 친구가 있다는 말이냐?"

게오르크가 당황해서 일어섰다. "제 친구들 얘기는 그만 하세요. 친구가 수천 명이라도 내게 아버지를 대신할 순 없습니다. 제가 어떤 생각을 하는지 아세요? 아버지께서는 자신의 몸을 충분히 돌보지 않으십니다. 그렇지만 나이를 무시할 순 없어요. 가게에 아버지 없이는 안 된다는 걸 누구보다도 잘 아시잖아요. 하지만 가게가 아버지의 건강에 위협이 된다면, 저는 당장 내일이라도 가게를 완전히 닫겠습니다. 이렇게는 안 됩니다. 우리는 아버지를 위해 다른 생활 패턴을 도입해야 합니다. 근본적으로 다른 패턴을 말입니다. 아버지는 여기 컴컴한 곳에 앉아 계시는데, 거실로 가세요. 그곳엔 볕이 잘 듭니다. 아침 식사는 제대로 드시지도 않고 드는 둥 마는 둥하십니다. 창가에 앉아 창문도 열지 않으시는데, 맑은 공기가 몸에 좋습니다. 안 되겠어요, 아버지! 의사를 불러올 테니 그의 지시를 따르십시오. 방을 바꾸도록 하지요. 아버지가 앞쪽 방으로 옮기시고, 제가 이곳으로 오겠습니다. 아버지한테는 아무런 변화가 없게 하겠습니다. 전부 다 같이 옮기도록 하겠습니다. 그렇지만 그 모든 일은 나중에 하기로 하고, 지금은 침대에 좀 누우세요. 아버지는 지금 절대로 안정이 필요합니다. 자, 옷을 벗으시도록 도와드리겠습니다. 제가 할 수 있으니까 한번 보세요. 아니면 지금 당장 앞쪽 방으로 가시겠습니까? 잠시 제 침대에 누워 계시면 됩니다. 생각해보니 그게 제일 나을 것 같습니다."

게오르크는 백발이 흐트러진 머리를 가슴 위로 숙이고 있는 아버지 곁에 바짝 붙어 서 있었다.

"게오르크야." 아버지가 전혀 움직임 없이 나지막하게 불렀다.

게오르크는 즉시 아버지 옆에 무릎을 꿇었고, 아버지의 지친 얼굴에서 눈동자가 눈언저리까지 채울 정도로 커져서 자신을 향하고 있음을 보았다.

"넌 페테르부르크에 친구가 없어. 넌 늘 농담을 하더니 나한테까지도 그러는구나. 어떻게 네가 하필 그곳에 친구가 있단 말이냐! 도무지 믿을 수가 없구나."

"아버지, 다시 한 번 잘 생각해 보세요." 게오르크는 답하였고, 아버지를 안락의자에서 일으킨 뒤 아주 힘없이 서 있는 그에게서 잠옷을 벗겼다. "제 친구가 우리 집에 다녀간 지가 이제 곧 삼 년이 됩니다. 아버지께서 그를 특별히 좋아하시진 않은 걸로 기억하고 있습니다. 그 친구가 마침 제 방에 앉아 있었는데도, 저는 최소한 두 번을 아무도 없다고 아버지에게 거짓말했었습니다. 아버지가 그를 싫어하시는 걸 잘 이해할 수 있습니다, 그 친구가 좀 특이하거든요. 하지만 아버지도 결국에는 그와 매우 즐겁게 대화를 나누었습니다. 그때 아버지께서 그 친구의 말을 귀담아듣고 고개를 끄덕이는가 하면 질문도 하시고 해서, 저는 매우 자랑스러웠습니다. 잘 생각해 보시면 기억날 겁니다. 그때 그는 러시아 혁명에 대해 믿기지 않는 얘기들을 들려줬습니다. 가령, 그가 키예프에 사업차 출장을 갔다가 어떤 폭동을 만났는데, 한 신부가 발코니에 나와 칼로 자기 손바닥에 크게 십자가를 새겨 피가 흐르는 그 손을 쳐들고 군중들에게 호소하는 광경을 보았다고 했지요. 아버지께서도 그 이야기를 때때로 다시 들려주곤 하셨잖습니까?"

그러는 동안 게오르크는 아버지를 다시 앉히고, 린넨 팬티 위에 입은 내복 바지와 양말을 조심스럽게 벗길 수 있었다. 그는 깨끗하지 않은 내의를 보며 아버지를 소홀히 했다고 자책하였다. 아버지가 내의를 갈아입도록 보살피는 건 분명 자신의 의무였다. 그는 앞으로 아버지를 어떻게 모실 것인지를 두고 약혼녀와 명확하게 얘기한 적이 없었다. 하지만 두 사람은 은연중에 아버지가 지금까지 살던 집에서 혼자 사시는 것을 전제하고 있었다. 그러나 이제 그는 순간적으로 새로 꾸리게 될 가정에 아버지를 함께 모셔야겠다고 굳게 결심했다. 좀 더 자세히 생각해보니, 아버지에 대한 보살핌이 너무 늦은 게 아닌가 싶었다.

그는 양팔로 아버지를 안고 침대로 옮겼다. 그가 몇 발자국을 걸어 침대로 가는 동안 아버지가 그의 가슴에 달린 시곗줄을 만지작거리는 것을 보며 섬뜩한 느낌이 들었다. 아버지가 시곗줄을 얼마나 세게 붙들고 있는지 그를 바로 침대에 눕힐 수 없었다.

하지만 아버지를 침대에 눕히자 이제 모든 게 괜찮아 보였다. 아버지는 직접 이불을 덮었는데, 특히 어깨보다 더 높이까지 이불을 끌어당겼다. 그는 불친절하지 않은 눈빛으로 게오르크를 올려다보았다.

"이제 그 친구 기억나시죠, 그렇죠?" 게오르크가 물으면서 아버지에게 다정하게 고개를 끄덕였다.

"이불이 잘 덮였니?" 아버지는 발이 제대로 덮였는지를 살펴볼 수 없다는 듯 물었다.

"그거 보세요, 침대에 누우시면 확실히 편할 겁니다." 이렇게 말하며 게오르크는 아버지 몸 주위로 이불을 더 꾹 덮었다.

"이불이 잘 덮였니?" 아버지는 거듭 물었고, 게오르크가 어떻게 대답하는가를 유심히 지켜보는 것 같았다.

"걱정 마세요, 잘 덮였으니까요."

"아니다!" 하고 아버지는 큰 소리로 자신이 던진 질문에 답하였다. 그리고 이불을 힘껏 뒤로 확 던졌는데, 그 힘이 얼마나 셌는지 이불이 순간적으로 공중에서 완전히 펼쳐질 정도였다. 아버지는 침대 위에서 꼿꼿이 섰고, 단지 한 손만 가볍게 천장을 짚고 있었다.

"네가 날 덮으려 했지? 나도 알고 있다, 이놈아. 하지만 난 아직 덮이지 않았어. 내가 비록 이제 힘이 없다 해도 너 하나쯤은 충분히 당해낼 수 있어, 아니 충분하고도 남지! 잘 알지, 네 친구를. 그 애가 내 마음에 드는 아들일 수도 있지. 그래서 너는 오랜 세월 동안 그를 속였던 게다. 다른 이유가 뭐가 있겠냐? 내가 네 친구 때문에 울지 않았을 거로 생각하느냐? 그런 이유로 넌 사무실에 틀어박혀서, 사장이 바쁘니 아무도 방해하지 말라는 말이나 하고 - 고작 러시아에 거짓 편지나부랭이나 쓸 시간을 확보하기 위해 말이다. 하지만 다행히도 애비는 자식의 속마음을 들여다보는 법을 누구한테도 배울 필요가 없지. 지금 네가 생각하는 것처럼 설령 네가 그를 눌렀다고 치자, 네 엉덩이로 그 애를 깔아뭉갤 정도로. 그리고 그 친구는 꼼짝도 못하고. 이 상황에서 우리 높으신 아드님께서 결혼을 결심했다는 말이지!"

게오르크는 아버지의 끔찍스러운 모습을 올려다보았다. 아버지가 갑자기 그렇게 잘 안다고 하는 페테르부르크의 친구가 그 어느 때보다도 게오르크의 마음을 사로잡았다. 광활한 러시아 땅에서 갈 곳을 잃은 그의 모습, 약탈을 당해 텅 빈 가게의 문 앞에 서 있는 그의 모습이 눈앞에 그려졌다. 부서진 선반들과 누더기가 된 물건들, 그리고 떨어져 내리는 가스등들 사이에 그가 여전히 서 있었다. 그는 왜 그렇게도 멀리 떠나야만 했나!

"그런데 날 좀 보거라!" 아버지가 소리쳤다. 정신이 혼란스러워진 게오르크는 이 모든 상황을 파악하려고 침대로 뛰어가다 도중에 멈춰 섰다.

"그 여자가 치마를 들어 올렸기 때문에", 아버지가 알랑거리는 듯 고음으로 말하기 시작했다. "그 여자가 이렇게 치마를 들어 올렸기 때문에, 그 추잡한 년이." 아버지가 이를 묘사하느라 셔츠를 높이 쳐들자 허벅지에 전쟁 때 입은 상처가 드러났다. "그년이 치마를 이렇게, 이렇게 또 이렇게 치켜 올렸기 때문에, 네가 그년에게 들러붙은 거야. 넌 아무런 방해 없이 그년과 놀아나려고 네 어미에 대한 기억을 더럽히고 친구를 배반하며, 네 애비를 꼼짝달싹 못하도록 침대에 처박아두었지. 하지만 이 애비가 움직일 수 있을까 없을까?"

그는 도움 없이도 똑바로 서서 두 다리를 앞으로 저었다. 그는 다 알고 있다는 듯 희색이 만면했다.

게오르크는 가급적 아버지에게서 멀리 떨어져서 방 한쪽 구석에 서 있었다. 한참 전부터 그는 모든 것을 빈틈없이 면밀히 관찰해야겠다고 굳게 결심했었다. 안 그랬다가는 자칫 우회적으로나 뒤쪽에서, 혹은 위쪽에서 기습을 당할 수도 있었기 때문이다. 지금 그는 오래 전에 잊었던 그 결심이 다시 떠올랐고, 바늘구멍에 짧은 실을 꿰듯이 그것을 잊었다.

"하지만 그렇다고 그 친구가 배반당한 것은 아니지!" 아버지는 이렇게 소리쳤고, 집게손가락을 흔들며 자기 말에 더 힘을 주었다. "난 여기서 그의 현지 대리인이었다."

"코미디언이시군요!" 게오르크는 자제하지 못하고 이렇게 소리치고 말았다. 그는 즉시 그 말이 어떤 해를 끼칠지 알았고, 이미 너무 늦었지만 아파서 허리를 구부릴 정도로 혀를 꽉 깨물었다. 눈이 마비되는 듯 했다.

"그래, 네 말처럼 내가 코미디를 했다! 코미디! 말 잘했다! 늙은 홀아비인 내게 무슨 위안거리가 달리 있겠느냐? 말해 보거라, 불성실한 직원에게 시달리며, 뼈마디가 쑤시도록 늙어서 이제 뒷방 신세가 된 내게 뭐가 남아 있는지? 대답하는 순간만큼은 제발 나의 진짜 아들이 되어다오. 내 아들이 기뻐 날뛰며 세계를 돌아다니고, 내가 준비했던 가게들을 폐쇄하며 향락에 빠져 곤두박질치더니, 이제는 애비 앞에 나타나 정직한 사람처럼 무뚝뚝한 표정을 하고 내빼다니! 너는 내가, 널 낳은 이 애비가 너를 사랑하지 않았다고 생각하느냐?"

'이젠 몸을 앞으로 숙이겠지.' 게오르크는 생각했다. '쓰러져서 박살나버렸으면!' 마지막 낱말이 그의 머릿속 전체에 울렸다.

아버지는 몸을 앞으로 숙이긴 했지만, 쓰러지진 않았다. 그가 예상한 대로 게오르크가 가까이 다가오지 않자, 그는 다시 몸을 일으켰다.

"거기 그대로 있어라. 난 네가 필요 없다! 넌 네가 이쪽으로 올 만한 힘이 있지만 그게 싫어서 거기 그렇게 서 있다고 생각하겠지. 착각하지 말거라! 우리 중에는 여전히 내가 훨씬 더 강하니까. 나 혼자였다면 아마 물러나야 했을지 모르지. 그러나 네 어미가 내게 이렇게 힘을 보태주었고, 네 친구와는 단단하게 결속을 맺고 있지. 네 고객의 명단은 여기 이 주머니에 다 있다!"

"심지어 셔츠에도 주머니가 있구나!" 게오르크는 혼잣말을 하며 자기가 이 말로 아버지를 온 세상에서 이상한 사람으로 만들 수 있다고 생각했다. 그러나 그 생각은 잠시였을 뿐이다. 왜냐면 그는 계속 모든 것을 잊어버렸기 때문이다.

"네 약혼녀의 팔짱을 끼고 내 앞에 나타나 보거라! 내가 그 여자를 네 옆에 못 있게 쫓아버릴 테니, 어떻게 하는지 두고 봐!"

게오르크는 그 말을 믿을 수 없다는 듯이 얼굴을 찡그렸다. 아버지는 자기가 한 말이 진짜임을 강조하는 듯 게오르크가 서 있는 구석 쪽을 향해 단지 고개를 끄덕일 뿐이었다.

"오늘 네가 와서 네 친구에게 약혼 얘기를 써야 할지 물었을 때, 참으로 재밌더구나. 하지만 그 친구는 다 알고 있어, 이 멍청한 녀석아, 그는 전부 다 알고 있단 말이다! 내가 그 친구에게 편지를 썼다. 너는 나한테서 필기구를 빼앗는 걸 잊었지? 그는 벌써 수 년 째 오지 않았지만, 그가 너보다 백 배는 더 잘 알고 있지. 그는 네가 보낸 편지 따위는 읽지도 않고 꼬깃꼬깃 구겨서 왼손에 움켜쥐고, 오른손으로는 내가 보낸 편지들을 읽기 위해 들고 있지."

한껏 고무된 아버지는 한쪽 팔을 머리 위로 흔들었다. "그는 모든 걸 천 배나 더 잘 알고 있어!" 그가 외쳤다.

"만 배는 될 걸요!" 게오르크는 아버지를 비웃기 위해 이렇게 말했지만, 이 말은 그의 입 안에서 너무나 진지하게 울렸다.

"나는 벌써 몇 년 전부터 네가 이 문제를 들고 올 것임을 지켜보고 있었지! 넌 내가 다른 것에 신경을 쓰는 줄 알았느냐? 내가 신문을 읽는다고 생각했느냐? 자!" 그는 어찌된 일인지 침대로 옮길 때 함께 따라간 신문지 한 장을 게오르크에게 던졌다. 게오르크가 전혀 모르는 이름의 옛날 신문이었다.

"넌 얼마나 더 있어야 철이 들겠느냐? 네 어미는 좋은 날을 겪어보지도 못하고 세상을 떠나야 했다. 네 친구는 저 러시아에서 폐인이 되어가고 있지. 이미 삼 년 전에 내다버릴 만큼 창백해져 있었다. 그리고 나는, 내가 어떤 상황인지는 너도 알 것이다. 너도 보는 눈이 있으니 말이다!"

"그러니까 저를 염탐하셨단 말이군요!" 게오르크가 소리쳤다.

아버지가 동정하듯 건성으로 말했다. "그 말을 너는 진작부터 하고 싶었겠지. 그런데 지금 그 말은 전혀 어울리지 않구나."

그는 더 크게 말했다. "자, 이젠 너 말고도 무엇이 더 있는지 알겠지. 넌 여태껏 너밖에 몰랐다! 그래, 넌 본래는 순진한 아이였지, 그런데 더 엄밀히 따지면 넌 악마 같은 인간이었어! - 그러니 알아두거라. 나는 지금 너에게 물에 빠져 죽을 것을 선고한다!"

게오르크는 방에서 내쫓겨지는 느낌이었다. 그의 뒤에서 아버지가 침대 위로 털썩하고 쓰러지는 소리가 귓전에 울렸다. 계단을 마치 경사진 평면처럼 서둘러 내려가던 그는 도중에 오전 청소를 위해 마침 층계를 올라오던 하녀와 부딪쳤다. 그녀는 "어머나!" 라고 소리를 내지르며 앞치마로 얼굴을 가렸지만, 그는 이미 사라진 뒤였다. 대문을 뛰쳐나온 그는 도로를 건너 강 쪽으로 내달렸다. 그는 어느새 강가의 난간을 꽉 붙들고 있었다, 마치 굶주린 자가 음식을 움켜쥐듯이. 소년 시절 뛰어난 체조 실력으로 부모님의 큰 자랑이었던 그는 가볍게 난간을 훌쩍 넘었다. 난간을 꽉 붙들고 있는 양손에서 조금씩 힘이 빠졌다. 그는 난간 기둥 사이로 버스 한 대를 흘끗 보았다. 자신이 강물에 떨어지는 소리를 가볍게 묻히게 해줄 것 같았다. "부모님, 저는 그래도 부모님을 언제나 사랑했습니다." 그는 낮은 소리로 외쳤고, 아래로 떨어졌다.

이 순간 다리 위에는 오가는 차량들의 행렬의 끝없이 이어졌다.

유형지에서

In der Strafkolonie

유형지에서

"이것은 독특한 기구입니다." 장교는 여행자에게 이렇게 말하고 놀라움이 가득한 눈빛으로 이미 익숙한 그 기구를 살폈다. 사령관은 여행자에게 불복종과 상관 모욕죄로 유죄 판결을 받은 한 병사를 처형하는 자리에 동석해줄 것을 요구했고, 여행자는 예의상 마지못해 그 요청에 응한 것 같았다. 유형지 내에서조차 이런 처형에는 관심이 그리 많지 않았다. 황량한 언덕으로 사방이 둘러싸인 이곳 모래땅의 깊고 작은 골짜기에는 장교와 여행자를 빼고는 기껏해야 우둔하고 입이 넙죽하며 얼굴과 머리카락이 지저분한 죄수, 그리고 죄수의 발목과 손목, 목을 고정시킨 작은 체인들이 연결된 무거운 체인을 들고 있는 병사가 전부였다. 작은 체인들은 또한 연결고리로 서로 이어져 있었다. 게다가 죄수는 개처럼 매우 순종적으로 보여서, 언덕에 자유롭게 돌아다니도록 풀어주었다가 처형을 시작할 때 돌아오라고 호각만 불면 될 것 같았다.

여행자는 이 기구를 잘 알지 못했다. 그는 표가 날 정도의 무관심한 태도로 죄수 뒤에서 왔다 갔다 하였다. 그 동안에 장교는 땅속 깊숙이 박아서 고정시킨 장치의 아래쪽으로 기어들어가거나, 또 윗부분을 검사하기 위해서 사다리 위로 오르는 등 마지막 준비를 하고 있었다. 그것은 원래 기계공한테 맡겨도 되는 일들이었지만, 장교는 대단히 열심히 그 일을 했다. 아마 장교는 그 기구를 특별히 신봉하는 사람이었거나, 아니면 다른 이유로 그 일을 누구에게도 맡길 수 없었는지 모른다. "이제 모든 준비가 끝났습니다!" 마침내 그가 이렇게 외치고 사다리에서 내려왔다. 매우 지친 그가 입을 크게 벌리고 숨을 쉬면서 부드러운 여성용 손수건 두 개를 군복 칼라 밑으로 쑤셔 넣었다. "그 군복은 열대 지방에서 입기는 너무 무겁겠군요." 여행자는 기구에 대해 질문해주기를 기다렸던 장교의 예상과 달리 이렇게 말했다. "그렇습니다." 장교는 답하며 오일과 윤활유로 더러워진 손을 이미 준비해 둔 물통에 씻었다. "그러나 군복은 고향을 뜻하지요. 우리는 고향을 잃고 싶지 않습니다. 어쨌건 이제 이 기구를 보십시오." 그는 곧 말을 이었고, 수건으로 손을 닦으면서 기구를 가리켰다. "여기까지는 수작업이 좀 필요했지만, 지금부터는 기구 스스로 작동할 겁니다." 여행자는 고개를 끄덕이며 장교를 계속 주시했다. 장교는 혹시 작동 중에 생길 수 있는 고장들에 대해 자신을 합리화 하듯이 이렇게 말했다. "물론 고장이 나기도 합니다. 오늘은 그런 일이 없기를 바라지만, 그래도 그에 대비는 해야겠지요. 이 기구는 무려 열두 시간을 쉬지 않고 작동해야 합니다. 그러나 설령 고장이 난다 해도 그건 아주 사소한 것이어서 금방 제거 가능합니다."

"앉으시지 않겠습니까?" 그가 마침내 이렇게 물으며 무더기로 쌓여있는 등나무 의자들 중에 하나를 꺼내 여행자에게 권했다. 거절할 수 없었던 그는 어느 구덩이의 가장자리에 의자를 놓고 앉아 구덩이 안을 흘끗 쳐다보았다. 구덩이는 그렇게 깊지는 않았다. 한쪽에는 파낸 흙이 벽처럼 쌓여 있었고, 반대편 쪽에는 처형 기구가 놓여 있었다. "사령관님이 당신에게 벌써 이 기구에 관해 설명드렸는지 모르겠습니다." 장교가 말했다. 여행자는 확실치 않은 손짓을 했다. 장교는 이제 본인이 직접 이 기구에 대해 설명하면 되었기 때문에 여행자에게 보다 명확한 답을 요구하지 않았다. "이 기구는," 그가 연결 파이프를 잡고 거기에 기댄 채 말했다. "우리 전임사령관이 고안한 것입니다. 저는 맨 처음 테스트 때부터 함께했고, 또 완성될 때까지 모든 작업에 관여하였지요. 물론 이걸 발명한 공로는 어디까지나 그의 것입니다. 우리의 전임사령관에 관해 들으신 적이 있는지요? 없으십니까? 그렇다면, 이 유형지 모든 시설이 그의 작품이라고 해도 과언이 아님을 말씀드립니다. 우리는, 다시 말해 그의 친구들은 그가 사망할 당시 이미 유형지의 시스템이 너무도 완벽해서 새로 부임하는 사람은 새로운 계획들이 아무리 많더라도 적어도 한동안은 옛날 시스템에서 어떤 것도 바꾸지 못할 것임을 알았죠. 그리고 우리의 예언은 그대로 맞았습니다. 신임사령관도 이 점을 인식해야만 했지요. 아, 전임사령관이 어떤 사람인지 모르고 계시니 아쉽습니다! - 음." 장교가 말을 중단했다. "제가 수다를 좀 떨었군요. 그가 만든 기구가 여기 우리 앞에 있습니다. 보시다시피 이 기구는 세 부분으로 나뉘어져 있습니다. 세월이 흐르면서 이들 각 부분에 일종의 대중적인 이름들이 붙여졌답니다. 하부는 침대, 상부는 제도기, 그리고 여기 중앙의 움직이는 부분은 써레라고 불렀습니다." "써레요?" 여행자가 물었다. 그는 온전히 집중해서 들을 수가 없었다. 햇볕이 그늘 하나 없는 골짜기에 너무 강하게 내리쬐고 있어서, 도무지 생각을 가다듬기가 힘들었다. 그런데도 마치 사열할 때처럼 견장을 무겁게 착용하고 술이 드리워진 딱 맞는 전투복 차림으로 그토록 열심히 자기 일을 설명하는 장교가 여행자에게는 더욱 놀라울 뿐이었다. 심지어 장교는 말을 하는 동안 드라이버를 가지고 여기저기 나사를 죄었다. 병사는 여행자와 비슷한 심정인 것 같았다. 그는 양 팔목에 죄수의 사슬을 감고 한 손으로 총을 짚고 있었으며, 고개를 아래로 떨구고 있었는데 어느 것에도 관심이 없었다. 여행자는 그 모습이 놀랍지 않았다. 왜냐면 장교가 프랑스어로 말을 했고, 병사나 죄수가 분명 프랑스어를 알아듣지 못할 것이기 때문이었다. 그런데도 죄수가 장교의 설명을 이해하려고 애를 쓰는 모습이 매우 눈에 띄었다. 그는 졸음을 억지로 참는 시선으로 장교가 매번 가리키는 쪽을 바라보았다. 장교는 여행자가 불쑥 질문을 하자 하던 말을 멈추고 여행자를 물끄러미 쳐다보았고, 죄수 역시 장교를 따라 그대로 했다.

"네, 써레입니다." 장교가 말했다. "딱 맞는 이름이지요. 바늘들이 써레처럼 배열되어 있고, 또한 전체가 마치 써레처럼 작동합니다. 비록 한 장소에 제한되어 있고 써레보다는 훨씬 인위적이지만 말입니다. 어쨌든 곧 이해하시게 될 겁니다. 여기 침대 위에 죄수가 눕혀집니다. - 제가 기구를 먼저 설명하고, 그 다음에 과정을 실행시켜보겠습니다. 그래야 과정을 더 잘 이해하실 겁니다. 제도기에 있는 톱니바퀴가 너무 닳아서 작동 시에 삐걱대는 소리가 심하게 납니다. 그럴 경우 서로 대화하기가 쉽지 않지요. 유감스럽게도 여기서는 부속품들을 구하기가 힘들지요. - 그리고 말씀드렸다시피 여기가 침대입니다. 침대 바닥은 백퍼센트 솜 매트입니다. 그것의 용도는 차차 아시게 될 겁니다. 이 솜 매트 위에 죄수가 배를 대고 눕게 됩니다. 물론 벌거벗은 상태죠. 이것은 손을 매는 끈이고, 이것은 발을 매는 끈, 이것은 목을 매는 끈입니다. 모두 그를 단단히 묶어두기 위해서죠. 여기 침대의 머리맡에는, 말씀드렸다시피 죄수가 먼저 얼굴을 아래로 향하고 눕게 되는데요, 작은 펠트 뭉치가 있습니다. 이 뭉치는 죄수의 입 속으로 똑바로 들어가게끔 쉽게 조절이 가능합니다. 그것은 죄수가 소리치거나 혀를 깨무는 것을 막아주죠. 물론 죄수는 그 펠트를 입으로 물고 있을 수밖에 없습니다. 그렇지 않으면 목을 죄고 있는 끈 때문에 목이 부러지겠죠."

"이건 솜인가요?" 여행자가 물으며 몸을 앞으로 숙였다. "예, 그렇습니다." 장교가 미소를 지으면서 말했다. "직접 만져보시지요." 그는 여행자의 손을 잡고 침대 위로 당겼다. "그건 특별히 제작한 솜입니다. 그래서 겉만 보고는 잘 모를 겁니다. 그 용도에 대해서는 곧 말씀드리겠습니다." 여행자가 그 기구에 대해 조금 관심을 가졌다. 그는 햇빛을 가리느라 손을 눈 위에 대고 기구를 높이 올려다봤다. 그것은 거대한 구조물이었다. 침대와 제도기는 비슷한 크기로 마치 두 개의 검은색 궤짝 같았다. 제도기는 침대 위 약 이 미터 높이쯤에 설치되어 있었는데, 이 두 부분은 네 곳의 모퉁이에 각각 설치된 놋쇠파이프를 통해 연결된 상태였다. 햇빛이 놋쇠파이프에 반사되고 있었다. 두 개의 궤짝 사이로 써레가 부착된 철판이 걸려 있었다.

장교는 조금 전까지 여행자의 무관심한 태도를 거의 눈치 채지 못했지만, 그가 이제 흥미를 갖기 시작했다는 것은 알아차렸다. 그래서 그는 여행자가 방해받지 않고 충분히 관찰할 수 있도록 잠시 설명을 중단하였다. 죄수도 여행자의 동작을 따라했다. 그러나 그는 손을 눈 위로 들어 올릴 수 없었기 때문에 눈을 가늘게 뜨고 위로 올려다보았다.

"그러니까 죄수가 눕는다는 말이군요." 여행자는 이렇게 말하고, 의자에서 몸을 뒤로 기대며 다리를 포갰다.

"예." 장교는 말하고, 모자를 약간 뒤로 젖히며 손으로 달아오른 얼굴을 쓸어내렸다. "들어보십시오! 침대와 제도기에는 각각 전기배터리가 달려 있습니다. 침대는 그 자체를 움직이는 데 배터리가 필요하고, 제도기는 써레를 위해 필요합니다. 저 남자를 꽉 묶으면 곧 침대가 움직일 겁니다. 그것은 미세하면서도 매우 빠르게 좌우상하로 진동을 일으키며 흔들리게 됩니다. 유사한 기구들을 병원에서 보신 적이 있을 겁니다. 다만 우리 침대에서는 일체의 움직임이 정확히 계산되어 있지요. 그 움직임은 예컨대 써레의 움직임과 극도로 정확하게 일치해야만 합니다. 즉 이 써레에 선고의 실질적인 집행을 위임한 셈이죠."

"판결문 내용이 어떻게 되지요?" 여행자가 물었다. "그것을 모르고 계셨단 말인가요?" 장교가 놀란 듯이 말하며 입술을 깨물었다. "제 설명이 순서가 좀 맞지 않더라도 용서하십시오. 정중하게 용서를 구하는 바입니다. 전에는 사령관이 직접 설명을 했습니다. 그런데 이 명예로운 의무를 신임사령관은 거절한 겁니다. 이렇게 귀빈이 방문했는데도 말입니다." 여행자는 자신이 귀빈이 아니라고 양손을 내저었지만, 장교는 그 표현을 고수했다. "이런 귀빈께 우리가 내린 판결 방식조차 알리지 않았다는 것 역시 새로운 사실이군요. 정말 - ." 그는 욕이 목까지 차올랐으나 진정을 하고 말을 이었다. "당신께 알리지 않았다는 것을 저는 몰랐습니다. 제 잘못은 아니지요. 어쨌건 우리의 판결 방식을 설명하는 데는 제가 제일 적임자입니다. 왜냐하면 여기." 그가 가슴에 두른 가방을 두드렸다. "그와 관련해 전임사령관이 손수 그린 도형들이 있거든요."

"사령관이 직접 그린 도형들인가요?" 여행자가 물었다. "그렇다면 그가 혼자서 모든 걸 다 했다는 말인가요? 그는 군인이자 판사이며 동시에 공학자, 화학자, 또 제도사였나 보군요?"

"그렇습니다." 장교는 고개를 끄덕이면서 말했고 뭔가를 응시하는, 생각에 잠긴 시선을 하고 있었다. 그리고는 자기 손을 유심히 바라보았다. 도형들을 그린 종이를 만지기에는 손이 너무 더럽다고 생각했는지, 그는 물통으로 다가가서 다시 손을 씻었다. 그런 후에 작은 가죽케이스를 꺼내며 이렇게 말했다. "우리의 판결은 엄하지 않습니다. 죄수가 위반한 명령을 써레로 그의 몸에 써 넣는 것입니다. 예를 들면, 저 죄수의 경우는," - 장교가 그 남자를 가리켰다 - "몸에 '네 상관을 존경하라!'는 글을 써넣을 겁니다."

여행자는 흘끗 그 남자를 쳐다보았다. 그는 장교가 자신을 가리켰을 때 무슨 대화를 하는지 알고자 머리를 숙인 채 정신을 집중해서 듣고 있었다. 그러나 입술이 불룩 튀어나오도록 꼭 다문 걸 보아 그가 아무것도 알아듣지 못했음이 분명했다. 여행자는 여러 가지를 묻고 싶었지만 죄수를 쳐다보며 이렇게만 물었다. "저 사람은 자기가 어떤 선고를 받는지 압니까?" "모릅니다." 장교는 답하며 곧 설명을 계속 이어가려 했지만, 여행자가 그의 말을 끊었다. "자신에게 내린 판결을 모른다고요?" "모릅니다." 장교는 다시 이렇게 말하고 여행자에게 왜 그 질문을 하는지 좀 더 구체적인 이유를 요구하는 듯 잠시 멈추었다가 다시 말을 이었다. "그에게 그 내용을 알려주는 건 쓸데없을 겁니다. 그는 어차피 자신의 몸으로 알게 될 테니까요." 여행자는 죄수의 시선이 자신을 향하고 있음을 느꼈기 때문에 이내 침묵하고자 했다. 그는 여행자에게 장교가 묘사한 그 과정을 용인할 수 있겠느냐고 묻는 것 같았다. 그 때문에 여행자는 뒤로 젖혔던 몸을 다시 앞으로 내밀며 물었다. "하지만 자신이 유죄 판결을 받았다는 정도의 내용은 알고 있겠죠?" "그것도 모릅니다." 장교는 말했고, 여행자가 어떤 또 다른 특이한 질문들을 할지 들어보겠다는 듯이 그에게 미소를 지어보였다. "모른다고요." 여행자가 말하며 이마를 쓸어 올렸다. "그렇다면 저 사람은 지금 자신의 변호가 어떻게 받아들여졌는지도 아직 모른다는 말인가요?" "그는 자신을 변호할 기회가 없었습니다." 장교가 이렇게 말하며 옆쪽을 쳐다보았는데, 이는 마치 자기 스스로에게 말하듯 함으로써 당연한 것을 물은 여행자에게 면박을 주지 않으려는 배려 같았다. "하지만 그가 자신을 변호할 기회가 분명 있지 않았을까요?" 여행자는 말하며 안락의자에서 일어났다.

장교는 기구를 설명하는 데 자칫 너무 오랜 시간이 지체되는 것을 우려하는 것 같았다. 그래서 그는 여행자에게 다가가 그의 팔을 잡고, 손으로 죄수를 가리켰다. 그러자 죄수는 분명 자신에게 관심을 보이는 것이라고 생각했는지 몸을 벌떡 일으켰다. 그래서 사병 역시 쇠사슬을 끌어당겼다. 장교가 말했다. "사실은 이렇습니다. 저는 이곳 유형지에서 판사로 임명되었습니다. 젊긴 하지만 말입니다. 그 이유는 제가 형벌과 관련된 일체 업무에서 전임사령관을 보좌했으며, 또 이 기구를 제일 잘 알기 때문입니다. 제가 판단에 있어 가장 원칙으로 삼는 것은 이겁니다. '죄란 언제나 의심의 여지가 없다.' 다른 법원들은 이 원칙을 따를 수 없지요. 왜냐하면 그 법원들은 여러 명으로 구성되어 있고, 또 자기 위에 상급 법원들이 있기 때문입니다. 그러나 여긴 그렇지 않습니다. 적어도 전임사령관 시절엔 그렇지 않았습니다. 신임사령관은 저의 재판에 관여할 의향을 피력했지만, 지금까지는 제가 그의 간섭을 막을 수 있었습니다. 또 앞으로도 그럴 겁니다. - 당신께서는 이 사건에 대한 해명을 듣기를 원하셨지요. 이 사건은 다른 모든 사건들처럼 매우 간단합니다. 오늘 아침에 대위 한 명이 저 남자를 근무 시간에 잠을 잤다는 이유로 고발했습니다. 대위의 당번병으로 배치된 자인데, 그의 방문 앞에서 잠을 잤습니다. 그의 임무는 예컨대 시계가 정시를 알릴 때마다 일어나 대위의 방 앞에서 경례를 하는 것이죠. 결코 어려운 임무가 아니고 또 반드시 필요하기도 합니다. 왜냐하면 보초를 서거나 심부름을 하려면 긴장하고 있어야 하니까요. 어젯밤에 대위는 당번병이 주어진 임무를 잘 수행하는지 살펴보려 했습니다. 그가 시계가 두 시를 알릴 때 방문을 열어보니 당번병이 웅크린 채 자고 있었답니다. 그는 승마용 채찍을 가져와 저 병사의 얼굴을 후려갈겼습니다. 저 남자는 일어나서 용서를 빌기는커녕, 자기 상관의 다리를 붙잡고 그를 흔들어대며 '채찍을 내려놔, 안 그러면 너를 잡아먹겠어.' 하고 소리를 쳤습니다. 이것이 사건의 내용입니다. 대위가 한 시간 전에 저에게 왔죠. 저는 그가 진술한 내용을 기록하였고, 바로 그 자리에서 판결 내용도 적었습니다. 그리고는 저 남자에게 사슬을 채우도록 했습니다. 모든 게 아주 간단했습니다. 제가 저 사람부터 먼저 소환해 심문을 했다면 아마 혼란만 가중되었을 겁니다. 그는 거짓말을 했을 것이고, 제가 만일 그의 거짓말을 반박했다면 그는 새로운 내용을 꾸며내서 또 다른 거짓말을 하고 계속 그런 식으로 나왔겠죠. 하지만 이제 저 남자를 붙잡았고, 그냥 풀어주지 않을 겁니다. - 이제 모든 걸 이해하시겠습니까? 그런데 시간이 흐르고 있군요. 이미 처형이 시작됐어야 하는데, 제가 기구에 대한 설명을 미처 끝내지 못했습니다." 그는 여행자를 의자에 앉도록 강요하고, 다시 기구 쪽으로 다가간 뒤 말을 시작했다. "보시다시피 써레는 인체의 형태에 맞춰져 있습니다. 여긴 상체를 위한 써레이고, 여긴 양다리를 위한 써레들입니다. 이 작은 칼날은 오로지 머리를 위한 용도입니다. 이해가 되십니까?" 장교는 이해가 가장 잘 되게 설명해 줄 수 있다는 듯이 친절하게 여행자 쪽으로 몸을 숙였다.

여행자는 이마에 주름이 가도록 찡그린 채 써레를 응시하였다. 재판 절차에 대한 장교의 정보는 그에게 만족스럽지 못했다. 그래도 그는 이곳은 유형지이기 때문에 특별한 조치들이 필요할 수밖에 없고, 또 사소한 것까지 모두 군대처럼 처리해야 할 것이라고 혼잣말을 했다. 게다가 그는 비록 속도는 더디긴 해도 새로운 방식의 도입을 계획하고 있는 신임사령관에게 어느 정도 희망을 걸었다. 물론 그가 구상하는 방식은 이 장교의 편협한 사고로는 받아들일 수 없을 것이다. 이런 생각에 잠겨 있던 여행자가 물었다. “사령관이 처형에 참관하나요?” “그것은 확실치 않습니다.” 장교는 그의 단도직입적인 질문에 기분이 상해서 이렇게 말했으며, 친근하던 얼굴 표정이 일그러졌다. “바로 그 점 때문에 우리는 서둘러야 합니다. 심지어, 유감입니다만, 제 설명도 짧게 해야 될 것 같습니다. 하지만 내일 처형기구를 다시 깨끗하게 한 뒤에 보다 자세한 설명을 해드릴 수 있을 겁니다. 이 기구는 사용 후 아주 더러워지는 게 유일한 결점이라서요. 지금은 꼭 필요한 것만 말씀드리지요. 저 사람이 침대에 누운 뒤 침대가 진동을 시작하면, 써레가 몸 쪽으로 내려오지요. 써레는 자동 조절 기능이 있어, 끝부분만 살짝 몸에 닿게 되어 있습니다. 조절이 끝나면 이 쇠줄이 즉각 쇠막대처럼 팽팽해집니다. 그리고 이제 드라마가 시작됩니다. 관계자가 아닌 사람은 겉으로는 여러 형벌들의 차이를 모를 겁니다. 써레가 같은 동작으로 작업하는 것처럼 보이니까요. 써레가 진동을 시작하면 바늘 끝이 몸을 찌릅니다. 죄수의 몸 역시 침대가 좌우상하로 움직이면서 함께 진동 상태이지요. 누구든 판결의 집행을 검토하는 게 가능하도록 써레는 유리로 만들어져 있습니다. 유리 재질에 바늘을 고정시키는 데 몇 가지 기술적인 어려움들이 있었지만 여러 번의 시도 끝에 성공할 수 있었습니다. 우리는 정말 어떤 수고도 마다하지 않았죠. 그 결과 누구든 유리를 통해서 몸에 글자를 새기는 것을 볼 수 있게 되었습니다. 좀 더 가까이 오셔서 바늘을 보시지 않겠습니까?”

여행자는 천천히 일어나 써레 가까이에 가서 그 위에 몸을 굽혔다. 장교가 말했다. “두 종류의 바늘이 여러 줄로 배열되어 있는 게 보일 겁니다. 긴 바늘 옆에는 짧은 바늘이 딸려 있죠. 긴 바늘은 말하자면 글자를 새겨 넣고, 짧은 바늘은 물을 내뿜어 피를 씻어냄으로써 글자가 항상 선명하게 보이도록 해줍니다. 핏물은 여기 이 작은 홈통으로 흘러내리고, 나중에는 이 큰 홈통으로 다 모이게 됩니다. 그리고 큰 홈통의 배수관은 아래 흙구덩이로 나 있습니다." 장교는 핏물이 지나가게 되는 길을 손가락으로 정확하게 가리켰다. 그가 최대한 생생하게 보여주고자 배수관 입구에 두 손을 대고 핏물을 받는 시늉을 하자, 여행자는 고개를 들고 손으로 뒤쪽을 더듬으며 의자로 되돌아가려 했다. 순간 그는 죄수가 그와 마찬가지로 써레 장치를 가까이에서 살펴보라는 장교의 요청에 따라 바로 옆에 와 있는 것을 보고 깜짝 놀랐다. 죄수가 사슬을 쥔 채 졸고 있는 병사를 약간 앞으로 당겼고, 여행자와 마찬가지로 유리 위로 몸을 숙였다. 그가 당황스러운 눈빛으로 방금 두 남자가 관찰한 게 뭐였는지를 두리번거렸다. 그러나 그는 설명을 듣지 못했기 때문에 알 수가 없었다. 그는 이쪽으로 또 저쪽으로 몸을 숙였다. 그는 계속해서 유리를 훑어보았다. 죄수가 하는 행동이 어쩌면 처벌받을 수 있다고 생각한 여행자는 그를 원래 자리로 쫓으려 했다. 그런데 장교가 한 손을 내밀어 여행자를 저지하며, 다른 손으로는 흙벽에 있는 흙더미를 집어 병사에게 던졌다. 갑자기 눈을 뜬 병사는 죄수가 감히 무슨 짓을 하는지를 보았다. 그는 총을 바닥에 내려놓고는 발뒤꿈치를 땅에 박고 죄수를 끌어당겼으며, 죄수는 곧 풀썩 쓰러졌다. 병사는 죄수가 허우적대면서 쇠사슬을 철거덕거리는 모습을 내려다보았다. "그를 일으켜 세워!" 장교가 소리쳤다. 그는 여행자가 죄수로 인해 주의가 너무 흐트러진 것을 느꼈기 때문이다. 여행자가 심지어 써레 위로 몸을 굽히며 보는 듯 했지만 정작 그것에 대해선 아무 관심이 없었고, 오로지 죄수가 어떻게 되는지를 궁금해 했다. "조심히 대해!" 장교가 다시 소리쳤다. 그는 기구 옆을 돌아서 죄수에게 다가가 직접 그의 겨드랑이를 붙들었으며, 계속해서 발이 미끄러지는 그를 병사의 도움으로 일으켜 세웠다.

"이제 다 알겠습니다." 여행자는 장교가 다시 그가 있는 쪽으로 돌아오자 말했다. "제일 중요한 게 빠졌죠." 장교는 이렇게 말하며 여행자의 팔을 잡고 위쪽을 가리켰다. "저 제도기 안에는 써레의 움직임을 결정하는 톱니바퀴 장치가 들어 있는데, 톱니바퀴는 판결을 명시한 도형에 따라 작동됩니다. 저는 여전히 전임사령관이 그린 도형들을 사용하고 있습니다. 바로 이것이죠." 그가 가죽 가방에서 종이 몇 장을 꺼냈다. "죄송하지만 직접 보도록 건네 드리지는 못합니다. 제게는 가장 값진 것이니까요. 앉으십시오. 이 정도 거리에서 보여드리면 전부 잘 보일 겁니다." 그가 첫 번째 종이를 보여주었다. 여행자는 마음 같아선 그가 옳다는 식으로 말하고 싶었지만, 그의 눈에는 종이 위에 무수히 많은 선들이 그저 미로같이 복잡하게 서로 얽혀있는 것만 보였다. 흰색 지면을 찾기가 오히려 더 어려웠다. "읽어보십시오." 장교가 말했다. "읽을 수 없군요." 여행자가 말했다. "명확하지 않습니까?" 장교가 말했다. "매우 정교하군요. 하지만 전 해독할 수가 없군요." 여행자는 장교의 말에 돌려서 대답했다. "예." 장교는 말하고 미소를 지으며 서류 가방을 다시 집어넣었다. "학생들을 위해 또박또박 쓴 글씨는 아니지요. 오래 들여다봐야 읽을 수 있습니다. 당신도 결국엔 틀림없이 그것을 인식하게 될 겁니다. 당연히 단순한 글씨여서는 안 되지요. 즉시 죽여서는 안 되고 평균적으로 대략 열두 시간에 걸쳐 죽이는 겁니다. 여섯 시간째가 되면 전환점이 있습니다. 진짜 글씨 주위를 온갖 장식들이 에워싸고 있지요. 실제의 글씨는 가는 벨트처럼 몸을 휘감으며 새겨집니다. 몸의 그 외 나머지 부분엔 장식을 새겨 넣습니다. 이제 써레와 이 기구 전체의 작업을 인정하실 수 있겠습니까? - 자 한번 보세요!" 그는 사다리 위로 훌쩍 뛰어 올라가 바퀴 하나를 돌리며 "조심하세요. 옆으로 비키세요." 하고 아래쪽으로 소리쳤다. 그러자 전체가 작동하기 시작했다. 바퀴가 삐꺽거리지만 않았더라면 실로 장관이었을 것이다. 장교는 바퀴의 소음에 놀란 듯이 그 바퀴를 향해 주먹으로 위협을 가했다. 그리고는 여행자에게 사과하듯이 양팔을 펼쳐보였고, 재빨리 사다리에서 내려와 밑에서 기구의 움직임을 관찰하였다. 뭔가가 제대로 작동을 하지 않았는데, 그게 무엇인지는 오직 장교만 알았다. 그는 다시 사다리를 타고 올라가 두 손으로 제도기 내부를 건드렸고, 급히 내려오기 위해서 사다리를 이용하지 않고 옆의 쇠파이프를 타고 아래로 내려왔다. 그는 기계의 소음 때문에 여행자가 알아듣도록 그의 귀에 최대한 크게 소리쳤다. "저 과정이 어떤 건지 이해하시겠습니까? 써레가 글을 쓰기 시작한 겁니다. 써레가 저 남자의 등에 글씨의 첫 단계를 새기는 게 끝나면 솜 매트가 감기게 되고, 써레가 다음 작업을 할 수 있도록 몸뚱이를 천천히 옆으로 돌리죠. 그 사이에 글씨를 새길 때 상처가 난 부위는 솜 위로 놓이게 됩니다. 이 솜은 특별히 제작 처리된 것으로 즉시 지혈을 하고, 글씨를 더 깊게 새길 수 있도록 준비를 시킵니다. 여기 써레 가장자리의 톱날들은 몸뚱이를 다시 돌릴 때 상처에 엉겨 붙은 솜을 떼서 구덩이에 던집니다. 그러면 써레는 다시 작업을 시작합니다. 그렇게 써레는 열두 시간 동안 점점 깊이 글자를 새깁니다. 처음 여섯 시간 동안 죄수는 이전처럼 살아 있는 상태로 단지 고통을 당할 뿐이지요. 두 시간이 지나면 입을 틀어막았던 펠트를 빼냅니다. 죄수는 어차피 소리칠 기운도 없으니까요. 여기 머리맡에 놓인 전기로 데우는 그릇에 따뜻한 쌀죽을 담아주면, 그 남자는 마음만 있다면 혀로 핥아 먹을 수도 있지요. 그 기회를 놓치는 사람은 아무도 없습니다. 제가 아는 한 그런 사람은 단 한 명도 없었습니다. 아, 저는 처형을 집행한 경험이 많습니다. 여섯 시간째가 될 때쯤이면 비로소 죄수는 먹는 재미를 잃게 됩니다. 그러면 나는 보통은 여기에 무릎을 굽히고 앉아 그 현상을 관찰하지요. 죄수가 제일 마지막으로 입에 넣은 음식은 삼키는 경우가 드뭅니다. 그는 음식을 입안에서 오물거리다 구덩이에 토하고 말죠. 그럴 때면 저는 몸을 숙여야 합니다. 안 그랬다간 토사물이 제 얼굴에 튀니까요. 그러나 여섯 시간이 경과하고 나면 죄수가 얼마나 조용해지는지! 아무리 어리석은 자일지라도 깨달음이 생겨나는 순간이죠. 그것은 눈 주위에서 시작해 전신으로 퍼져나갑니다. 그 모습은 보는 이로 하여금 자신도 써레 아래 함께 눕고 싶은 유혹을 느끼게 하지요. 이제는 어떤 일도 더 이상 일어나지 않고, 그 남자는 오직 글씨를 해독하기 시작할 뿐입니다. 그는 마치 무엇인가 엿들으려는 듯이 입을 뾰쪽하게 내밉니다. 당신도 보셨다시피, 글씨를 눈으로 해독하기란 쉽지가 않습니다. 하지만 우리 이 남자는 몸의 상처로 글자를 해독합니다. 물론 그러기 위해서는 힘이 많이 들죠. 완전히 해독하기까지 여섯 시간이 필요하니까요. 그 다음엔 써레가 죄수를 깊숙이 찔러서 구덩이 속으로 던지고, 그의 몸뚱이는 홍건한 핏물과 솜뭉치가 엉겨있는 구덩이에 철썩하며 떨어지게 됩니다. 그걸로 재판이 끝이 납니다. 그리고 우리는, 즉 나와 병사는 그를 땅속에 바로 묻어버립니다."

여행자는 장교 쪽으로 귀를 가까이 댔고, 양손을 상의 호주머니에 꽂은 채 기계의 움직임을 바라보았다. 죄수는 기계의 원리를 이해하지 못했지만, 그 또한 기계의 움직임을 바라보았다. 그는 몸을 약간 숙인 뒤 흔들거리는 바늘들을 시선으로 쫓고 있었다. 그때 병사가 장교의 신호에 따라 칼로 죄수의 등 뒤에서 셔츠와 바지를 죽 찢어 옷이 땅바닥으로 벗겨져 내렸다. 죄수는 벗은 몸을 가리기 위해 흘러내리는 옷을 잡으려 했지만, 병사가 그를 똑바로 세우고 그의 몸에 걸쳐져 있는 마지막 옷 조각까지 털어냈다. 장교가 기계를 멈추었고, 이제 고요해진 정적 속에 죄수를 써레 아래에 눕혔다. 병사는 죄수를 묶고 있던 쇠사슬을 풀고 그 대신 끈들로 고정시켰다. 첫 순간에는 그게 죄수에게 오히려 더 편안함을 주는 것 같았다. 이제 써레가 좀 더 아래로 내려왔다. 그는 마른 사람이었기 때문이다. 뾰족한 바늘들이 몸에 닿자 죄수의 피부에 전율이 흘렀다. 병사가 죄수의 오른손을 묶느라 열중하는 동안 죄수는 왼손을 뻗었다. 아무 생각 없이 뻗은 손이 공교롭게도 여행자가 서 있는 곳을 향했다. 장교는 옆에서 여행자를 계속 응시하고 있었는데, 이는 마치 방금 전에 자기가 피상적으로나마 설명해준 처형 과정이 그에게 어떤 인상을 주는지를 그의 얼굴에서 읽고자 하는 것 같았다.

손목을 고정시키는 끈이 끊어졌다. 아마 병사가 끈을 너무 세게 잡아당긴 모양이었다. 병사는 장교에게 도움을 요청하는 듯이 끊어진 끈을 보여주었다. 장교는 그에게 가면서도 시선은 여행자를 향한 채 말했다. "기계는 복잡하기 이를 데 없습니다. 때때로 뭔가가 끊어지거나 부러지곤 합니다. 그렇다고 전체 판결이 흔들려서는 안 되지요. 아, 그리고 끈은 즉시 다른 걸로 대체할 수 있습니다. 저는 쇠사슬을 대신 사용하겠습니다. 물론 그 경우 섬세한 흔들림이 오른쪽 팔에서는 거칠게 전달될 겁니다." 그는 쇠사슬을 매면서 말했다. "기계를 유지하는 데 들어가는 경비가 지금은 매우 한정되어 있습니다. 전임사령관 시절엔 오로지 이 용도로만 책정된 경비를 제가 자유롭게 관리하였죠. 여기에 창고가 하나 있었는데, 그곳엔 일체의 부속품들이 보관되어 있었습니다. 제가 그 경비를 좀 과도하게 지출했다는 건 인정합니다, 제 말은 이전에 그랬단 말이지요. 신임사령관이 주장하는 것처럼 지금도 그러지는 않습니다. 신임사령관은 이전의 시설들을 없애기 위해 틈만 나면 핑계거리를 찾고 있지요. 지금은 기계와 관련된 경비를 그가 직접 관리하고 있습니다. 제가 새로운 끈을 달라고 누군가를 보내면, 다 헤진 끈을 증거물로 제출하라 요구합니다. 새 끈이 열흘이 지나서야 겨우 도착하는데, 품질이 나빠서 크게 쓸모가 없습니다. 끈이 도착할 때까지 그 사이에 제가 끈도 없이 이 기계를 어떻게 작동시킬지는 아무도 신경을 쓰지 않습니다."

여행자는 생각했다. 낯선 일들에 직접적으로 관여하는 것은 언제나 조심스러운 일이라고. 그는 유형지의 시민도, 또 이 유형지가 속한 국가의 시민도 아니었다. 만일 그가 이 처형을 비난하거나 제지시키려 한다면 사람들은 그에게 "당신은 이방인이니 잠자코 있으시오."라고 말할 수 있다. 이에 대해 그는 아무 대답도 못하고, 단지 이번 경우에는 자신이 왜 그러는지 본인 스스로도 모르겠다는 정도를 덧붙일 수 있을 것이다. 왜냐면 그가 여행을 하는 것은 단지 관찰하기 위함이지, 결코 다른 사람들의 재판제도를 바꾸려는 것이 아니기 때문이다. 그러나 여기의 일들은 그럼에도 불구하고 무척 유혹적이었다. 재판이 불공정하고 처형이 비인간적임은 의심의 여지가 없었다. 누구도 여행자가 어떤 이기적인 행동을 한다고 생각하지는 않을 것이다. 왜냐면 여행자에게 죄수는 낯선 사람이었고, 또 같은 나라 사람도 아닌데다 전혀 동정을 불러일으킬 만한 사람도 아니었기 때문이다. 여행자 자신은 고위 관료들의 추천장을 가지고 있었고, 여기서 매우 정중하게 영접을 받았다. 그가 이 처형 집행에 초대되었다는 것은 심지어 사람들이 그에게 이 재판에 대한 판단을 요구하는 것 같았다. 이는 사령관이, 그가 방금 아주 뚜렷하게 들은 것처럼, 이와 같은 재판을 지지하지 않으며, 또한 장교에 대해서도 거의 적대적인 태도를 취하고 있다는 사실을 미루어 볼 때 더욱 그런 것 같았다.

그 순간 여행자는 장교의 성난 고함소리를 들었다. 방금 장교가 입을 틀어막는 펠트를 간신히 죄수의 입 안에 밀어 넣었는데, 죄수가 구토 증세를 참지 못하고 눈을 감고 토하고 말았다. 장교는 입에 펠트를 물고 있는 그를 급히 들어 올렸고 그의 머리를 구덩이 쪽으로 돌리려 했다. 그러나 너무 늦었다. 오물이 이미 기계를 타고 흘러내렸다. "모든 게 사령관의 잘못입니다!" 장교는 이렇게 외치며 극도로 흥분해서 앞쪽의 놋쇠 기둥을 흔들었다. "내 기계가 마치 가축우리처럼 더럽혀지고 있군." 그는 떨리는 손으로 여행자에게 방금 무슨 일이 일어났는지를 가리켰다. "제가 사령관에게 처형 전날엔 식사를 주면 안 된다고 몇 시간을 알아듣게 설명 안 했을 것 같습니까? 그런데도 온건한 새 집행부는 의견이 다르죠. 사령관의 여자들은 죄수가 끌려가기 전에 그에게 단 것을 목구멍까지 가득 차도록 먹입니다. 아니 한 평생을 고약한 냄새가 나는 생선들을 먹고 살았는데, 이제 와서 단 것들을 먹어야 한다니! 하지만 그럴 수 있다고 칩시다. 저는 굳이 반대하지 않겠습니다. 그런데 제가 석 달 전부터 요구했던 새 펠트는 왜 주지 않는 건지. 백 명도 넘는 남자들이 죽는 순간 빨고 씹었던 이 펠트를 입에 넣고 구역질을 안 할 사람이 어디 있겠습니까?"

죄수가 고개를 아래로 떨구었는데 평화로운 표정이었다. 병사는 죄수의 셔츠로 기계를 닦는데 열중하고 있었다. 장교가 여행자 곁으로 다갔다. 여행자는 이상한 예감이 들어 한 발짝 뒤로 물러섰다. 그러나 장교는 여행자의 손을 잡고 옆으로 끌어당겼다. "당신을 믿고 몇 마디 이야기를 나눌까 합니다만. 그래도 되나요?" 그가 말했다. "물론입니다." 여행자는 대답한 뒤, 시선을 아래로 두고 귀를 기울였다.

"지금 당신께서 경탄하고 있는 이 재판과 처형은 현재 우리 유형지에서 그 누구도 더 이상 지지하지 않습니다. 제가 유일한 대리인이죠, 저는 동시에 전임사령관의 유산을 관리하는 유일한 대리인이기도 합니다. 저는 이 재판을 더 확장한다는 것은 생각할 수 없고, 지금 있는 것을 유지하기 위해 제 모든 힘을 쓰고 있습니다. 전임사령관이 살아 계실 때에 이 유형지는 그에 대한 지지자들로 가득 차 있었습니다. 전임사령관이 지녔던 설득력을 저도 어느 정도는 갖추고 있지만 그가 가진 힘이 제게는 전혀 없습니다. 그 결과 지지자들이 숨어버린 겁니다. 그 숫자가 여전히 많지만, 아무도 밝히질 않는 거죠. 당신이 오늘, 즉 처형이 집행되는 오늘 찻집에 가서 주위 사람들 얘기를 들어보시면 아마도 모호한 말들만 듣게 될 겁니다. 그들은 모두 지지자들입니다만, 현재의 사령관 밑에서는 그리고 사령관이 지금 같은 입장을 견지하는 한, 그들은 제겐 전혀 도움이 되질 않습니다. 이제 저는 당신에게 묻겠습니다. 현재의 사령관과 그에게 영향력을 행사하는 여자들 때문에 이런 일생일대의 작품이" - 그가 기계를 가리켰다 - "사라져야 합니까? 우리가 그걸 허용해야 되나요? 비록 외국인으로 이 섬에 그저 며칠 머물다 갈 뿐이라 해도 말입니다. 하지만 한시도 머뭇거릴 수 없습니다. 사람들은 저의 재판권 행사를 막기 위해 뭔가를 준비하고 있습니다. 벌써 사령관 사무실에서 저를 배제하고 회의들이 열리고 있습니다. 심지어 당신의 오늘 방문도 제가 볼 때는 이 모든 상황과 연관이 있어 보입니다. 사람들이 비겁하게 외국인인 당신을 제게 먼저 보낸 거죠. - 예전에는 사형 집행이 얼마나 달랐는지 아십니까! 처형 전날부터 이 골짜기는 사람들로 인산인해를 이루었습니다. 모두가 구경하러 오는 사람들이었지요. 이른 아침에 사령관은 여자들을 대동하고 나타났습니다. 팡파르가 야영지 전체를 흔들었습니다. 제가 모든 준비가 끝났다고 보고를 하면, 무리들이 기계 주위로 정렬을 합니다. 고위 관료 중에 누구 한 사람이라도 빠져서는 안 되었죠. 저기 더미로 쌓여있는, 초라한 대나무 의자들은 당시 사용하던 것들입니다. 기계는 방금 닦아서 번쩍번쩍 윤이 났습니다. 사형 집행 때마다 거의 매번 새 부속품들을 받았으니까요. 수백 명이 보는 앞에서, 저쪽 언덕에 이르기까지 구경꾼 모두가 발끝을 딛고 서서 바라보았죠, 사령관이 직접 죄수를 써레 밑에 눕혔습니다. 지금은 보잘것없는 일개 병사가 하는 일이 당시만 해도 재판관인 저의 일이었고, 또 제게는 명예였습니다. 이제 처형이 시작됩니다! 기계의 작동을 방해하는 잡음은 전혀 없습니다. 어떤 사람들은 더 이상은 쳐다보지 않고, 그 대신 눈을 감은 채 모래 위에 누웠습니다. 이제 정의가 이루어진다는 것을 모두 알고 있었던 거죠. 입에 물고 있는 펠트로 인해 죄수가 내뱉는 신음 소리가 나지막하게 고요를 깨트릴 뿐이었습니다. 지금 이 기계로는 죄수가 더 강한 신음 소리를 내도록 쥐어짜는 게 불가능하죠, 자칫하다간 펠트로 인해 질식하게 되니까요. 당시에는 글씨를 새기는 바늘에서 현재는 사용이 금지된 부식방지액이 흘러나왔습니다. 그러다가 여섯 시간째가 되지요! 사람들이 가까이서 관찰하게 해달라고 요청하지만 모두의 부탁을 들어주는 것은 불가능했죠. 사령관은 자신의 판단에 따라 우선 어린 아이들부터 배려하라고 지시합니다. 물론 저는 제 직책 덕분에 항상 옆에 함께 서 있었습니다. 종종 좌우 양팔에 어린 아이를 한 명씩 안은 채 그곳에 웅크리고 앉아 있기도 했구요. 고통스러워하는 그의 얼굴에서 변용(變容)의 모습을 보았을 때 우리 모두가 어땠을 것 같습니까! 우리는 마침내 도달했다 금방 사라지는 정의의 광채에 우리의 뺨을 가져다 댔습니다! 정말 멋진 시절이었다네, 친구!" 장교는 앞에 서 있는 사람이 누구인지를 잊고 있는 게 분명했다. 그는 여행자를 껴안고 그의 어깨에 머리를 기댔다. 여행자는 몹시 당황해서 초조하게 장교의 어깨 너머 다른 곳으로 시선을 고정시켰다. 병사는 청소를 마쳤고, 이제는 용기에 담긴 쌀죽을 그릇에 부었다. 그 사이 온전히 기운을 회복한 듯이 보이는 죄수는 이를 보자 혓바닥으로 죽을 핥기 시작했다. 병사는 계속해서 죄수를 떠밀었다. 왜냐하면 이 죽은 나중을 대비한 것이기 때문이었다. 그러나 병사가 음식에 더러운 손을 집어넣거나 또는 게걸스러운 죄수 앞에서 죽을 먹는다는 것 역시 절대 있을 수 없는 일이었다.

장교는 재빨리 정신을 차렸다. "당신의 마음을 감동시킨다거나 뭐 그럴 의도는 없었습니다." 그는 계속 말했다. "그 당시를 지금 이해시킨다는 것은 불가능하다는 걸 알고 있습니다. 어쨌건 기계는 여전히 작동하며 제 기능을 하고 있죠. 비록 이 계곡에 혼자 덩그러니 놓여 있긴 해도 기능을 하고 있죠. 그리고 시신 또한 여전히 마지막 순간에는 언제나 알 수 없을 정도로 가볍게 날아 구덩이 속으로 떨어집니다. 비록 그 옛날처럼 수백 명의 사람들이 마치 파리 떼와 같이 구덩이 주위로 몰려들진 않습니다만. 당시 우리는 구덩이 주위로 튼튼한 난간을 설치해야만 했죠, 이미 오래전에 그것도 떼어내 버렸습니다만."

여행자는 장교의 시선을 피하느라고 그냥 사방을 두리번거렸다. 장교는 그가 계곡의 황무지를 관찰하는 줄 알았다. 그래서 그는 여행자의 두 손을 잡으며 그의 시선을 붙들기 위해 그에게 몸을 돌리고 이렇게 물었다.

"치욕이 느껴지십니까?"

그러나 여행자는 침묵했다. 장교는 잠시 그를 혼자 내버려두었다. 그는 양다리를 벌리고, 양손은 허리에 댄 채 조용히 서서 땅바닥을 쳐다보았다. 그러더니 분위기를 살리려는 듯 여행자에게 미소를 지어보이며 말했다. "어제 사령관이 당신을 초대했을 때 저는 당신 가까이에 있었습니다. 초대하는 걸 들었고, 또 저는 사령관을 알지요. 저는 사령관이 당신을 왜 초대했는지 즉시 알아차렸습니다. 그는 저를 어떻게 할 수 있는 충분한 권력을 지녔지만, 아직은 감히 그러지 못하고 있죠. 하지만 그는 아마 저에 대한 처분을 당신의 의견에, 즉 명망 있는 한 이방인의 판단에 맡겨버리려는 겁니다. 그의 계산은 치밀합니다. 즉, 당신은 오늘로서 이 섬에 이틀째 있는 거지요. 당신은 전임사령관이 누구인지, 또 그가 어떤 생각을 가졌는지 모릅니다. 당신은 유럽의 세계관에 사로잡혀 있고, 어쩌면 사형제도 자체를 원칙적으로 반대하고, 특히 이와 같이 기계 장치를 이용한 처형 방식을 반대하실 겁니다. 게다가 당신이 보시다시피, 슬프게도 처형은 대중의 참여 없이 이미 부분적으로 손상된 기계 위에서 집행되고 있습니다. 이 모든 것을 종합적으로 고려해볼 때 (사령관의 생각이 그러합니다) 당신이 제 재판을 옳지 않다고 여기는 것은 아주 쉽게 추론 가능하지 않을까요? 그리고 만약 당신이 그것을 옳지 않다고 간주한다면, 당신은 (전 지금 여전히 사령관의 생각을 말씀드립니다) 그것에 대해 침묵하지 않을 겁니다. 왜냐하면 당신은 분명히 오랜 경험을 통해 검증된 자신의 확신을 믿을 것이기 때문입니다. 당신은 물론 여러 민족의 갖가지 특성들을 보았고, 또 그것을 존중하는 법도 배웠을 겁니다. 그래서 어쩌면 당신이 고국에서 하던 것과는 달리, 이 재판을 십중팔구 결사적으로 반대하지는 않을 것입니다. 그렇지만 사령관은 그런 것을 전혀 필요로 하지 않습니다. 잠깐 부주의하게 말 한 마디 내뱉는 걸로 충분합니다. 그 말이 겉으로라도 사령관의 기대에 부합하느냐가 중요하지, 당신의 신념과 일치하고 안 하고는 전혀 의미가 없습니다. 사령관은 갖은 꾀를 부리며 당신에게 이런저런 질문들을 할 것입니다. 그건 확실합니다. 그리고 그의 여인들은 빙 둘러앉아 귀를 쫑긋 세우고 있겠죠. 당신은 가령 이런 식으로 말할 겁니다. '우리 나라에선 사법절차가 다릅니다.' 아니면 '우리 나라에선 선고 전에 피고를 심문합니다.' '우리 나라에선 죄수도 판결 내용을 압니다.' '우리 나라에선 사형제도 말고도 다른 형벌들이 있습니다.' 혹은 '우리 나라에선 중세에만 고문이 존재했습니다.'라고. 이 모든 말들이 당신에게는 당연한 것이고, 또 맞는 말이기도 하죠. 사실 별다른 의도가 없는 말들로 저의 재판을 어떻게 하지는 못합니다. 그렇지만 사령관이 그 말을 어떻게 받아들일까요? 그 선한 사령관이 즉시 의자를 옆으로 밀어젖히고 발코니로 뛰어나가는 모습이 선합니다. 그의 여인들이 그를 뒤쫓아 몰려나갈 것도 뻔하죠. 그가 무슨 말을 할지도 짐작이 갑니다. 아, 여인들은 그의 음성을 천둥소리라고 일컫지요. 그는 이렇게 말할 겁니다. '서구의 위대한 연구자로서 모든 국가의 사법절차를 조사하고 있는 이분께서 방금 말씀하시길, 옛 관습에 따른 우리의 재판이 비인간적인 방식이라고 하셨습니다. 이처럼 명망 있는 대가의 판단을 근거로 나는 당연히 이 재판을 더 이상 용인할 수가 없습니다. 그래서 나는 오늘 날짜로 다음과 같이 명령하는 바입니다.' 당신은 그가 선포한 것과 같은 말을 한 적이 없다고 간섭하려 들 것입니다. 당신은 저의 재판을 비인간적이라고 말하지 않았습니다. 오히려 반대로, 당신의 깊은 통찰력에 근거해, 이 재판이야말로 가장 인간적이며 인간의 존엄성을 존중하는 것으로 여길 것입니다. 당신은 또한 이 기계 장치에 대해서 탄복하고 있습니다. - 그러나 이미 너무 늦었습니다. 당신은 여인들로 가득 들어찬 발코니에는 나갈 수도 없습니다. 당신은 당신 말을 들어달라고 하고, 또 소리를 지르려 할 것입니다. 그러나 한 여인의 손이 당신의 입을 막을 것입니다. - 그렇게 저와 전임 사령관의 작품은 함께 종말을 고하는 거죠."

여행자는 하마터면 미소를 지을 뻔 했다. 아주 어려운 과제라고 여겼던 게 너무나 쉽게 풀리는 것 같았다. 여행자는 얼버무리듯 말했다. "당신은 내 영향력을 과대평가하시는군요. 사령관은 나의 추천서를 읽었고, 내가 사법절차에 대한 전문가가 아니라는 것을 알고 있습니다. 내가 만약 어떤 의견을 말한다 하더라도 그것은 한 개인의 사적인 의견일 뿐이며, 그 누구의 의견보다도 더 중요하다고 말할 수 없습니다. 더군다나 내가 아는 한 이 유형지에서 대단히 큰 권한을 가진 사령관의 의견에 비하면 내 생각은 큰 의미가 없습니다. 이 재판에 대한 그의 의견이 당신이 생각하는 그런 것이라면, 그렇다면 나의 작은 도움이 없더라도 이 재판의 끝이 다가왔다고 볼 수밖에 없겠군요."

장교가 방금 이 말을 알아들었을까? 아니다. 그는 여전히 알아듣지 못했다. 그는 강하게 머리를 가로저으며 잠깐 죄수와 병사 쪽을 쳐다보았다. 두 사람은 놀라서 움찔하며 먹고 있던 쌀죽을 내려놓았다. 장교는 여행자 곁으로 바짝 다가가서 그의 얼굴은 보지 않고 상의의 어느 한 곳에 시선을 고정시킨 채, 방금 전보다 더 낮은 소리로 말했다. "당신은 사령관을 모르십니다. 당신은 사령관이나 우리 모두에게, 이런 표현을 용서하십시오, 분명 해가 되지 않죠. 당신의 영향력은 아무리 높이 평가해도 지나치지 않습니다, 제 말을 믿어주십시오. 저는 당신 혼자 처형에 참석한다는 얘기를 듣고 정말 기뻐했습니다. 사령관의 그 지시는 저를 겨냥한 것이지만, 저는 그걸 제게 유리하게 이용하면 되는 거죠. 당신은 거짓 속삭임과 경멸적인 시선들에 의해 흔들리지 않고 - 이런 일들은 많은 사람들이 처형에 참석할 때는 피할 수가 없지요 - 직접 제 설명을 듣고 기계를 보았으며, 이젠 곧 처형을 참관하려고 합니다. 당신의 판단은 분명히 이미 정해졌을 겁니다. 만일 아직도 불명확한 점들이 일부 있다면, 그것들은 처형을 보시면 제거될 것입니다. 이제 당신께 부탁드리겠습니다. 사령관에게 제 입장을 변호해주십시오!"

여행자는 장교가 계속 말하려는 걸 중단시켰다. "내가 어떻게 그럴 수 있겠습니까?" 그가 외쳤다. "그건 전혀 불가능합니다. 난 당신에게 해를 끼칠 수가 없지만, 도움이 될 수도 없습니다."

"당신은 그렇게 할 수 있습니다." 장교가 말했다. 약간 겁이 난 여행자는 장교가 주먹을 불끈 쥐는 것을 보았다. "당신은 그렇게 할 수 있습니다." 장교가 더욱 다그치듯 말했다. "저는 성공할 수밖에 없는 계획을 갖고 있습니다. 당신은 본인의 영향력이 충분치 않다고 생각하지만, 제가 볼 때는 충분합니다. 하지만 당신 말이 옳다 해도 이 재판을 존속시키기 위해서는 모든 것을, 심지어 어쩌면 좀 부족할 수 있는 것들까지도 모두 시도해봐야 되는 거 아닌가요? 그러니 제 계획을 들어보십시오. 그 계획을 실행하기 위해서는 우선 당신이 오늘 유형지에서 이 재판에 대한 견해를 밝히는 걸 가급적 자제할 필요가 있습니다. 사람들로부터 직접 질문을 받지 않는 한 절대로 그에 대해 언급해선 안 됩니다. 당신이 하는 말은 간단하고 모호해야 합니다. 당신은 남들에게 당신이 지금 그에 대해 말하기 힘들어하고, 불쾌하며 또 솔직히 얘기할 경우 바로 저주를 퍼부을 거라는 인상을 줘야 합니다. 저는 당신에게 거짓말을 하라고 요구하는 게 아닙니다. 절대 그렇지 않습니다. 단지 짧게 대답하시라는 겁니다. 예컨대 '예, 처형을 지켜보았습니다.' 혹은 '예, 설명을 다 들었습니다.' 이렇게 말이죠. 그것 외에 더 이상은 없습니다. 사람들이 볼 때 당신이 불쾌하게 느낄 만한 정황들은 충분히 많습니다, 비록 사령관은 그럴 의도가 없었다 해도 말입니다. 물론 그는 그것을 완전히 오해하고 자신에게 유리하게 해석할 겁니다. 제 계획은 그 점을 근거로 합니다. 내일 사령관 실에서 사령관 주재하에 고위 행정관료 모두가 참석하는 총회의가 열릴 겁니다. 사령관은 물론 그런 회의들을 통해 전시 효과를 만드는 능력이 있습니다. 그는 청중석을 만들도록 했는데, 매번 참관인들로 가득차지요. 저는 자문회의에 참석하도록 강요받았는데 역겨워서 넌더리가 납니다. 그런데 당신은 반드시 회의에 초대될 겁니다. 만약 당신이 오늘 제 계획에 따라 행동하신다면, 그 초대야말로 제가 간절히 부탁하고 싶은 바입니다. 혹시 당신이 수긍하기 힘든 이유로 초대되지 않는다면 초대해줄 것을 요구하십시오. 그러면 의심할 여지없이 초대를 받을 겁니다. 이제 당신은 내일 사령관의 특별석에 여인들과 함께 앉게 될 겁니다. 사령관은 때때로 특별석 쪽으로 올려다보면서 당신이 계신지를 확인할 것입니다. 그는 단지 참관인들을 의식해서 항구 건설 건처럼, 예, 대부분의 경우 늘 항구 건설 얘깁니다! 이런 관심도 없고 사소한 심의사항들을 먼저 몇 개 다룰 것이고, 그 다음 순서로 사법제도에 대한 의제를 꺼낼 겁니다. 만일 사령관 쪽에서 이 의제를 다루지 않거나 혹은 계속 뒤로 미룬다면, 그것을 속히 다룰 수 있도록 제가 개입하겠습니다. 저는 일어나서 오늘 집행한 처형에 대해 보고하겠습니다. 아주 짧게, 그것만 보고할 것입니다. 그런 보고는 그 회의에서는 일반적이지 않지만, 전 그래도 할 것입니다. 사령관은 언제나 그렇듯이 친절하게 미소를 띠며 제게 감사를 표할 것이고, 그리고는 이 좋은 기회가 그냥 흘러가버리도록 내버려두지 않을 겁니다. 그는 다음과 같이 혹은 그와 비슷하게 말할 겁니다. '처형에 대한 보고가 있었습니다. 그 보고에 내가 단지 덧붙이고 싶은 것은 여러분 모두 아시다시피 위대한 연구자께서 매우 영광스럽게도 우리 유형지를 방문 중이신데, 그분이 바로 그 처형에 함께 계셨다는 점입니다. 오늘 이 회의 역시 그분의 참석으로 인해 의미가 훨씬 더 커졌습니다. 그러면 이제 이 위대한 연구자에게 옛날 관습에 따른 처형과 그 전 단계 절차인 재판을 어떻게 평가하고 계시는지 물어보는 것이 어떻겠습니까?' 물론 모두가 동의한다는 뜻으로 사방에서 박수갈채가 터져 나오겠죠. 제가 제일 크게 박수를 칠 겁니다. 사령관은 당신에게 몸을 숙여 인사를 한 뒤 말합니다. '이제 제가 전체를 대표해서 질문을 드리겠습니다.' 그러면 당신은 난간에 다가섭니다. 그리고 두 손을 모두가 볼 수 있는 위치에 두세요, 그렇지 않으면 여인들이 당신의 손을 잡고 손가락을 만지작거립니다. - 마침내 당신이 말할 순서가 됩니다. 저는 그 시간까지 긴장을 어떻게 견딜지 모르겠습니다. 당신은 의견을 말할 때 스스로를 억누를 필요가 없고, 진실을 큰 소리로 알리십시오. 난간 위로 허리를 숙이고 사령관에게 당신의 의견을, 당신의 확고부동한 의견을 외치십시오. 예, 외치는 겁니다. 하지만 어쩌면 당신은 그러고 싶지 않을 겁니다. 그게 당신의 성격에 맞지 않고, 또 당신의 고국에서는 이런 상황에서 다르게 행동할 수도 있을 겁니다. 그 또한 옳은 일이고, 또 그것으로 아주 충분합니다. 당신은 전혀 일어설 필요 없이 단지 몇 마디 말만 하는 겁니다. 당신 아래쪽에 앉아 있는 관리들에게만 겨우 들릴 정도로 낮게 속삭이십시오. 그것으로 충분합니다. 당신은 처형 집행에 참석자가 적다거나 바퀴가 삐걱거리고, 끈이 찢어지고, 펠트가 역겹다는 말들은 전혀 할 필요가 없습니다. 불필요합니다. 그 밖의 모든 것들은 제가 맡을 겁니다. 두고 보십시오. 만일 저의 발언 때문에 사령관이 내쫓기듯 회의장을 떠나지 않는다면, 그는 무릎을 꿇고 '전임사령관님, 당신 앞에 머리를 숙입니다.'라고 고백하게 될 겁니다. - 이상이 제 계획입니다. 계획이 실행되도록 저를 도와주시렵니까? 물론 그러실 겁니다. 그러고도 남으실 겁니다. 반드시 도와주셔야 합니다." 이제 장교는 여행자의 양팔을 붙잡고 힘겹게 숨을 내쉬며 그의 얼굴을 쳐다보았다. 그가 마지막에는 너무 크게 외쳤기 때문에 병사와 죄수까지도 이쪽을 쳐다보았다. 그들은 아무것도 이해할 수 없었지만 그래도 먹는 것을 중단하고, 음식을 씹으면서 여행자 쪽을 바라보았다.

여행자는 처음부터 자기가 어떤 대답을 할지 의심의 여지가 없었다. 여기서 마음이 흔들리기에는 그의 인생에서 겪은 일들이 너무 많았다. 그는 근본적으로 정직하고 두려움이 없는 사람이었다. 그렇지만 그는 지금 병사와 죄수를 보면서 잠시 머뭇거렸다. 하지만 결국엔 자기가 해야 될 말을 하였다. "그럴 수는 없습니다." 장교는 여러 번 눈을 끔뻑거렸으나 그에게서 시선을 떼지 않았다. "설명이 필요하십니까?" 여행자가 물었다. 장교는 말없이 고개를 끄덕였다. 여행자는 말했다. "나는 이 재판을 반대합니다. 당신이 나를 신뢰하고 속마음을 털어놓기 전에 이미 나는 내가 이 재판에 대해 반대한다고 나설 권리가 있는지, 그리고 나의 개입이 조금이라도 성공할 가망이 있는지 생각해보았습니다. 물론 나는 당신이 보여준 신뢰를 결코 악용하지 않을 겁니다. 이와 관련해 내가 누구를 먼저 만나야 했는지는 분명했습니다. 물론 사령관이지요. 당신 때문에 내가 더 명확해진 것은 맞지만, 그래서 결심을 굳힌 것은 아닙니다. 오히려 반대로, 당신의 정직한 신념이 비록 내 마음을 흔들지는 못했지만, 매우 감동적이었습니다."

장교는 말없이 있다가 기계 쪽으로 몸을 돌려 놋쇠 기둥을 잡았고, 몸을 약간 뒤로 젖힌 채 제도기를 올려다보았다. 마치 모든 게 정상인지를 검토하는 듯 했다. 병사와 죄수는 서로 친해진 듯 보였다. 죄수는 단단히 묶여 있었기 때문에 병사에게 겨우 무슨 사인을 보내는 것 같았다. 병사는 죄수에게 몸을 숙였다. 죄수는 병사에게 뭔가를 소곤거렸고, 병사는 고개를 끄덕거렸다.

여행자는 장교를 뒤따르며 말했다. "당신은 내가 무엇을 하려는지 아직 모르고 있습니다. 나는 재판에 대한 내 견해를 사령관에게 말씀드리긴 해도, 회의석상에서가 아니라 단둘이 있는 자리에서 할 겁니다. 그리고 어떤 회의에 참석하게 될 정도로 이곳에 그리 오래 머물지도 않을 겁니다. 내일 아침 일찍 나는 이미 떠났든지, 아니면 적어도 배에 올라타 있을 겁니다."

장교는 이 말을 듣지 못한 것 같았다. "그러니까 이 재판이 당신을 설득시키지 못했군요." 그는 혼잣말을 하더니 미소를 띠었다. 그것은 마치 노인이 어린아이의 어리석은 짓을 보고 미소를 짓는 것 같았고, 미소 뒤에 자기의 본래 생각을 감추고 있는 것 같았다.

"그렇다면 이제 때가 되었습니다." 그는 마침내 이렇게 말하였고, 갑자기 어떤 요구를 하듯, 뭔가 참여해줄 것을 호소하듯 밝은 눈빛으로 여행자를 바라보았다.

"무슨 때가 되었다는 겁니까?" 여행자가 불안하게 물었지만 아무런 대답이 없었다.

"너는 석방이다." 장교가 죄수에게 그의 언어로 말했다. 죄수는 처음엔 이를 믿지 않았다. "자, 이제 석방이야." 장교가 말했다. 처음으로 죄수의 얼굴에 생기가 돌았다. 이게 진실인가? 단지 금방 바뀔 장교의 변덕인가? 장교가 나를 사면해주도록 저 외국 여행자가 영향력을 행사했나? 이게 무슨 일이지? 그의 얼굴은 이렇게 묻고 있는 듯했다. 그러나 그 표정이 오래 가지는 않았다. 어찌 되었든 간에 그는 될 수만 있다면 정말로 자유를 원했고, 아직 써레에 매인 상태였지만 몸을 흔들어댔다.

"네가 내 끈들을 잡아 뜯고 있어." 장교가 외쳤다. "가만있어! 바로 풀어줄 테니." 그는 사병에게 눈짓으로 신호를 보냈고, 그와 함께 끈을 풀었다. 죄수는 말없이 혼자 조용히 웃으면서 왼쪽의 장교와 오른쪽의 병사를 번갈아가며 쳐다보았고, 여행자를 쳐다보는 것 또한 잊지 않았다.

"그를 끌어내." 장교가 병사에게 명령했다. 써레 때문에 끌어내는 일은 어느 정도 주의가 필요했다. 죄수는 성급한 나머지 등에 약간의 가벼운 찰과상을 입었다.

이때부터 장교는 죄수에 대해 거의 신경을 쓰지 않았다. 그는 여행자에게로 다가간 뒤 작은 가죽 가방을 다시 꺼내어 그 속을 뒤적거렸고, 마침내 찾던 종이를 발견했다. 그는 그것을 여행자에 보이면 "읽어보세요." 하고 말했다. 여행자가 답했다. "난 읽지 못합니다. 말했다시피 이 종이들을 읽을 수가 없군요." "자세히 좀 보십시오." 장교는 이렇게 말했고, 여행자에게 함께 읽어보자며 그의 곁으로 다가왔다. 그러나 이마저 소용이 없자 그는 절대로 종이를 건드리면 안 된다는 듯이 새끼손가락을 높이 들고 종이를 쓱 훑는 동작을 보여줌으로써, 여행자가 글씨 읽는 걸 도와주고자 했다. 여행자는 적어도 장교를 만족시키고자 애를 써보기도 했지만 소용이 없었다. 그러자 장교는 적힌 글자의 철자를 하나씩 읽기 시작했고, 나중에는 그것을 연결해서 다시 읽었다. "'공정하라!' 이런 글입니다." 그가 말했다. "이젠 정말 읽을 수 있을 겁니다." 여행자가 종이를 향해 몸을 너무 숙이자 장교는 혹시나 종이에 닿을까 싶어 뒤로 더 물러섰다. 여행자가 이제는 비록 아무 말 하지 않았지만, 그가 여전히 읽을 수 없다는 것은 분명했다. "'공정하라!'는 글입니다." 장교가 다시 말했다. "그럴 수도 있겠군요. 거기에 그렇게 씌어 있다고 믿겠습니다." 여행자가 말했다. "좋습니다, 그럼." 장교는 적어도 조금은 흡족해서 이렇게 말하며 종이를 들고 사다리를 올랐다. 그는 종이를 조심스럽게 제도기 안에다 깔고, 톱니바퀴 장치를 완전히 재배열하는 듯했다. 그것은 무척 힘든 작업으로, 아주 작은 톱니바퀴들까지 조정해야 했다. 때로는 장교의 머리가 완전히 제도기 안으로 사라질 정도로 그는 톱니바퀴 장치를 자세하게 조사해야 했다.

아래쪽에 있던 여행자는 그 작업을 놓치지 않고 계속 주시하였다. 그의 목이 뻣뻣해졌고, 그의 눈은 하늘에서 쏟아져 내리는 햇빛 때문에 따가웠다. 병사와 죄수 두 사람은 그저 자기들끼리 바빴다. 병사는 이미 구덩이 안에 던져진 죄수의 셔츠와 바지를 총검 끝으로 건져 올렸다. 셔츠는 지독히 더러워서 죄수가 그것을 물통에 넣고 빨았다. 그런 다음에 그가 셔츠와 바지를 입자 병사와 죄수는 크게 웃지 않을 수 없었다. 그것은 옷의 뒤쪽이 두 갈래로 찢어져 있었기 때문이다. 아마도 죄수는 병사를 즐겁게 해줄 의무가 있다고 생각했는지, 그는 갈기갈기 찢긴 옷을 입은 채 병사 앞에서 빙빙 돌았고, 병사는 땅바닥에 쪼그리고 앉아 웃으면서 무릎을 쳤다. 그러나 다른 두 신사들이 옆에 있는 걸 감안해서 행동을 자제했다.

장교가 위에서 드디어 작업을 끝내자 그는 미소를 지으며 모든 부분들을 전반적으로 다시 한 번 살펴보았으며, 이번에는 지금까지 열려 있던 제도기의 뚜껑을 닫았다. 그는 밑으로 내려와 구덩이를 들여다본 다음 죄수를 쳐다보았고, 죄수가 자기 옷을 끄집어낸 것을 보고는 흡족해했다. 그런 다음 손을 씻기 위해 물통이 있는 곳으로 갔으나 구토가 날 정도로 물이 더럽다는 걸 뒤늦게야 알게 되었다. 지금 손을 씻을 수 없다는 것이 슬펐던 그는 결국은 모래 속에 손을 담갔다. 물을 대신하기엔 충분치 않았지만 어쩔 수 없었다. 그리고는 일어나서 그의 군복 상의의 단추를 풀기 시작했다. 그때 옷깃 안쪽에 넣어 두었던 여성용 손수건 두 개가 그의 손에 떨어졌다. “자, 여기 손수건은 너 가져라.” 그는 그것을 죄수에게 던졌다. 그리고 여행자에게 설명하듯이 말했다. “여자들이 준 선물이지요.”

그가 군복 상의를 비롯해 옷을 모두 벗는 동안 서두르고 있음이 분명했지만, 그는 옷가지 하나하나를 매우 조심히 다루었다. 그는 심지어 군복에 달려 있는 은색 줄들을 특별히 손가락으로 쓰다듬었고, 술 하나는 흔들어서 바로 맞춰놓았다. 그러나 이런 조심스런 태도에 전혀 어울리지 않게 그는 옷가지 정리가 하나씩 끝날 때마다 바로 그것을 내키지 않는 동작으로 구덩이에 휙휙 던져버렸다. 혁대가 달린 단검이 마지막으로 남았다. 그는 칼집에서 단검을 뽑아 그것을 부러뜨렸고, 부러진 칼과 칼집, 혁대를 모두 함께 모아 구덩이에 힘껏 내던졌다. 아래 구덩이 속에서 그것들이 서로 부딪치는 소리가 났다.

이제 그는 벗은 채로 서 있었다. 여행자는 입술을 깨물며 아무 말도 하지 않았다. 그는 무슨 일이 일어날지 알았지만 그는 장교의 어떤 행동도 제지할 권리가 없었다. 만일 장교가 매달리는 사법 절차가 어쩌면 여행자의 개입으로 인해 - 여행자는 이게 자신의 의무라고 느꼈다 - 정말로 폐지되기 직전이라면, 그렇다면 지금 장교의 행동은 전적으로 옳은 것이다. 여행자가 장교의 입장이었다면 그 역시 다르게 행동하지 않았을 것이다.

병사와 죄수는 처음엔 상황을 전혀 이해하지 못했고, 이쪽을 쳐다보지도 않았다. 죄수는 손수건을 돌려받고 무척 기뻐했지만, 그 기쁨은 오래가지 못했다. 왜냐면 전혀 생각도 못했는데 병사가 순식간에 그에게서 손수건을 낚아챘기 때문이다. 병사는 손수건을 허리띠 뒤쪽에 찔러두었다. 죄수가 다시 병사의 허리띠에서 손수건을 빼내려 했으나 병사는 그럴 틈을 주지 않았다. 그렇게 둘은 반은 장난을 치며 다투었다. 장교가 완전히 나체가 되었을 때야 비로소 그들은 주목했다. 특히 죄수는 뭔가 급작스럽게 큰 변화가 있을 것 같은 예감에 충격을 받은 것 같았다. 그에게 일어났었던 것이 이제 장교에게 일어나는 것이다. 어쩌면 이번에 극단적인 상황까지 치달을 것이다. 필시 저 낯선 여행자가 그렇게 하도록 명령했을 것이다. 그러면 이건 복수다. 자신은 끝까지 고통을 당하지는 않았지만, 그는 끝까지 복수를 당할 것이다. 그의 얼굴에 소리 없는 웃음이 가득 번졌고, 웃음기가 얼굴에서 사라지지 않았다.

장교는 기계가 있는 쪽으로 몸을 돌렸다. 그가 기계를 잘 만진다는 것을 이미 예전부터 잘 아는 사람이라면, 지금 장교가 기계를 다루는 방식과 또 기계의 작동을 보면 거의 당황할 정도였다. 그가 손을 써레에 갖다 대기만 했는데도 써레가 몇 차례 오르내리더니, 마침내 그를 받아들이기에 적합한 위치에 도달했다. 그가 침대의 가장자리에 손을 댔을 뿐인데 침대가 벌써 진동하기 시작했다. 펠트 뭉치가 그의 입 쪽으로 다가왔다. 장교가 원래는 그 뭉치를 입에 물지 않으려고 애를 쓰는 게 보였지만, 그가 버틴 것은 잠시뿐이었다. 그는 어쩔 수 없이 체념하고 펠트 뭉치를 물었다. 모든 준비가 다 끝났다. 다만 몸을 묶는 끈들만이 양옆으로 늘어뜨려져 있었다. 그러나 그 끈들은 분명 불필요했다. 장교는 묶을 필요가 없었다. 그때 죄수가 풀려있는 끈들을 보았다. 그는 끈으로 몸을 단단히 묶지 않으면 처형이 제대로 집행되지 않는다고 생각했다. 그는 병사에게 열심히 손짓을 했고, 두 사람은 장교를 묶기 위해 그에게 뛰어갔다. 장교는 제도기를 작동시킬 핸들을 발로 차서 움직이게 하려고 벌써 한쪽 발을 뻗고 있었다. 그 순간 그는 두 사람이 와 있는 것을 보았다. 그래서 그는 발을 다시 당기고 자신을 묶게 했다. 그런데 이제 그는 핸들에 닿을 수가 없었다. 병사도 죄수도 그 핸들을 찾지는 못할 것이다. 여행자는 그 자리에 가만히 있기로 마음먹었다. 그런데 그럴 필요가 없었다. 왜냐면 끈으로 몸을 묶자마자 기계가 벌써 작동하기 시작했다. 침대가 진동하였고 바늘이 피부 위에서 춤을 추었으며, 써레가 위아래로 움직였다. 여행자는 이 광경을 이미 한동안 응시하고 있다가, 제도기에 있는 바퀴 한 개가 삐걱거리는 소리를 낼 것임을 기억해냈다. 그러나 모든 게 조용했다. 아주 미세하게 웅웅거리는 소리조차도 없었다.

기계가 조용히 작동했기 때문에 더 이상 아무도 기계에 주목하지 않았다. 여행자는 병사와 죄수 쪽으로 고개를 돌렸다. 죄수가 병사보다 더 신이 나 있었다. 그는 기계의 모든 것에 관심을 보였다. 때로는 몸을 아래로 숙였다가, 때로는 몸을 펴기도 하고, 병사에게 뭔가를 가리키느라 계속해서 집게손가락을 폈다. 여행자는 난감했다. 그는 끝까지 여기에 있기로 결심했지만, 두 사람을 모습을 더 이상 견딜 수가 없었다. "집으로 가라." 그가 말했다. 어쩌면 병사는 그럴 준비가 된 것 같았으나, 죄수는 그 명령을 처벌로 여겼다. 죄수는 두 손을 모으고 여행자에게 여기에 있게 해달라고 애원하듯이 부탁했다. 여행자가 고개를 가로저으며 허락하지 않으려 하자 죄수는 무릎을 꿇기까지 했다. 여행자는 명령도 소용이 없다는 것을 알고 그들 쪽으로 건너가서 둘을 쫓으려 했다. 그때 위쪽 제도기 안에서 소음이 들렸다. 그는 위로 올려다보았다. 역시 톱니바퀴 하나가 문제가 생긴 걸까? 그러나 그것은 무언가 다른 것이었다. 제도기의 덮개가 천천히 올라가더니 한순간 완전히 열렸다. 한 톱니바퀴의 돌출된 이들이 보였다가 위로 솟구치는가 싶더니 곧 바퀴 하나가 모습을 완전히 드러냈다. 제도기가 마치 어떤 거대한 힘 때문에 쭈그러지자, 톱니바퀴가 더 이상 있을 자리가 없어 밖으로 밀치고 나온 것 같았다. 톱니바퀴는 제도기의 가장자리까지 굴렀다가 밑의 모래 위로 떨어졌고, 선 채로 다시 조금을 더 구르다 넘어졌다. 그런데 그새 다른 톱니바퀴가 위로 솟아올랐고, 그 뒤를 이어 크고 작은 톱니바퀴들과 또 전혀 구분이 안 되는 톱니바퀴 여러 개가 똑같은 방식으로 계속 위로 튀어나왔다. 제도기가 지금쯤은 분명히 다 비워졌을 거라고 생각될 때, 또다시 수많은 톱니바퀴 더미가 나타나 위로 솟았다가 아래 모래 위로 떨어져 굴러가다가 넘어졌다. 이 광경을 바라보느라 죄수는 여행자의 명령을 완전히 잊어버렸다. 그는 톱니바퀴들에 흠뻑 매료되었다. 그는 계속해서 톱니바퀴를 하나 잡으려 하면서 동시에 병사에게 도와달라고 재촉했다. 하지만 놀라서 얼른 손을 뒤로 뺐다. 왜냐면 다른 바퀴가 곧바로 뒤따라 굴러왔는데, 그것이 구르기 시작할 때 나는 소음이 그를 놀라게 했기 때문이다.

그에 반해 여행자는 무척 불안해졌다. 기계가 망가지고 있는 게 분명했다. 기계가 조용히 작동했던 것은 착각이었다. 여행자는 장교가 이 상황에서 더 이상 자신을 돌볼 수 없기에 그를 보살펴줘야 되는 게 아닌가 하고 생각했다. 그러나 그는 톱니바퀴들이 떨어져 나오는 것에 온통 주의를 빼앗긴 탓에 기계의 다른 부분을 주시하는 것을 소홀히 했다. 그런데 제도기에서 마지막 톱니바퀴가 떨어져나간 지금, 그가 써레 위로 몸을 굽혔을 때 그는 새로운, 그래서 더 불쾌한 광경을 목격했다. 써레는 글씨를 쓴 게 아니라 찌르기만 한 것이었다. 침대가 장교의 몸을 뒤집지 않았으며, 단지 진동을 일으키면서 그의 몸을 바늘 끝을 향해 들어 올리고 있었다. 여행자가 개입하려 했다. 가능하다면 기계 전체를 멈추게 하고 싶었다. 그건 장교가 성취하고자 했던 고문이 결코 아니었다. 그것은 직접적인 살인이었다. 그가 양손을 쭉 뻗었다. 그러나 그때 이미 써레가 푹 쑤셔 넣은 몸뚱이를 매단 채 옆으로 움직이고 있었다. 이것은 보통 열두 시간째가 돼서야 이루어지는 일이었다. 피는, 물과 섞이지 않은 채, 수많은 줄기를 이루며 흘렀다. 이번엔 물배수관들 역시 작동하지 않았다. 그리고 마지막 단계조차도 작동하지 않았다. 긴 바늘이 몸뚱이에서 빠지지 않았다. 그의 몸은 바늘에 꽂혀 구덩이 위에 매달린 채 피를 뿜어냈다. 써레가 원위치로 돌아가기 위해 탁탁 소리를 내며 계속 움직였지만, 바늘 끝에 실린 무게를 스스로 인지하고 계속 구덩이 이에 머물렀다. "어서 도와!" 여행자는 병사와 죄수를 향해 이렇게 외치고 직접 장교의 양 발을 붙들었다. 그는 이쪽에서 장교의 발을 누르려 했고, 두 사람은 맞은편에서 장교의 머리를 붙잡고 있어야 했다. 그렇게 장교를 서서히 바늘에서 빼 위로 들어 올려야 했다. 그러나 두 사람은 다가올 결심을 하지 못했다. 죄수가 갑자기 몸을 돌렸다. 여행자는 그들 쪽으로 다가가서 두 사람을 강제로 장교의 머리 쪽으로 떠밀었다. 그러다가 그는 거의 의도치 않게 시신의 얼굴을 보았다. 살아 있을 때와 같은 모습이었다. 약속했던 구원의 흔적은 전혀 발견할 수 없었다. 다른 사람들이 기계에서 발견했던 것들을 장교는 발견하지 못했다. 입술은 꽉 다물어져 있었고 눈을 뜨고 있어서 살아 있는 것 같았다. 그의 시선은 차분하고 확신에 차 있었다. 큰 쇠바늘의 끝이 이마를 관통하였다.

~ ~ ~ ~

여행자가 병사와 죄수를 뒤에 대동하고 유형지에서 처음 나타나는 집들에 이르렀을 때, 병사가 어떤 집을 가리키며 "여기 찻집이 있습니다." 하고 말했다.

그 집 일 층에는 동굴 모양으로 깊고도 낮은 방이 있었는데, 사방의 벽과 천장이 연기로 그을려 있었다. 그 방은 길가 쪽으로 전면이 트여 있었다. 찻집은 유형지의 다른 집들과 크게 다를 바 없었다. 이곳의 집들은 궁전 같은 사령부 건물을 제외하고는 아주 낡아있었다. 그럼에도 여행자는 찻집이 역사적인 기억을 간직하고 있다는 인상을 받았고, 지난 과거의 권력을 느꼈다. 그곳으로 다가간 그는 찻집 앞의 거리에 펼쳐놓은 빈 테이블 사이를 지나며, 안쪽에서 흘러나오는 서늘하고 눅눅한 공기를 마셨다. 그의 뒤를 두 사람이 따랐다. "그 노인이 여기에 묻혀있습니다." 병사가 말했다. "그가 공동묘지에 묻히는 것을 신부가 거부했습니다. 그를 어디다 묻어야 할지 한동안 결정을 못하다가 결국은 여기에 묻었습니다. 장교는 당신에게 이에 대해 분명히 아무 말도 하지 않았을 겁니다. 당연히 이 점을 가장 수치스럽게 여겼을 겁니다. 그는 심지어 몇 번이나 한밤중에 그 노인을 파가려고 했지만 번번이 쫓겨났습니다." 병사의 말을 믿을 수 없었던 여행자가 "무덤은 어디 있지?" 하고 물었다. 병사와 죄수, 두 사람은 즉시 그의 앞으로 달려가서 두 손을 뻗쳐 무덤이 있는 곳으로 추정되는 지점을 가리켰다. 그들은 여행자를 뒷벽으로 안내했는데, 그곳엔 손님들이 몇 개의 테이블에 앉아 있었다. 그들은 아마도 부두 노동자들로서, 짧고 윤기 나는 검은 수염이 덥수룩한 건장한 남자들이었다. 아무도 겉옷은 입지 않았고 다 찢어진 셔츠만 걸치고 있었다. 가난하고 억압받는 국민들이었다. 여행자가 다가가자 몇 사람이 일어나 등을 벽에 붙이고 그를 쳐다보았다. "외국인이야." 여행자 주위에서 수군거리는 소리가 들렸다. "무덤을 보려는 거야." 그들이 탁자 하나를 옆으로 치우자 거기에 실제로 묘비가 있었다. 그건 단순한 돌이었는데, 탁자 밑에 가려두어도 될 정도로 낮았다. 돌 위에 아주 작은 글씨로 묘비문(墓碑文)이 새겨져 있었다. 여행자는 그것을 읽기 위해 무릎을 굽혀야 했다. 묘비문의 내용은 다음과 같았다. "여기 전임사령관이 잠들다. 지금은 이름을 밝힐 수 없는 그의 추종자들이 그를 이 무덤에 묻고 비석을 세웠다. 어느 예언에 따르면, 사령관은 일정한 기간이 경과하면 부활할 것이고, 이 집에서부터 자신의 추종자들을 이끌고 유형지를 다시 정복할 것이다. 믿고 기다릴 지어다!" 여행자가 이것을 읽고 일어섰을 때, 그는 남자들이 그의 주변에 빙 둘러서서 미소를 짓고 있는 걸 보았다. 마치 그들 역시 그와 함께 묘비문을 읽었고 그 내용이 웃긴다고 생각하며, 여행자 또한 자신들과 같은 견해라는 걸 확인하는 것 같았다. 여행자는 이를 눈치채지 못한 척하며 동전 몇 개를 그들에게 나누어주었고, 그들이 테이블을 다시 무덤 위로 옮기는 것을 보고 있다가 찻집을 나와 항구로 갔다.

병사와 죄수는 찻집에서 아는 사람을 만나 그들에게 붙잡혀 있었다. 그러나 두 사람은 그들과 바로 헤어졌는지, 여행자가 보트로 이어지는 긴 계단을 중간쯤 걸어 내려가고 있을 때 이미 뒤에 와 있었다. 그들은 아마 마지막 순간에 여행자에게 자신들을 데려가 달라고 떼를 쓰려는 것 같았다.

여행자가 한 선주에게 증기선이 있는 곳까지 자신을 태워다주는 비용을 흥정하는 동안, 두 사람은 차마 고함칠 엄두는 내지 못하고 입을 다문 채 쏜살같이 계단을 뛰어 내려오고 있었다. 그러나 그들이 아래 선착장에 이르렀을 때, 여행자는 이미 보트에 승선한 뒤였고, 선주는 해안에서 배를 막 출발시킨 상태였다. 그들은 아직 보트 안으로 뛰어들 수 있었지만, 여행자가 배 바닥에 있는 매듭이 지어진 굵은 밧줄을 들고 그들을 위협하면서 뛰어들지 못하게 막았다.

법 앞에서

Vor dem Gesetz

법 앞에서

법 앞에 한 문지기가 서 있다. 이 문지기에게 한 시골 남자가 와서 법으로 들어가게 해달라고 부탁한다. 그러나 문지기는 지금은 그에게 입장을 허락할 수 없다고 말한다. 시골 남자는 곰곰이 생각한 후, 그러면 나중에는 들어갈 수 있느냐고 묻는다. "가능하지. 그러나 지금은 안 돼." 하고 문지기가 말한다. 법으로 가는 문은 늘 그렇듯 열려 있고 문지기가 옆으로 비켜서 있기 때문에, 시골 남자가 문을 통해 그 안을 들여다보려고 몸을 굽힌다. 문지기가 그 모습을 보자 웃으며 이렇게 말한다. "그것이 그렇게도 끌린다면, 내 금지에도 불구하고 들어가려 해 봐. 그러나 내가 힘이 세다는 것을 기억해. 그리고 나는 단지 최하위의 문지기에 불과하지. 법정을 하나씩 지날 때마다 문지기들이 서 있는데, 갈수록 더 힘이 센 자들이야. 세 번째 문지기는 나 같은 사람도 쳐다보기가 힘들지." 이런 어려움을 시골 남자는 예상치 못했다. 하지만 법은 누구나 그리고 언제든 다가갈 수 있어야 한다고 그는 생각한다. 그는 모피 외투를 입은 문지기를 더 자세히 살펴본다. 큰 매부리코며 검은색의 길고 가는 타타르족 수염을 보고, 그는 차라리 입장을 허락해줄 때까지 기다리기로 결심한다. 문지기가 그에게 쪽걸상을 주며 문 옆쪽으로 앉게 한다. 그곳에 그는 여러 날 여러 해를 앉아 있다. 그는 들어가는 허락을 받으려고 여러 번 시도를 하고, 자주 부탁을 해서 문지기를 지치게 한다. 문지기는 종종 그에게 간단한 심문을 한다. 그의 고향에 대해 자세히 캐묻기도 하고, 또 다른 것들에 대해 이것저것 묻기도 한다. 그러나 그것은 높은 신분의 사람들이 건네는 질문처럼 관심 없는 질문들에 불과하고, 마지막엔 언제나 아직은 그를 들여보낼 수 없다고 문지기는 말한다. 여행을 위해 많은 걸 준비해온 시골 남자는 문지기를 매수하는 일이라면 아무리 소중한 것이라도 모두 다 사용한다. 문지기는 주는 대로 다 받으면서도 "내가 이걸 받는 이유는 단지 네가 뭔가를 소홀히 했다는 생각을 갖지 않도록 해주고 싶어서야." 하고 덧붙인다. 수년간 그 남자는 문지기를 거의 쉬지 않고 관찰한다. 그는 다른 문지기들은 잊어버리고, 이 첫 번째 문지기가 법으로 들어가는 데 유일한 방해물인 것처럼 여긴다. 그는 예기치 못한 불행에 처음 몇 년간은 마구 큰소리로 저주를 퍼붓는다. 그리고 나중에 늙게 되었을 때는 그저 혼자말로 중얼거릴 뿐이다. 그는 유치해진다. 또한 그는 문지기에 대한 수년간의 연구로 그의 모피 깃에 붙어 있는 벼룩들까지 알아볼 수 있게 되자, 그는 벼룩들에게도 자신을 도와달라고, 그리고 문지기의 마음을 돌려달라고 부탁한다. 마침내 그의 시력이 약해진다. 그는 자신의 주위가 실제로 어두워지는 것인지, 아니면 그의 눈 때문에 속고 있는 것인지 알지 못한다. 그럼에도 그는 이제 어둠 속에서 한 줄기 광채를 감지한다. 소멸되지 않은 채 법의 문을 뚫고 새어나오는 빛이다. 이제 그의 삶은 얼마 남지 않았다. 그가 죽기 전 그의 머릿속에서는 지난 시절의 모든 경험들이, 그가 아직까지 문지기에게 물어보지 않았던 하나의 질문으로 집약된다. 그는 굳어져가는 몸을 더 이상 똑바로 세울 수가 없어 문지기에 손짓을 한다. 문지기는 시골 남자 쪽으로 몸을 많이 낮추어야 한다. 왜냐하면 시골 남자의 키가 쪼그라들어서 두 사람 간의 키 차이가 크게 벌어졌기 때문이다. "너는 도대체 지금 무엇을 더 알고 싶은 거지?

너는 만족할 줄을 모르는구나." 문지기가 묻는다. "하지만 모두가 법을 추구합니다. 오랜 세월 동안 나 이외에는 입장을 요구하는 사람이 아무도 없던데, 왜 그런 거죠?" 시골 남자가 말한다. 문지기는 시골 남자가 이미 죽기 직전임을 알고, 사라져가는 그의 청각에 닿도록 그에게 크게 소리친다. "이곳은 너 이외에 그 누구도 입장할 수가 없어. 왜냐하면 이 입구는 오직 너만을 위한 것이기 때문이지. 나는 이제 가서 문을 닫을 것이다."

학술원에 드리는 보고서

Ein Bericht für eine Akademie

학술원에 드리는 보고서

존경하는 학술원 회원 여러분!

여러분께서 저에게 원숭이로 살던 시절에 대한 보고서를 학술원에 제출하도록 요청하셨는데, 이는 제게 영광스러운 일입니다.

이런 의미라면 저는 유감스럽지만 이 요청에 응할 수 없습니다. 저는 거의 오 년을 원숭이로 살지 않았습니다. 이는 달력으로는 어쩌면 짧은 시간이겠지만, 제가 그래왔듯이 뛰면서 가기에는 끝없이 긴 시간입니다. 이 기간 동안 어떤 구간에서는 훌륭한 사람들이 함께 동행해주었고, 또 많은 조언과 박수, 오케스트라 연주도 있었습니다. 그러나 엄밀히 말해 저는 혼자였습니다. 왜냐하면 저와 동행했던 모든 사람들은, 비유적으로 표현하자면, 장애물에서 멀리 떨어져 있었기 때문입니다. 만일 제가 저의 출신이나 어린 시절의 기억들에 고집스럽게 머무르고자 했다면 이러한 성과는 불가능했을 것입니다. 일체의 고집을 포기하는 것, 바로 이것이 제가 스스로에게 다짐했던 최우선적인 규율이었습니다. 자유로운 원숭이였던 저는 이 멍에에 순응했습니다. 하지만 그로 인해 기억들은 제게서 점점 더 멀어져 갔습니다. 인간들이 허용했다면, 저는 처음에는 대지 위에 펼쳐진 하늘처럼 큰 문을 통해 다시 돌아갈 수 있었습니다. 그러나 제가 진보를 위해 저 스스로를 채찍질할수록 동시에 그 문은 점점 더 낮아지고 좁아졌습니다.

저는 인간 세상에서 더욱 편안함과 소속감을 느꼈습니다. 저의 과거에서 저를 향해 불어오던 폭풍은 가라앉았으며, 이제는 제 발뒤꿈치를 시원하게 해주는 한 줄기 바람에 지나지 않지요. 저 먼 곳에 있는 구멍은, 바람이 불어오는 곳이자 또 한때 제가 지나왔던 곳이기도 한 저 구멍은 이제 너무 작아져버려서, 설령 제가 거기까지 다시 뛰어갈 힘과 의지가 충분하다 할지라도 그 구멍을 통과하기 위해서는 제 몸에서 털가죽을 벗겨내야 할 것입니다. 솔직히 말씀드리면, 이것도 저는 비유적으로 표현하고 싶습니다, 솔직히 말씀드리면, 여러분, 여러분의 원숭이 행태와 - 당신들께서 그와 같은 것을 벗어났다고 할 때 - 현재 여러분들과의 거리가 현재의 제가 저의 원숭이적 행태로부터 멀어진 거리보다 더 멀다고 과연 장담할 수 있을까요? 여기 땅 위를 걷는 자라면 그게 작은 침팬지든 혹은 위대한 아킬레스든 간에 누구나 뒤꿈치에 간지러움을 느끼는 것이지요.

저는 여러분들의 문의에 어쩌면 아주 제한된 의미에서 답변하겠지만, 그래도 이 기회를 갖게 되어 매우 기쁩니다. 제가 가장 먼저 배운 것은 악수였습니다. 악수란 솔직함을 의미합니다. 제 생애의 절정에 있는 오늘 저는 그 첫 악수에 또한 솔직한 말을 덧붙이도록 하겠습니다. 저의 보고는 학술원에 본질적으로 어떤 새로운 기여가 되지 못할 것입니다. 또 제게 요구한 것에 비해, 그리고 제가 최선을 다했음에도 미처 말하지 못한 것들에 비해 한참 부족할 겁니다. 그럼에도 과거 한때의 원숭이가 어떤 원칙에 따라 인간 세계로 들어오게 되었고, 또 그곳에 정착하게 되었는지를 보여줄 겁니다. 물론 제가 저 스스로에게 전적으로 확신이 없고, 또 문명세계의 온갖 화려한 버라이어티쇼 무대에서 제 위치가 확고부동한 상태가 되지 않았다면, 저는 분명코 아래와 같은 사소한 것조차도 말씀드리지 못했을 겁니다.

저는 황금 해안 출신입니다. 제가 어떻게 포획되었는지는 타인의 보고서 내용을 따르겠습니다. 저녁 무렵 하겐벡 회사의 사냥원정대가 - 아, 원정대 대장과 저는 그 이후 훌륭한 적포도주를 이미 여러 병 마셨습니다 - 강가의 풀숲에 잠복하고 있을 때, 저는 무리와 함께 물을 마시러 나왔습니다. 누군가가 총을 쏘았지요. 저만 유일하게 총에 맞았는데, 두 발을 맞았습니다.

한 발은 뺨에 맞았습니다. 가벼운 상처였지만, 털이 나지 않는 큰 자국의 빨간 흉터를 남겼습니다. 그 때문에 저는 전혀 어울리지 않는 불쾌한 이름인 빨간 페터로 불리게 되었습니다. 틀림없이 어떤 원숭이가 생각해냈을 겁니다. 마치 얼마 전에 뒈진, 여기저기서 알려진 조련된 원숭이 동물인 페터와 저를 오로지 뺨 위에 난 붉은 점으로만 구분할 수 있다는 듯이 말입니다. 아, 이건 부차적인 이야기였습니다.

두 번째 총알은 엉덩이 아래에 맞았습니다. 심한 총상이었죠. 제가 지금도 여전히 살짝 저는 것은 그 때문입니다. 최근에 경솔하기 이를 데 없는 사람들이 여기저기 신문에 저에 대한 생각들을 마구 쏟아내고 있는데, 그 중 어느 한 사람이 쓴 글을 읽었습니다. 저의 원숭이 본성이 아직도 완전히 억제되지 않았다고 하더군요. 그 증거로 방문객들이 오면 제가 총알이 관통한 자리를 보여주기 위해 바지 벗는 걸 좋아한다는 겁니다. 그 녀석이 글 쓸 때 사용하는 손의 마디마디를 모두 분질러놓아야 합니다. 저는, 저는 마음에 드는 사람 앞에서는 바지를 벗어도 됩니다. 아랫도리엔 잘 다듬은 털과 그, 그 - 이 자리에서 특정한 목적을 위해 특정한 용어를 선택하겠습니다. 오해를 사지 않도록 말입니다 - 포악스러운 총격으로 인한 흉터밖에 볼 게 없습니다. 모든 게 다 드러나 있습니다. 숨길 게 전혀 없습니다. 진실을 위해서라면, 포용력이 큰 사람은 아주 사소한 태도 따위는 무시하지요. 이와 반대로 그 필자가 손님이 왔을 때 바지를 벗는다면, 이것은 물론 다른 관점이죠. 그가 그렇게 하지 않는다는 것을 저는 이성(理性)이 있다는 표시로 여길 것입니다. 그러니 섬세한 감각을 지녔다면, 그 역시 저를 귀찮게 하지 말아야 할 것입니다!

그 충격이 있고 난 후 제가 깨어난 곳은 - 여기서부터 기억이 조금씩 되살아납니다 - 하겐벡 회사의 증기선의 중간 갑판에 놓인 우리 안이었습니다. 그것은 사면이 쇠창살로 된 우리가 아니라, 그보다는 궤짝 하나에 세 면을 고정시킨 것이었습니다. 말하자면 궤짝이 네 번째 벽이 되는 셈이었죠. 그 우리는 전체의 크기가 똑바로 일어서기엔 너무 낮았고, 앉기엔 너무 좁았습니다. 그래서 저는 무릎을 계속 덜덜 떨면서 궤짝 안쪽으로 몸을 돌린 채 웅크리고 있었지요. 아마도 처음엔 아무도 보고 싶지 않았고, 그저 어둠 속에만 있고 싶었기 때문일 겁니다. 하지만 등 뒤로 쇠창살이 제 살 속을 파고들었습니다. 사람들은 야생동물들을 감금할 때 맨 처음에는 그렇게 하는 게 유리하다고 하는데, 제 경험을 근거로 사람들의 관점에서는 실제로 그럴 수 있음을 저는 이 자리에서 부인하지 않겠습니다.

그러나 당시에는 그걸 생각하지 못했지요. 저는 제 삶에서 처음으로 빠져나갈 수 없는 상황에 놓였습니다. 적어도 직접적인 탈출구가 없었습니다. 바로 제 앞을 막고 있는 궤짝은 판자들을 서로 단단히 박아둔 것이었죠. 물론 판자들 사이로 길게 틈새가 나 있기는 했습니다. 저는 처음 그것을 발견했을 때 아무것도 모르고 기뻐서 소리치며 좋아했지만, 이 틈새는 꼬리를 내밀 수도 없을 정도로 좁았고 원숭이의 힘으로는 아무리 사력을 다한다 해도 넓힐 수 없었습니다.

나중에 제가 들은 바에 따르면, 저는 이상할 정도로 거의 소리를 내지 않아서 사람들은 제가 곧 죽게 되거나, 아니면 첫 고비만 잘 넘기면 길들이기 아주 좋을 거라고 결론을 내렸다 합니다. 저는 이 시기를 견뎌냈지요. 숨죽여 흐느끼고 고통스럽게 벼룩을 잡으며, 지쳐서 코코넛을 핥고, 머리로 궤짝의 벽을 두드렸으며, 또 누군가 가까이 다가오면 혀를 내밀었습니다. 이게 제가 새로운 삶에서 처음 보인 행동들이었습니다. 그러나 이 모든 행동을 하면서도 오직 한 가지 느낌밖에 없었습니다. 즉, 탈출구가 없다는 것이었죠. 물론 저는 당시 원숭이가 느꼈던 것을 오늘 인간의 언어로만 묘사할 수 있고, 그 결과 표현이 잘못될 수 있습니다. 그러나 제가 원숭이의 과거의 진실에 더 이상 도달할 수 없다 해도, 적어도 제가 묘사하는 방향은 진실입니다. 그 점에는 의심할 여지가 없습니다.

저는 이전까지는 탈출구가 무수히 많았지만 이제는 하나도 없게 되었습니다. 저는 꼼짝도 못하게 되었습니다. 사람들이 저를 못 박아 놓았다 하더라도, 그로 인해 제가 움직일 수 있는 자유가 더 줄어들지는 않았을 것입니다. 왜 그럴까요? 너의 발가락 사이의 살을 할퀴어보라, 그 이유를 찾을 수 있는지! 쇠창살이 네 몸을 거의 둘로 자를 만큼 네 등을 거기 대고 눌러보라, 그 이유를 찾을 수 있는지! 저에게는 탈출구가 없었습니다. 하지만 저는 그것을 마련해야 했습니다. 그렇지 않으면 살 수가 없었기 때문입니다. 계속 이런 궤짝 벽을 마주했다면 저는 비참한 죽음을 피할 수 없었겠죠. 그러나 하겐벡 회사에서는 원숭이들을 궤짝 안에 가둡니다. 그래서 저는 원숭이이기를 그만두었습니다. 그것은 제가 뭔가 직관적으로 접근해야 했던, 명확하고 훌륭한 사고의 과정이었습니다. 왜냐하면 원숭이는 직관적으로 사고하기 때문입니다.

제가 의도하는 탈출구라는 말을 사람들이 과연 정확하게 이해할 수 있을지 두렵습니다. 저는 이 낱말을 가장 일반적이고도 낱말 그대로의 의미로 사용하고 있습니다. 저는 의도적으로 자유라고 말하지 않습니다. 사방으로 열려있는 그 위대한 자유의 느낌을 말하는 것이 아닙니다. 저는 제가 원숭이였을 때 어쩌면 그 느낌을 알게 되었고, 또 그와 같은 느낌을 동경하는 인간들도 만나게 되었습니다. 그러나 저의 경우, 저는 당시에도 또 지금도 자유를 요구하지 않습니다. 덧붙여 말씀드리면, 인간들은 자유라는 말로 서로를 너무 자주 속이고 있습니다. 그리고 자유가 가장 숭고한 감정에 속하는 것처럼, 그에 상응하는 기만 역시 가장 숭고한 감정입니다. 저는 종종 버라이어티 쇼에서 제 순서에 앞서 곡예사 한 쌍이 천장에서 공중사다리 곡예를 하는 것을 보았습니다. 그들은 몸을 흔들고 앞뒤로 왔다 갔다 하다가 공중으로 점프를 해서, 서로의 팔을 꽉 끼고 공중을 납니다. 한 사람이 입으로 다른 사람의 머리카락을 단단히 물어서 그를 매달고 있지요. "이것 또한 인간의 자유다. 거만한 동작이다." 하고 생각했습니다. 이는 성스러운 본성에 대한 조롱이다! 이 모습을 보면 어떤 건축물도 원숭이의 웃음 앞에서 버텨내지 못할 것입니다.

그렇습니다. 저는 자유를 원치 않았습니다. 단지 하나의 탈출구를 원했을 뿐입니다. 왼쪽이든 오른쪽이든 방향은 상관없습니다. 다른 요구는 하지 않았지요. 탈출구가 속임수에 지나지 않아도 좋습니다. 요구 사항이 작으니, 속임이 그보다 크지는 않을 겁니다. 계속, 계속 나아갈 것! 그저 궤짝 벽에 몸을 댄 채 양팔을 쳐들고 가만히 서 있는 것, 그것만은 절대로 해서는 안 되었습니다.

오늘 저는 명확히 알고 있습니다. 절대적인 내면의 평온함이 없이는 제가 결코 벗어나지 못했을 것임을 말입니다. 그리고 실제로 제가 이렇게 된 모든 것은 어쩌면 그곳 배에서 처음 며칠을 보낸 후 되찾은 평온함 때문입니다. 그러나 그 평온함은 또한 그 배에 탔던 사람들 덕분이라고 할 수 있습니다.

이러니저러니 해도 그들은 좋은 사람들입니다. 저는 당시 제가 반쯤 잠들었을 때 울리던 그들의 무거운 발걸음 소리를 떠올리면 지금도 즐거워집니다. 그들은 모든 것을 아주 천천히 시작하는 습관이 있었습니다. 누군가가 눈을 비비고 싶을 땐 마치 저울추를 들어 올리듯 무겁게 손을 올렸지요. 그들의 농담은 투박했지만 다정했습니다. 그들이 웃을 때는 늘 기침을 했는데, 기침소리가 심각하게 들렸어도 실제로는 아무렇지도 않았지요. 그들은 항상 침을 뱉으려고 입 안에 뭔가를 머금고 있었고, 아무 데나 개의치 않고 침을 뱉어댔습니다. 그들은 내 몸에 있는 벼룩이 자신들에게 튕겨온다고 늘 불평했지만, 그 이유로 나한테 심각하게 화를 낸 적은 한 번도 없었습니다. 그들은 내 털 속이 벼룩이 사는 데 좋은 환경이며 또 벼룩이 튀어 오른다는 것을 잘 알고 있었으며, 그런 점들을 감안하였습니다. 그들은 근무가 없을 때면 가끔 몇 사람이 저를 반원으로 에워싸고 앉아, 거의 아무 대화도 없이 서로 웅성거리기만 했습니다. 그들은 궤짝 위로 다리를 쭉 편 채 파이프 담배를 피웠고, 제가 조금만 움직여도 바로 자신들의 무릎을 쳤습니다. 그리고 가끔은 누군가가 막대를 들고 와서 제가 좋아하는 곳을 간지럽게 했습니다. 만일 오늘 누군가가 저에게 함께 이 배를 타고 항해하자고 초대한다면, 저는 확실히 거절할 겁니다. 그러나 그곳 중간 갑판에 대한 제 기억들이 오직 불쾌한 것만은 아니라는 것 역시 분명합니다.

저는 이 무리의 사람들에게서 얻은 평온함으로 인해 무엇보다도 일체

도주를 시도하지 않게 되었습니다. 지금 돌이켜보면 당시 저는 살기 위해서 탈출구를 찾아내야 했고, 그러나 이 탈출구가 도망친다고 되는 게 아님을 적어도 예감했던 것 같습니다. 도주가 가능했는지 잘 모르겠습니다만, 저는 가능했다고 생각합니다. 원숭이는 언제나 도주할 수 있어야 합니다. 지금의 제 이빨로는 호두를 깨무는 평범한 일조차 조심해야 되지만, 당시에는 아마도 시간이 걸리더라도 문의 자물쇠를 물어뜯는 데 성공했을 것입니다. 저는 그렇게 하지 않았습니다. 설령 그랬다 해도 무엇을 얻을 수 있었을까요? 제가 머리를 밖으로 내밀자마자 사람들은 저를 다시 잡아서 더 열악한 우리 안에 가두었겠지요. 아니면 저는 눈에 띄지 않게 다른 동물들, 예컨대 제 맞은편에 있던 거대한 구렁이들이 있는 곳으로 도망칠 수 있었을 것이고, 그것들의 품에 안긴 채 마지막 숨을 거두었을 겁니다. 그도 아니면 갑판 위에까지 몰래 기어 올라가 뱃전에서 뛰어내리는 데 성공했겠죠. 그렇게 되면 저는 잠깐 동안 대양에서 흔들리다가 익사했을 겁니다. 절망적인 행동들입니다. 저는 인간적인 방식으로 생각하지 않았습니다. 그러나 제 주변 환경의 영향으로 마치 제가 생각해낸 듯이 행동했습니다.

저는 이것저것 계산하지는 않았지만, 매우 차분히 관찰을 했습니다. 저는 그 사람들이 왔다 갔다 하는 것을 보았지요. 언제나 같은 얼굴에 같은 동작이었습니다. 종종 그들이 단지 한 사람인 것처럼 보였습니다. 그 사람 혹은 그 사람들은 아무런 방해 없이 다녔습니다. 제게 큰 목표 하나가 서서히 생겨나기 시작했습니다. 아무도 제가 그들처럼 된다 해도 제게서 쇠창살을 걷어내 주겠다고 약속하지 않았습니다. 실행할 수 없어 보이는 일들에 대해서는 그런 약속을 할 수 없을 겁니다. 그러나 이를 실행에 옮긴다면, 예전에 전혀 없었던 약속을 추후에라도 하게 될 것입니다. 그런데 이

인간 그 자체에는 나를 크게 사로잡는 것이 전혀 없었습니다. 제가 앞서 언급한 그런 자유의 신봉자라면, 저는 분명히 이 사람들의 흐릿한 시선 속에 비치던 탈출구보다는 차라리 대양 쪽을 선택했을 겁니다. 어쨌든 저는 그런 생각을 하기 전부터 이미 오랫동안 그들을 관찰했습니다. 예, 그렇게 쌓인 관찰들이 비로소 저를 일정한 방향으로 몰아갔던 것입니다.

사람들을 흉내 내는 일은 매우 쉬웠습니다. 침 뱉기는 며칠 만에 벌써 가능했지요. 그래서 우리는 서로의 얼굴에 침을 뱉었습니다. 단지 차이점이라면, 저는 제 얼굴에 묻은 침을 깨끗하게 핥았지만, 그들은 그러지 않았습니다. 곧 저는 노인처럼 파이프 담배를 피웠습니다. 다음엔 엄지손가락을 파이프 구멍에 넣고 누르자, 중간 갑판에 있는 사람들 모두가 환호성을 질렀지요. 다만 담배가 채워진 파이프와 빈 파이프의 차이를 오랫동안 구별하지 못했습니다.

제일 힘들었던 것은 소주병이었습니다. 냄새 때문에 괴로웠고, 사력을 다해 억지로 버텼습니다. 그 냄새를 견뎌내기까지 몇 주가 걸렸습니다. 이런 내적인 투쟁을 사람들은 이상하게도 저의 그 어떤 점보다도 더욱 진지하게 받아들였습니다. 저는 기억 속에서도 사람들을 서로 구분하지 못합니다. 그런데 어떤 사람이 한 명 있었습니다. 그는 혼자서 혹은 동료들과 함께 밤낮없이 아무 때나 제게 왔지요. 그는 술병을 들고 제 앞에 서서 저를 가르쳤습니다. 그는 저를 이해하지 못했고, 제 존재의 수수께끼를 풀려고 했습니다. 그는 천천히 술병의 코르크 마개를 빼낸 후, 제가 알아들었는지 테스트하기 위해 저를 쳐다보았습니다. 저는 그를 대할 때마다 언제나 난폭하고 흥분된 상태였음을 인정합니다. 지구상에서 인간들 중 어떤 교사도 그런 학생을 볼 수 없을 겁니다. 그는 술병의 코르크 마개를 뽑고 나서 술병을 입으로 가져갔습니다. 저는 그 사람의 목구멍 안에까지 쳐다보았습니다. 그는 저에 대해 만족스러워하며 고개를 끄덕거렸고 술병을 입술에 대었습니다. 저는 점점 더 알아듣게 되자 황홀해져서 마구 소리를 지르며 제 몸을 여기저기 닿는 대로 마구 긁어댔습니다. 그는 기뻐하며 술병을 입에 대고 한 모금 들이킵니다. 조바심이 난 저는 절망적인 상태에서 그를 따라하려 애를 쓰고, 우리 안에서 제 자신을 더럽힙니다. 그 광경에 그는 매우 흡족해합니다. 이제 그는 팔을 뻗어 술병을 앞으로 쭉 내밀고, 스윙하듯이 다시 위로 듭니다. 그리고는 제게 시범을 보이느라 과장되게 몸을 뒤로 젖히면서 단숨에 다 마십니다. 저는 너무 과도한 요구에 지쳐서 더 이상 따라하지 못하고 쇠창살에 힘없이 매달립니다. 그러는 동안 그는 자신의 배를 쓰다듬고 씨익 웃으며 이론 수업을 마칩니다.

이제 비로소 실습이 시작됩니다. 제가 이론적인 것들로 이미 너무 지쳐버린 게 아니냐고요? 그런 것 같습니다. 너무 녹초가 되었지요. 그건 제 운명입니다. 그래도 저는 최선을 다해 그가 내민 술병을 쥐고, 힘을 주느라 부르르 떨면서 코르크 마개를 뽑습니다. 그게 성공하자 차츰 새로운 힘이 생겨납니다. 저는 시범으로 보여준 동작과 똑같이 병을 듭니다. 그것을 입에 가져다 대고는 역겨움에, 역겨움에 그만 던져버립니다. 술병에 술은 없고 냄새만 가득 찼을 뿐인데도, 저는 역겨워서 병을 바닥에 던집니다. 나 또한 술병을 던진 다음 멋지게 배를 쓰다듬으며 씨익 웃는 것을 잊지 않았지만, 그것으로도 나의 스승과 내가 화해하지 못했습니다. 이는 그를 슬프게 했고, 나 자신에게는 더 큰 슬픔이었습니다.

대부분의 수업은 그렇게 진행되었습니다. 선생님에 대해 존경스러운 점은 저에게 화를 내지 않았다는 점입니다. 물론 그는 가끔씩 타고 있는 파이프 담배를 제 몸의 털에 갖다 대고 불을 붙였죠. 그러다 제 손이 닿기 힘든 곳이 타들어가기 시작하면, 그는 직접 크고 자애로운 손으로 다시 꺼주었습니다. 그는 제게 화를 내지 않았습니다. 그는 우리가 같은 편이 되어 원숭이의 본성에 맞서 싸우고 있고, 그리고 제가 더 어려운 부분을 맡고 있다는 사실을 알고 있었습니다.

그러나 어느 날 저녁에 제가 많은 구경꾼들로 둘러싸인 자리에서 한 일은 저나 제 스승에게 얼마나 멋진 승리였는지 모릅니다. 어쩌면 무슨 축제였을 겁니다. 축음기가 틀어져 있고, 장교 한 명이 사람들 사이를 돌아다니고 있었습니다. 이날 저녁, 아무도 보는 사람이 없을 때, 저는 철장 앞에 누군가 실수로 놓아둔 소주병을 잡았습니다. 모인 사람들이 하나둘씩 주목하는 가운데 저는 배운 대로 코르크 마개를 뽑고, 입에 대고 서슴없이, 진짜 술꾼처럼 입을 삐죽거리지도 않고 눈을 굴리며 목구멍에서 꿀꺽꿀꺽 소리가 나도록 정말 한 방울도 남김없이 마셔버렸습니다. 그리고 저는 더 이상 절망에 빠진 자가 아니라 예술가로서 술병을 내던졌습니다. 비록 배를 쓰다듬는 일은 잊었지만, 그 대신 저는 다른 것은 할 줄 몰랐기 때문에, 충동이 솟구쳐서, 아니 나의 감각들이 꿈틀거렸기 때문에 짧고 명확하게 "헬로우!" 하고 소리쳤습니다. 인간의 소리를 내뱉은 거지요. 이 외침으로 저는 인간 공동체 속으로 뛰어든 것입니다. "잘 들어봐, 원숭이가 말을 하는데!" 그들의 반향은 땀방울로 흠뻑 젖은 내 온몸에 해주는 키스와 같이 느껴졌습니다.

다시 반복하지만, 인간들을 흉내 내는 것에 유혹을 느끼진 않았습니다. 제가 흉내를 낸 것은 출구를 찾고자 했기 때문이지, 다른 이유는 없습니다. 그리고 그 승리로 이룬 것은 여전히 적습니다. 제 목소리는 그걸 마지막으로 다시는 나오지 않았습니다. 몇 달이 지나서야 비로소 다시 돌아왔습니다. 소주병에 대한 거부감은 오히려 더 커졌습니다. 그럼에도 어쨌건 제가 나아갈 방향은 확실히 정해진 겁니다.

제가 함부르크에서 첫 번째 조련사에게 넘겨졌을 때, 저는 두 가지의 가능성이 제 앞에 놓여 있음을 바로 알아차렸습니다. 동물원 아니면 버라이어티 쇼 극장, 이 둘 중 하나였죠. 저는 주저하지 않았습니다. 스스로 다짐했지요. '버라이어티 쇼 극장에 가도록 최선을 다하자. 그것이 탈출구다. 동물원은 창살 있는 새로운 우리에 불과하다. 그 안에 갇히게 되면, 그것으로 너는 끝장이다.'라고 말입니다.

그리고 여러분, 저는 배웠습니다. 예, 반드시 배워야 한다면 배우게 됩니다. 탈출구를 원한다면 배우게 됩니다. 앞뒤 가리지 않고 배우게 됩니다. 스스로를 채찍질로 감시하고, 조금만 저항감이 생겨도 자신의 살을 찢어냅니다. 제게서 원숭이의 본성이 구르듯이 빠져나와 사라졌습니다. 그로 인해 제 첫 번째 스승 본인이 거의 원숭이가 되다시피 해서, 그는 곧 수업을 포기하고 요양원으로 가야 했습니다. 다행히도 그는 곧 거기서 나왔습니다.

그러나 저는 많은 스승들을 필요로 했습니다. 예, 심지어는 몇몇 스승들을 동시에 이용하였지요. 제 능력에 더욱 자신감이 붙고 대중이 저의 발전을 주시하며, 또한 제 미래가 빛나기 시작하자, 저는 직접 스승들을 고용해서 그들을 나란히 붙어 있는 다섯 개의 방에 앉힌 뒤, 제가 이 방 저 방을 쉬지 않고 뛰어다니며 그들 모두에게서 동시에 배웠습니다.

이와 같은 진보! 사방으로부터 모인 지식의 광선을 뇌에 침투시켜 각성하게 하는 것! 그것이 저를 행복하게 했음을 저는 부인하지 않습니다. 그러나 또한 고백하건대, 저는 그것을 과대평가하지 않았습니다. 이미 당시에 그랬고, 오늘날은 더더욱 아닙니다. 저는 여태껏 지구상에서 두 번 다시없는 힘겨운 노력으로 유럽인의 평균 교양에 도달했습니다. 이는 그 자체로는 어쩌면 아무것도 아닐 수 있습니다. 하지만 제가 그 때문에 우리를 벗어날 수 있었고, 또 나에게 특별한 탈출구, 즉 인간이 되는 탈출구를 열어주었다는 점에서 의미가 있습니다. 독일어에 '덤불 속으로 뛰어들어라.'는 멋진 관용어가 있습니다. 저는 그렇게 했습니다. 덤불 속으로 뛰어든 것입니다, 즉 슬그머니 사라진 겁니다. 자유란 제가 선택할 수 있는 것이 아님을 항상 전제한다면, 저는 다른 길이 없었습니다.

저의 발전이나 지금까지의 목표를 전체적으로 살펴볼 때, 저는 불평할 일도 또 만족할 일도 없습니다. 양손을 바지 주머니에 넣고, 흔들의자에 반쯤은 눕고 반쯤은 앉은 채로 창밖을 내다봅니다. 앞의 테이블에는 포도주병이 놓여 있습니다. 만일 손님이라도 찾아오면, 저는 그에 걸맞게 손님을 맞이합니다. 제 매니저는 대기실에 앉아 있습니다. 제가 초인종을 누르면 그는 와서 제가 시키는 것들을 듣습니다. 저녁에는 거의 매일 공연이 있는데, 지금보다 더 성공을 거두기는 힘들 정도입니다. 제가 밤늦게까지 각종 연회나 학술 모임, 혹은 사교 모임에 참석했다가 집으로 돌아오면 반쯤 조련된 작은 암컷 침팬지가 저를 기다리고 있습니다. 저는 원숭이 식으로 그녀에게서 행복감을 취합니다. 낮에는 그녀를 보고 싶지 않습니다. 왜냐하면 그녀의 시선에는 조련된, 불안정한 동물의 정신착란이 보이기 때문입니다. 그것을 오직 저만 알 수 있는데, 저는 그 점을 견딜 수 없습니다.

전체적으로 저는 어쨌건 이루고자 했던 것을 이룬 셈입니다. 힘들게 고생할 가치가 없었다고는 말하지 마십시오. 덧붙이자면 저는 어떤 인간의 판단도 원하지 않고, 단지 지식을 확산시키고 싶을 뿐입니다. 저는 보고를 드릴 뿐입니다. 여러분들께도, 존경하는 학술원 회원들께도 다만 보고를 드렸을 뿐입니다.

이 세계의 절반이 빨간 페터를 알듯이, 우리 역시 모두 그를 알고 있습니다. 그가 공연을 하러 우리 도시에 왔을 때, 저는 그를 좀 더 가깝게, 개인적으로 알아야겠다고 결심했습니다. 그를 직접 대면하는 걸 허락받기가 그렇게 어렵지는 않았습니다. 유명 인사들을 최대한 가까이에서 지켜보려고 혈안이 되어 있는 영악한 대도시에서는 확실히 어려움이 있을 겁니다. 하지만 우리 도시에서는 그 놀라운 것에 대해 일 층 객석에 앉아 감탄하는 것만으로 만족합니다. 호텔 종업원에게 들은 바에 따르면, 그를 방문하고 싶다고 신청한 사람은 제가 유일했습니다. 그의 지배인인 부세나우 씨는 과할 정도로 친절하게 저를 맞이해 주었습니다. 저는 그가 대단히 겸손하고, 게다가 거의 소심하다시피 해서 의외였습니다. 그는 빨간 페터의 집의 대기실에 앉아 달걀 요리를 먹고 있었습니다. 오전 시간이었는데도, 그는 벌써 공연에 나설 때 입는 저녁 의상을 입고 앉아 있었습니다. 그는 그다지 중요하지도 않은 낯선 방문객에 불과한 저를 보자마자 앉은 자리에서 벌떡 일어났습니다. 최고의 훈장을 받았고 조련에 관해서는 따라올 자가 없으며, 유명한 다수의 대학에서 명예박사학위를 받은 그가 벌떡 일어서서 제게 악수를 건네며 앉으라고 강권했습니다. 그는 먹던 숟가락을 식탁보에 비벼 닦은 뒤, 제게 너무도 친절하게 숟가락을 건네며 남은 달걀 요리를 다 먹으라고 했습니다. 저는 감사하면서 사양했지만, 그는 한사코 제 입에 음식을 떠 넣어주려 했습니다. 저는 간신히 그를 진정시키고 접시와 숟가락을 밀어냈습니다. "이렇게 와주시다니 정말 감사합니다." 그의 말투에 외국인 억양이 강하게 묻어났습니다. "정말 감사합니다. 게다가 딱 맞춰서 오셨습니다. 빨간 페터가 방문객을 항상 맞이하진 못합니다. 유감스럽게도 항상 가능한 건 아니죠. 그는 종종 인간들을 보는 걸 힘들어합니다. 이럴 때는 누구도 그를 만날 수 없습니다. 심지어 저도, 저조차도 어떤 사업상의 일로만 그를 대면할 수 있습니다, 무대에서나 말이죠. 하지만 공연이 끝나면 저는 바로 사라져야 하고, 그 혼자 집으로 차를 타고 옵니다. 그리고 집에 오면 자기 방에 들어가 문을 잠그고, 대개는 다음날 저녁까지 그렇게 있습니다. 그의 침실에는 과일이 가득 담긴 커다란 여행 바구니가 항상 놓여 있는데, 이런 일이 있을 때는 그 과일들을 먹으며 배를 채웁니다. 하지만 저는 당연히 그를 보살피지 않을 수 없으므로, 늘 맞은편에 있는 집을 임대해 창가의 커튼 뒤에서 그를 관찰합니다."

~ ~ ~ ~

"빨간 페터 씨, 제가 여기 이렇게 당신과 마주 앉아, 당신이 하는 말을 듣고 또 당신과 술잔을 부딪치며 건배를 하다 보니 당신이 침팬지라는 사실을 정말 완전히 잊어버립니다. 당신이 이걸 칭찬으로 받아들일지 어떨지는 모르겠지만 이건 진실입니다. 제가 생각에 잠겼다가 다시 정신을 차리고 현실로 되돌아오면, 제가 누구의 손님으로 와 있는가를 비로소 서서히 다시 확인하게 됩니다."

"예."

"거의 말이 없으신데, 왜죠? 방금까지도 우리 도시에 대해 정말 놀라우리만치 정확한 평가를 해주셨는데, 지금은 조용히 계시는군요."

"조용한가요?"

"무슨 문제가 있으신가요? 조련사를 부를까요? 혹시 이 시간이 보통 식사하시는 시간인가요?"

"아닙니다. 아닙니다. 괜찮습니다. 왜 그런지 말씀드리겠습니다. 때때로 인간에 대한 혐오감이 저를 엄습할 때가 있는데, 그럴 땐 구토를 억누르기가 쉽지 않습니다. 이는 물론 인간들 개개인과는 전혀 상관이 없고, 제 앞에 계신 친절하신 선생님과도 아무 관계가 없습니다. 그것은 모든 인간에 대한 혐오인 거죠. 이게 뭐 또 이상한 것은 아닙니다. 만일 당신께서 원숭이와 계속 함께 지내야 한다면, 제 아무리 자기 통제력이 강하다 해도 분명히 비슷한 증상을 겪으실 겁니다. 그런데, 제가 가장 역겨워하는 것은 이 동료 인간들의 냄새가 아니라, 제게서 나는 인간의 냄새가 저의 옛 고향의 냄새와 섞여서 나는 그런 냄새입니다. 직접 맡아 보세요! 여기 가슴을 맡아 보세요! 털 깊숙이 코를 대 보십시오! 더 깊이요."

"유감스럽게도 특별한 냄새가 나지는 않는 것 같습니다. 몸을 잘 가꾼 사람에게서 나는 일반적인 냄새 말고는 모르겠습니다만. 물론 도시에 사는 인간들의 코는 여기선 기준이 되지 못하겠군요. 당신은 물론 우리를 스치고 지나가는 수천 가지의 냄새들을 맡으시겠지요."

"예전엔 그랬죠, 선생님. 예전엔. 그런 시절도 다 지나갔습니다."

"당신께서 스스로 그 이야기를 꺼내시니 감히 여쭙겠습니다. 우리 인간들과 함께 산 게 도대체 얼마나 되었나요?"

"오 년입니다. 팔월 오일이면 오 년이 됩니다."

"대단한 능력이십니다. 오 년 만에 원숭이의 본성을 벗어 던지고 인류의 전체 진화 과정을 빠르게 질주하듯 섭렵하는 것, 그것은 진정 어느 누구도 해내지 못했습니다. 이 경주 트랙에 유일하게 당신 혼자만 서 있는 셈입니다."

"저도 압니다. 대단한 일이지요. 때로는 저 역시 이해가 가지 않습니다. 하지만 홀로 조용히 있을 때면, 저는 이것에 그렇게 과하게 의미를 두진 않습니다. 제가 어떻게 붙잡혔는지 아시나요?"

"당신에 대해 인쇄된 된 글들을 모두 읽어봤습니다. 총에 맞고 붙잡혔습니다."

"예, 두 발을 맞았지요. 여기 뺨에 한 발을 맞았습니다. 상처는 물론 지금 난 흉터보다 훨씬 컸습니다. 두 번째 총알은 엉덩이 아래에 맞았습니다. 흉터를 보실 수 있게 바지를 벗어보겠습니다. 여기에 총알이 박힌 겁니다. 이것 때문에 결정적인 중상을 입고 나무에서 떨어졌고, 제가 깨어났을 때는 중간 갑판에 있는 우리 안에 갇혀 있었습니다."

"우리 안이었다고요! 중간 갑판에 있는! 그에 대해 읽은 내용은 달랐는데, 당신께서 직접 들려주는 얘기는 다르군요."

"그리고, 선생님. 그것을 직접 겪는 것은 또 다릅니다. 저는 그때까지 '탈출구가 없다.'는 말이 무슨 의미인지 몰랐습니다. 그것은 사면이 쇠창살로 된 우리가 아니라, 그보다는 궤짝 하나에 세 면을 고정시킨 것이었습니다. 궤짝이 네 번째 벽인 셈이죠. 우리는 전체 크기가 너무 낮아 저는 똑바로 서지도 못했고, 너무 좁아 앉을 수조차 없었습니다. 그래서 저는 무릎을 당겨 웅크린 상태로 있을 수밖에 없었지요. 분노에 쌓인 저는 아무도 보고 싶지 않았고, 그래서 궤짝 안쪽으로 몸을 돌린 채 있었습니다. 그렇게 저는 그 안에서 무릎을 덜덜 떨면서 며칠 밤낮을 웅크린 채 보냈으며, 등 뒤쪽에서 쇠창살이 제 몸을 파고들었습니다. 사람들은 야생동물들을 감금할 때 맨 처음에는 그렇게 하는 게 유리하다고 하는데, 제 경험을 근거로 보면 사람들의 관점에서는 실제로 그럴 수 있음을 부인할 수 없습니다. 그러나 당시 저는 사람들의 관점에 대해 아직 아무 것도 몰랐습니다. 제 앞에는 궤짝이 가로막고 있었습니다. 판자로 된 벽을 열어라. 이빨로 뜯어 구멍을 내라. 틈새가 보이면, 사실 그것도 밖을 내다볼 정도의 크기도 안 되겠지만 너는 틈새를 처음 발견한 순간에 어쩔 줄 몰라 기뻐서 울부짖으며 반길 것이다, 그 틈새 사이로 몸을 밀어 넣고 빠져나가라. 너는 어디로 가려는가? 판자 뒤로 숲이 펼쳐지는데,

~ ~ ~ ~

존경하는 빨간 페터 씨,

나는 당신이 우리 학술원 앞으로 쓴 보고서를 매우 흥미롭게 읽었습니다. 예, 읽는 동안 가슴이 뛰었습니다. 내가 당신의 첫 번째 스승이었기에, 이는 당연한 일이겠지요. 당신은 스승에 대한 기억을 아주 다정한 말로 들려주었습니다. 조금만 더 숙고했더라면, 내가 요양원에 있었다는 부분은 언급하지 않았을 수도 있었을 텐데요. 물론 당신의 보고서 전체가 아주 솔직함이 돋보이며, 원고를 쓰는 중에 문득 떠오르는 세세한 일도 억제하지 않았을 거라고 봅니다. 그럼에도 불구하고 나는 약간 당혹스러웠습니다. 하지만 여기서는 본래 그 이야기를 꺼내려는 것은 아니었습니다. 내 관심사는 다른 것입니다.

화부

Der Heizer

화부

열여섯 살인 카알 로스만을 태운 배가 어느새 속력을 늦추며 뉴욕항에 들어서고 있었다. 가난한 부모는 하녀가 아들 카알을 유혹해 아이를 갖게 되자 카알을 미국으로 보내버렸다. 그가 아까부터 한참 동안 바라본 자유의 여신상에 갑자기 햇빛이 더 강렬하게 내리쬐는 것 같았다. 칼을 든 그녀의 팔이 다시 위로 뻗치는 것 같았고, 동상의 주위로 자유의 공기가 불어왔다.

"엄청 높구나!" 그가 혼잣말을 했다. 그는 그 자리를 떠날 생각을 전혀 하지 않았지만, 그의 옆을 지나가던 짐꾼들의 무리가 점점 늘어나면서 어쩔 수 없이 점차 갑판의 난간까지 밀려났다.

항해 중에 잠깐 알게 된 젊은 남자가 지나가면서 "아, 아직도 배에서 내릴 마음이 없나보군요?" 하고 말했다. "아니요, 준비 다 됐어요." 카알은 그에게 웃어 보이며 말했다. 건장한 소년이었던 그는 기분이 들떠서 가방을 어깨에 번쩍 멨다. 카알은 그 남자가 자신의 지팡이를 가볍게 흔들면서 다른 사람들과 함께 멀어져가는 모습을 지켜보다, 아래층 선실에 우산을 두고 왔다는 것을 알고 깜짝 놀랐다. 카알은 그 지인(知人)에게 자기 가방을 잠깐 맡아달라고 부탁했다. 그 남자는 별로 탐탁지 않은 표정이었다. 카알은 돌아올 때 위치를 기억하기 위해 주변을 다시 둘러본 후, 서둘러 자리를 떴다. 배 아래층으로 내려가니 지름길처럼 보이는 통로가 아쉽게도 처음으로 막혀 있었다. 아마 모든 승객들을 하선시키기 위해 그리 조치한 것 같았다. 그래서 그는 작은 방들을 수없이 지나고, 끊임없이 이어지는 짧은 계단들을 거쳐 굽이굽이 계속 나타나는 복도를 통과하고, 또 책상 하나만 휑하니 놓여 있는 빈방을 거치며 힘들게 길을 찾아 헤맸지만, 끝내 완전히 길을 잃고 말았다. 그는 이 길을 고작 한두 번, 그것도 항상 여러 사람들과 어울려 지나간 게 전부였기 때문이다. 그는 당황했다. 한 사람도 보이지 않았으며, 갑판 위로는 수많은 사람들이 발을 질질 끌며 걷는 소리만 들렸고, 멀리로부터 이미 멈춘 엔진이 마치 입김을 내뱉듯 마지막 일을 끝내는 걸 보았다. 그는 이리저리 헤매던 끝에 우연히 맞닥트린 작은 방문을 별 생각 없이 노크했다.

"열려 있습니다." 안에서 누군가가 큰소리로 외쳤다. 카알은 안도의 숨을 내쉬며 문을 열었다. "왜 그렇게 요란하게 문을 두드리는 거요?" 덩치가 큰 남자가 카알을 제대로 쳐다보지도 않고 물었다. 위쪽의 어느 채광창을 통해, 이미 배 위에서 힘을 잃은 희미한 빛이 초라한 선실 안을 비추고 있었다. 선실 안에는 침대와 옷장, 의자, 그리고 그 남자가 마치 저장창고의 물건들처럼 나란히 있었다. "길을 잘못 들었습니다. 항해 중에는 몰랐는데 이제 보니 배가 엄청나게 크군요." 카알이 말했다. "그렇소. 당신 말이 옳소." 남자는 다소 자랑스러운 투로 말하며 작은 가방에 달린 자물쇠를 연신 만지작거리고 있었다. 그는 고리가 찰칵하고 채워지는 소리가 나는지 듣기 위해 두 손으로 계속해 가방을 눌렀다. "일단 들어오시오! 밖에 계속 서 있을 건 아니니까!" 그가 말을 이었다. "방해가 되진 않나요?" 카알이 물었다. "천만에요, 방해라니요!" "독일 사람인가요?" 카알은 미국에 처음 도착한 사람은 특히 아일랜드 사람을 주의하라는 말을 들었기에, 이를 다시 확인하고 싶었다. "그렇소. 나는 독일인이오." 남자가 말했다. 카알은 여전히 망설였다. 그러자 남자가 갑자기 문손잡이를 잡고 카알을 방 안으로 끌어 당기며 문을 재빨리 닫았다. "복도에서 사람들이 안을 들여다보는 건 견딜 수가 없어서." 이렇게 말하며 남자는 다시 가방을 만지작거렸다. "누구나 지나가면서 한 번씩은 들여다보니, 그걸 견딜 수 있는 사람이 몇이나 되겠소!" "그렇지만 복도에는 아무도 없는데요." 침대 옆에 불편한 자세로 바짝 붙어 서 있던 카알이 이렇게 말했다. "지금이야 없지요." 사나이가 말했다. '중요한 건 지금 아닌가. 이 사람하곤 대화가 어렵겠는데,' 하고 카알이 속으로 생각했다. "침대에 좀 눕지 그래요. 자리가 많은데." 남자가 말했다. 카알은 최대한 몸을 낮춰 침대 위로 기어들어가, 그 위에 털썩 누우려했지만 잘 되지 않자 큰 소리로 웃었다. 그는 침대에 눕자마자 "아, 이런! 가방을 깜빡 잊고 있었네요!" 하고 소리쳤다. "어디에 두었죠?" "갑판 위에요, 아는 사람이 지키고 있습니다. 그 사람 이름이 뭐더라?" 그는 배를 타고 떠날 때 어머니가 양복 윗저고리 안쪽에 달아준 비밀주머니에서 명함 한 장을 꺼냈다. "부터바움, 이름이 프란츠 부터바움이군." "그 가방 꼭 필요한 거요?" "물론입니다." "그럼 왜 가방을 낯선 사람에게 맡긴 거요?" "선실에 놓고 간 우산을 가지러 온 겁니다. 무거운 가방을 질질 끌고 다니고 싶진 않았어요. 그러다가 길마저 잃어버렸고요." "혼자인가요? 동행인은 없나요?" "예, 저 혼자입니다."

'이 남자를 붙들어야 한다. 지금 당장 어디서 더 나은 친구를 찾겠는가?' 이런 생각이 카알의 머릿속을 스치고 지나갔다. "그럼 이젠 가방까지 잃어버린 셈이군요. 우산은 말할 것도 없고." 남자가 이제 카알의 일에 어느 정도 관심이 생겼는지 안락의자에 앉았다. "나는 가방을 분실했다고는 아직 생각지 않습니다." 이에 남자가 "믿는 자에게 복이 있나니" 하고 말하며 짧게 깎은, 숱이 많은 검은색 머리카락을 세게 긁적거렸다. "배에 타고 있어도 정박하는 항구에 따라 풍습도 달라지죠. 함부르크였다면 당신의 그 부터바움이란 작자가 당신 가방을 지켜주었겠지만, 이곳에서는 당신 가방도, 또 그 사람도 분명 찾지 못할 겁니다." "그렇다면 어서 위로 올라가봐야겠군요." 카알이 어떻게 나갈 수 있는지 주위를 둘러보았다. "그냥 계시오," 하고 남자가 말하며 한 손으로 카알의 가슴을 세게 밀쳐 다시 침대에 주저앉혔다. "왜 이러시죠?" 카알이 화가 나서 말했다. "헛수고만 할 뿐입니다. 잠시 후에 나도 갈 테니, 그때 같이 갑시다. 가방을 이미 도난당했다면 어차피 늦은 거고, 만일 그 남자가 가방을 거기에 그대로 두고 갔다면, 차라리 배가 텅 빈 다음에 찾는 게 쉬울 거요. 당신 우산도 마찬가지고." 그가 말했다. "이 배의 내부를 잘 알고 있나요?" 카알이 미심쩍은 듯 물었다. 배가 텅 비면 물건을 찾기가 제일 수월할 거라는 생각은 보통 때 같으면 설득력이 있었지만, 지금은 왠지 꺼림칙했다.

"나는 이 배의 화부요" 하고 남자가 말했다. "당신이 화부라구요?" 카알은 뜻밖의 대답에 기뻐서 큰소리로 외치며 팔꿈치를 괴고 그 남자를 더 가까이서 바라보았다. "내가 슬로바키아 사람들과 함께 잤던 방 앞에 창문 하나가 나 있었는데, 그 창문으로 기관실을 들여다볼 수 있었어요." "그래요? 내가 거기서 일한 적이 있었죠." 화부가 말했다. "나는 늘 기술 쪽에 관심이 있었습니다. 미국으로 오지 않아도 되었더라면, 나중에 틀림없이 기술자가 되었을 거예요." 카알이 생각에 잠겨서 말했다. "왜 미국으로 와야 했죠?" "아, 그건!" 카알이 손을 내저으며 대화를 멈췄다. 그러나 카알은 그 이유를 털어놓지 못한 것에 양해를 구한다는 듯이 화부를 바라보며 미소를 지었다. "그럴 만한 이유가 있었겠지요." 화부가 말했다. 그의 말은 이유를 말하라는 요구인지, 아니면 이야기를 막는 것인지 명확하지 않았다.

"나도 화부가 될 수 있어요. 우리 부모는 내가 무엇이 되건 관심이 없습니다." 카알이 말했다. "내 자리가 공석이 될 텐데,"라고 화부가 말했다. 그는 이 말을 온전히 의식하면서 두 손을 바지 호주머니에 넣고, 다리를 침대 위로 쭉 뻗었다. 그는 쇠와 같은 잿빛의 주름진 가죽바지를 입고 있었다. 카알은 벽 쪽으로 밀려날 수밖에 없었다. "배에서 떠나는 건가요?" "그렇소. 우리는 오늘 떠납니다." "왜죠? 마음에 들지 않나요?" "글쎄, 여러 가지 사정이 있지요. 뭐 하나가 마음에 들고 안 들고 한다고 결정되는 것은 아니죠. 하긴 당신 말대로 마음에 들지 않기도 합니다. 아마도 당신은 진심으로 화부가 되려는 건 아닐 거요. 하지만 바로 그 때문에 누구나 쉽게 화부가 될 수 있는 거고. 나는 당신을 극구 말립니다. 유럽에서 대학 공부를 하고 싶었다면서 왜 이곳에서는 해보려 하지 않소? 미국의 대학은 유럽의 대학과는 비교가 안 될 정도로 낫다고 하는데." "물론 가능하죠. 하지만 대학 공부를 하기엔 돈이 거의 한 푼도 없습니다. 어떤 사람에 대한 글을 읽은 적이 있는데, 그는 낮에는 상점에서 일하고 밤에는 공부를 해서, 결국 박사가 되고 아마 시장까지 됐다고 하는데. 그렇게 되려면 인내심이 많아야겠죠, 그렇죠? 나는 그게 부족한 것 같아요. 또 나는 특별히 뛰어난 학생도 아니었고, 학교를 그만두는 게 실제 아무렇지도 않았습니다. 이곳의 학교들은 어쩌면 더 엄하겠지요. 나는 영어도 거의 할 줄 모르구요. 미국 사람은 대체로 외국인에게 선입관을 갖고 있는 것 같더군요, 제 생각은 그렇습니다."

"벌써 그것까지 겪었나요? 그럼, 좋습니다. 그렇다면 우리는 이제 친구입니다. 보세요, 우리는 독일 배를 타고 있소. 이 배는 함부르크-아메리카

노선 소속인데, 여기서 일하는 우리들은 모두 독일인이어야 하는 것 아닌가요? 왜 일등기관사는 루마니아 사람이죠? 그의 이름은 슈발인데, 정말 말도 안 되는 이야기입니다. 그 건달 같은 녀석이 독일 배에서 우리 독일인들을 혹사시키고 있소! 내가 괜한 불평을 한다고" - 그가 숨이 가빠졌고, 손을 내저었다 - "생각하지 않기를 바랍니다. 나는 당신이 아무런 영향력도 없고, 당신 스스로 가엾은 어린 청년이라는 것을 알고 있소. 하지만 이건 너무 심하지 않소." 화부는 주먹으로 몇 번이나 책상을 두드리면서, 두드리는 내내 주먹을 바라보았다. "나는 지금까지 이미 수많은 배에서 일해왔소." - 그는 스무 개의 배 이름을 마치 한 단어인 양 열거했다. 카알이 매우 혼란스러울 정도였다 - "나는 일을 잘한다고 상을 받았고 칭찬도 들었죠. 나는 선장들이 무얼 원하는지 잘 알고, 심지어 한 무역선에서만 몇 년을 일하기도 했습니다." - 그는 그 무렵이 자기 인생의 전성기였다는 듯이 자리에서 일어섰다 - "그러나 이곳처럼 모든 게 자로 잰 듯이 엄격하게 진행되고, 위트라고는 전혀 찾아볼 수 없는 상자 안에서는 나는 전혀 쓸모가 없소. 여기서 나는 슈발에게 늘 방해만 될 뿐이죠. 나는 게으름뱅이이고, 쫓겨난다 해도 할 말이 없으며, 자비를 베풀어줘서 임금은 겨우 받고 있답니다. 이게 이해가 되나요? 나는 안 됩니다." "그런 일은 참으면 안 됩니다," 카알이 흥분해서 말했다. 그는 자신이 미지의 땅의 해안에 정박한 배의 어딘지 모를 갑판 아래 바닥에 있다는 생각을 거의 하지 못했다. 그만큼 이곳 화부의 침대가 그에게 고향처럼 포근하게 느껴졌다. "선장에게 가보셨나요? 선장에게 당신의 권리를 말해보았나요?" "아, 가세요, 차라리 그냥 가세요. 여기 같이 있고 싶지 않군요. 내 말은 귀담아 듣지도 않고, 내게 충고를 하다니. 내가 어떻게 선장에게 찾아간단 말이오!" 화부는 피곤에 지쳐 다시 앉아 얼굴을 두 손으로 감쌌다.

"그에게 이보다 더 나은 충고는 없을 텐데." 카알은 혼잣말을 했다. 그는 여기서 충고를 했다가 괜히 바보 취급을 당하느니, 가방을 찾으러 가는 게 낫겠다고 생각했다. 아버지가 카알에게 가방을 가지라고 주면서 "언제까지 이 가방을 가지고 있겠니?" 하고 농담으로 물은 적이 있었는데, 이제 그 비싼 가방은 어쩌면 정말로 잃어버렸는지도 모른다. 그나마 한 가지 위로가 되는 건, 아버지가 어떻게 뒷조사를 한다 해도 아들의 지금 처지를 알기란 거의 불가능하다는 점이다. 카알이 뉴욕까지 같이 배를 타고 왔다는 정도는 그와 함께 여행했던 일행이 아버지에게 전해줄 수 있을 것이다. 하지만 카알이 트렁크 속의 물건들을 거의 사용하지 못한 것은 유감이었다. 예컨대 셔츠는 진작 갈아입었어야 했다. 그는 결국 엉뚱한 데 돈을 절약한 셈이다. 자신의 커리어를 시작하는 바로 그 순간에 옷을 단정하게 입고 가야 하는데, 그는 더러운 속옷을 입고 갈 수밖에 없다. 그것 말고는 가방을 분실한 게 그렇게 심각한 일은 아니었다. 왜냐면 지금 입고 있는 양복이 트렁크 속에 있던 양복보다는 더 좋은 것이기 때문이다. 트렁크 안에 있던 양복은 사실 급할 때를 위해 여벌로 챙겨온 것으로, 카알이 출발하기 직전까지 어머니가 바느질해서 기워 준 것이었다. 그때 그는 어머니가 특별히 챙겨 준 베로나 살라미도 트렁크 안에 있었다는 게 기억났다. 그는 항해하는 동안 식욕이 전혀 없었고, 또 중간 갑판에 있는 승객들에게 제공되는 수프가 양이 충분했기에 살라미를 정말 조금만 먹었다. 그는 만일 지금 그 소시지가 있다면 화부에게 감사의 표시로 주었을 텐데 그러지 못해 아쉬웠다. 이런 사람들은 작은 거 하나만 꽂아 줘도 쉽게 마음을 연다는 것을 카알은 아버지를 통해 알고 있었다. 그의 부친은 사업상 관계가 있는 말단 사무원들 모두에게 담배를 나눠 줘서 자기편으로 만들었다. 카알이 지금 선물할 거라곤 수중에 있는 돈이 전부였다. 그러나 어쩌면 이미 가방을 잃어버렸을 수도 있는 상황에서 이 돈만은 아직 손대고 싶지 않았다.

그는 다시 가방을 떠올렸다. 그 가방을 그렇게 쉽게 가져가게 할 것 같았다면, 무엇 때문에 항해하는 동안 내내 거의 잠까지 설쳐가면서 그토록 주의해서 지켰는지 자신도 도무지 이해할 수 없었다. 그는 지난 닷새 동안 그의 잠자리에서 왼쪽으로 두 칸 너머에 있던 슬로바키아 소년이 밤마다 자기 트렁크를 노린다고 의심을 품었던 것을 떠올렸다. 그 슬로바키아인은 카알이 피로가 쌓여 잠시라도 꾸벅거리며 졸기만을 엿보고 있는 것 같았다. 그는 낮에 항상 긴 막대기를 가지고 놀기도 하고 뭔가를 연습했는데, 카알이 방심한 틈을 타 그 막대기로 카알의 트렁크를 자기 쪽으로 끌어당기려 했다. 그 슬로바키아인은 낮에는 누가 봐도 순수하게 보였지만, 밤만 되면 가끔씩 자리에서 일어나 슬픈 모습으로 카알의 트렁크 쪽을 쳐다보았다. 카알은 그것을 아주 분명하게 알 수 있었다. 왜냐하면 이민 길에 오른 사람들이 불안한 마음에 이민중개소에서 발행한 이해하기 어려운 안내지를 해독해보려고, 선실 내의 규정을 어겨가면서, 여기저기서 작게 불을 켰기 때문이다. 그런 불빛이 근처에 있을 땐 카알은 잠시 눈을 부칠 수 있었으나, 불빛이 멀리 떨어진 곳에 있거나 혹은 캄캄할 때에는 눈을 뜨고 있어야 했다. 이런 긴장감 때문에 그는 매우 지쳤다. 그런데 어쩌면 이제 그런 노력이 아무 쓸모없게 되었다. 부터바움이라는 이 작자, 이 작자를 어딘가에서 한번 다시 만나기만 해봐라!

바로 그 순간, 정적을 뚫고 바깥 먼 곳에서부터 마치 아이들의 발자국 소리처럼 뭔가를 짧게 두드리는 둔중한 소리가 울렸다. 그 소리가 가까워지면서 더 크게 울렸는데, 알고 보니 남자들이 조용하게 행진하는 소리였다. 그들은 통로가 좁아 어쩔 수 없이 한 줄로 움직였으며, 무기에서 나는 듯한 철거덕거리는 소리들이 들렸다. 카알은 트렁크와 슬로바키아인에 대한 온갖 걱정에서 벗어나 침대에서 막 몸을 뻗고 누우려다가 벌떡 일어났고, 화부에게도 주의를 환기시키려고 그의 옆구리를 쿡 찔렀다. 행렬의 선두가 바로 문 앞에 온 것처럼 보였기 때문이었다. "이 배의 음악대요. 갑판에서 연주를 끝내고 이제 짐을 싸러 가는 길이오. 이제 다 마무리됐으니, 우리도 가면 되겠군. 갑시다!" 화부가 말했다. 그는 카알의 손을 잡았고, 마지막으로 침대 위 벽에 걸린 성모 마리아 액자를 내려 윗주머니에 넣었다. 그리고 자기 가방을 들고 카알과 함께 서둘러 선실을 나왔다.

"이제는 사무실로 가서 그 사람들에게 내 생각을 말할 것이오. 승객도 다 내렸으니, 이만하면 예의를 갖춘 거지." 화부는 이런저런 말을 되풀이하면서 가다 도중에 길을 가로지르려는 쥐 한 마리를 보고 옆으로 발을 내밀어 밟으려 했지만, 쥐가 재빨리 구멍을 찾아 그 안으로 내빼버렸다. 그는 대체로 동작이 너무 느렸다. 그의 다리가 아무리 길다 해도 너무 무거웠다.

그들은 조리실을 통과해 갔다. 그곳에서는 몇몇의 하녀들이 더러운 앞치마를 두르고 커다란 물통 속에 식기들을 담가 세척하는 중이었다. 그들은 일부러 설거지물을 튀겼다. 화부는 리네라는 하녀를 자기 쪽으로 오라고 부르더니, 그녀의 엉덩이에 팔을 두르고 잠깐을 함께 걸었다. 하녀는 걷는 내내 교태를 부리며 그의 팔을 뿌리치려 했다. "지금 임금을 받으러 가는데, 같이 가지 않겠어?" 그가 물었다. "내가 왜 그 고생을 해? 그냥 내게 돈을 갖다 줘." 그녀는 이렇게 답하며 그의 팔에서 빠져나와 달아났다. 그녀가 "어디서 그런 잘생긴 소년을 데리고 왔지?" 하고 외쳤지만, 대답을 바라는 것은 아니었다. 모든 하녀들이 하던 일을 멈추고 까르르 웃는 소리가 들렸다.

둘은 계속 걸어서 어느 문 앞에 이르렀다. 문 위쪽으로 자그마한 박공이 만들어져 있는데, 금색을 입힌 작은 카리아티드 조각상들이 이를 떠받치고 있었다. 배의 시설치고는 지나친 낭비로 보였다. 이제 보니 카알은 이 근처에는 단 한 번도 온 적이 없었다. 이곳은 아마도 항해 중에는 일등실, 이등실 승객들에게만 접근이 허용되는 것 같았고, 지금은 배를 대청소하기 위해 칸막이 문들을 모두 터놓은 모양이었다. 아닌 게 아니라 하나같이 어깨 위에 빗자루를 맨 남자들 여럿이 두 사람 곁은 지나가며 화부에게 인사를 건넸다. 카알은 이 엄청난 규모에 놀랐다. 중간 갑판에 있을 땐 이런 것들을 거의 알 수 없었다. 몇 개의 통로를 따라 전선들이 이어져 있었고, 조그마한 벨이 계속해서 울렸다.

화부가 예의를 갖추고 문을 두드렸다. 방 안에서 "들어오세요," 하는 소리가 들리자 화부는 카알에게 겁먹지 말고 들어가라고 손짓을 하였다. 카알도 함께 들어갔지만, 그는 문 옆에 서있었다. 방에 나 있는 세 개의 창문을 통해 바다 물결이 보였다. 물결의 경쾌한 움직임에 카알은 마치 닷새 동안 내내 바다를 본 사람이 아닌 것처럼 가슴이 뛰었다. 큰 배들이 서로 가로지르고 있었고, 중력이 허용하는 한도 내에서 물결의 흔들림에 따라 움직였다. 실눈을 뜨고 보면, 그 배들이 오직 중력의 힘으로만 흔들거리는 것 같았다. 돛대에 걸려있는 폭은 좁지만 긴 깃발들이 운항 중에는 팽팽하게 펼쳐졌고, 가끔씩 펄럭거렸다. 군함들로 짐작되는 곳에서 예포소리가 울려 퍼졌다. 그렇게 멀리 떨어지지 않은 곳에서 군함들이 지나갔는데, 배가 안정적이고 매끈하게, 그럼에도 조금씩 출렁거렸기 때문에 갑판에 장착된

포신들을 마치 누군가가 쓰다듬고 있는 것처럼 보였다. 포신의 강판 덮개가 빛을 반사하고 있었다. 이곳 문 쪽에서는, 멀리 있는 작은 배들과 보트들이 떼를 지어 거대한 배들 사이로 난 입구 속으로 미끄러져 들어가는 것을 관찰할 수 있었다. 그러나 이 모든 광경 뒤에는 뉴욕 시가 버티고 있었다. 카알은 수십만 개의 창문이 달린 고층빌딩들을 보았다. 그렇다, 이 방 안에서는 자신이 어디에 있는지를 알 수 있었다.

원형테이블에 세 명의 남자가 앉아 있었는데, 푸른색 제복을 입은 한 명은 항해사였고, 검은색의 미국식 제복을 입은 다른 두 사람은 항구사무소의 관리들이었다. 테이블 위에는 여러 종류의 서류들이 가득 쌓여 있었는데, 먼저 항해사가 펜을 들고 서류들을 쭉 훑어본 후, 다른 두 사람에게 이를 건네주었다. 이들은 넘겨받은 서류들을 읽어보거나 따로 메모를 하였으며, 그들 중 끊임없이 이를 딸가닥거리며 작은 소리를 내는 사람이 옆 동료에게 회의록에 뭔가를 기록하라고 따로 지시하지 않으면 받은 서류를 그들의 서류가방 속에 넣었다.

창 옆의 책상에는 작은 사람이 문을 등지고 앉아 있었다. 그는 머리 높이 정도의 튼튼한 선반 위에 나란히 정리된 커다란 장부책들을 살펴보고 있었다. 그의 옆에는 문이 열린 금고가 하나 있었는데, 언뜻 봐도 비어 있었다.

두 번째 창문 앞쪽은 비어 있어서 바깥 경치가 가장 잘 보였다. 세 번째 창문 근처에는 두 남자가 서서 중간 정도의 목소리로 대화를 나누고 있었다. 한 명은 창문 옆에 기대고 섰는데, 그는 선원 제복을 입었고 칼자루를 만지작거렸다. 그리고 그와 이야기를 나누고 있는 상대방은 창문을 향해 서 있었다. 그가 가끔씩 몸을 움직일 때마다 선원 제복을 입은 사람의 가슴에 달린 훈장들의 일부가 보였다. 이 남자는 민간인 복장이었고 작고 가느다란 대나무 지팡이를 들고 있었는데, 양손을 허리에 대고 있었기 때문에 지팡이가 마치 칼처럼 위로 튀어나와 있었다.

카알이 모든 것을 다 살펴볼 만큼 시간이 많지는 않았다. 왜냐하면 곧 하인 한 명이 이들에게 다가와, 여기서 일하는 사람이 아닌 것 같은데 하는 표정으로 화부에게 무슨 용건인지 물었다. 화부는 질문한 사람과 같이 아주 낮은 음성으로 회계주임과 이야기하고 싶다고 답하였다. 하인은 손을 내저으며 이 부탁을 거절했다. 그럼에도 그는 발끝으로 조용조용히 원형 테이블 주위를 넓게 돌아 장부책을 들여다보고 있는 그 남자에게로 다가갔다. 그 남자가 하인의 말을 듣고는 얼굴이 바로 굳어지는 것을 확연히 볼 수 있었다. 그 남자는 결국 자기를 만나기를 원하는 화부 쪽으로 몸을 돌려, 화부에게 또 확실히 하기 위해 하인에게도 물러가라며 세게 손을 내저었다. 그러자 하인이 화부에게 다가와, 마치 그에게 뭔가를 털어놓는 듯한 어조로 "즉시 이 방에서 나가시오!" 하고 말했다.

그 말에 화부는 카알을 내려다보았다. 마치 자신의 고충을 들어줄 사람은 당신밖에 없다는 표정이었다. 카알은 생각할 것 없이 곧장 뛰어 방을 가로질러 갔고, 심지어 항해사가 앉아 있는 안락의자에 몸이 살짝 닿기도 했다. 하인은 허리를 숙인 채, 마치 벌레라도 쫓는 것처럼 카알을 붙잡으려고 두 팔을 펴고 같이 뛰었다. 그러나 카알은 더 빨리 회계주임이 있는 탁자 옆으로 갔고, 혹시 하인이 그를 끌어낼까 봐 탁자를 꽉 붙잡고 있었다.

방 안이 갑자기 활기를 띤 것은 당연했다. 테이블 옆에 앉았던 항해사가 자리를 박차고 일어났고, 항구사무소에서 온 관리들은 차분하지만 주의 깊게 쳐다보았으며, 창 옆에 있던 두 신사는 서로 바짝 붙었다. 하인은 높은 사람들이 관심을 보이는 상황에서 자기로서는 어떻게 할 수 없다는 듯이 뒤로 물러섰다. 문 옆에 서있던 화부는 자기의 도움이 필요한 순간이 올까 봐 긴장해서 기다리고 있었다. 안락의자에 앉아 있던 회계주임이 마침내 의자를 돌렸다.

카알은 자신을 소개하는 대신 남들의 시선에 아랑곳하지 않고 비밀주머니를 뒤적거려 자신의 여권을 꺼냈고, 이를 펼쳐서 탁자 위에 놓았다. 회계주임은 여권에 대해선 관심이 없는 것 같았다. 그는 여권을 두 손가락으로 튕겨서 옆으로 밀었던 것이다. 카알은 기본적인 절차는 갖춘 것으로 여기며 여권을 다시 호주머니에 넣었다.

"제가 말씀드리려는 것은," 카알이 입을 열었다. "제가 보기에 여기 있는 화부가 부당한 일을 당한 것 같습니다. 이 배에 슈발이라는 자가 있는데, 그 사람이 이 화부를 강압적으로 대하고 있습니다. 저 화부는 지금까지 많은 배에서 흠잡을 데 없이 일해 왔습니다. 근무했던 배의 이름들을 모두 댈 수 있습니다. 그는 부지런하며, 게다가 자신의 일을 중요하게 생각합니다. 이 배는 무역선이라 근무하기가 그렇게 힘든 게 아닌데, 왜 그가 직무 수행을 잘하지 못했는지 정말 이해가 되지 않습니다. 그건 필시 험담 때문일 겁니다. 그 때문에 승진도 가로막히고, 또 인정받을 기회조차 모두 잃어버렸습니다. 그렇지 않다면 반드시 인정받았을 겁니다. 저는 이 일에 대해 일반적인 내용만 말씀드렸으니, 특별히 어떤 불만사항들이 있는지는 본인이 직접 말씀드릴 겁니다." 카알은 말을 하면서 사무실 안에 있는 남자들 모두를 바라보았다. 실제로 모두가 그의 말에 귀를 기울인 것도 이유지만, 그 회계주임이 공정한 사람이기를 바라는 것보다는 이들 가운데 공정한 사람을 찾는 게 더 확률이 더 높아보였기 때문이었다. 카알은 영리하게 화부와는 방금 전에 알게 된 사이임을 말하지 않았다. 게다가 카알은 지금 서 있는 위치에서 대나무 지팡이를 든 남자의 얼굴이 빨갛다는 것을 처음 보고 어리둥절해졌는데, 그 점만 아니었다면 훨씬 더 잘 말했을 것이다.

"전부 다 사실입니다." 화부는 누군가가 묻기도 전에, 아니 누군가 자기 쪽을 쳐다보기도 전에 말했다. 만일 훈장을 단 남자가 카알의 부탁대로 화부의 말을 들어보겠다는 생각을 하지 않았더라면, 화부의 성급함은 하마터면 큰 실수가 될 뻔하였다. 카알은 그 남자가 배의 선장이라는 생각이 들었다. 그는 화부를 향해 손을 뻗으며 말했다. "이리 오시오." 그의 목소리는 마치 그 위에 망치질을 해도 될 정도로 단단했다. 이제는 모든 것이 화부의 행동 여하에 달려 있었다. 왜냐하면 그 일의 공정성 여부에 대해 카알은 조금도 의심하지 않았기 때문이다.

다행히 화부가 이미 세상 경험이 많다는 것을 이번 기회에 알 수 있었다. 그는 모범적일 만큼 침착하게 들고 있던 작은 가방에서 바로 서류 뭉치와 메모장을 꺼내 들고 선장에게로 갔고, 창틀 위에 그 증거물들을 펼쳐보였다. 회계주임의 존재는 자연스레 완전히 무시했다. 그러자 회계주임 역시 어쩔 수 없이 그곳으로 왔다. "이 사람은 불평이 많기로 유명합니다." 회계주임이 설명하듯 말했다. "기관실보다 회계부서에 와 있는 시간이 더 많습니다. 이 사람이 그 말수가 없는 슈발을 절망 상태로 몰아넣었어요." 회계주임은 화부를 향했다. "이거 봐요! 당신의 집요함은 정말 도를 넘는군요. 당신이 몇 번이나 경리과에서 쫓겨난 줄 아시오? 매번 정말 얼토당토않게 부당한 요구들을 해대고 말이야! 당신이 경리과에서 회계부서로 달려온 게 도대체 몇 번이오? 슈발이 당신의 직속상관이니 아랫사람인 당신이 그에게 맞춰줘야 한다고 몇 번이나 좋은 말로 타일렀소? 그런데 이제 선장님이 와 계시니 여기까지 와서 뻔뻔스럽게 선장님을 귀찮게 하고 있잖은가, 또한 당신의 그 유치하기 짝이 없는 비난을 편들어줄 사람이랍시고 이 어린 친구를 데리고 오는 것도 서슴지 않는군요. 배에서 전혀 본 적이 없는 이 친구를 말이오!"

카알은 앞으로 뛰쳐나가려다 겨우 참았다. 하지만 선장이 이미 다가와 말했다. "이 사람 말도 한번 들어봅시다. 내가 보기엔 슈발도 갈수록 너무 따로 행동을 하는 면이 있소. 그렇다고 내가 당신을 두둔한다는 말은 아니오." 마지막 말은 화부에게 한 것이었다. 그가 당장 화부를 위해 나서줄 수 없는 것은 당연했다. 그럼에도 모든 게 제대로 되어가는 듯이 보였다. 화부가 설명을 시작하였다. 그는 곧 슈발 대신 '슈발 씨'라고 호칭을 하는 자제력을 보였다. 매우 기분이 좋아진 카알은 회계주임의 빈 책상 옆에서 재미로 우편물 무게를 재는 저울을 계속해 눌렀다. - 슈발 씨는 공정하지 못하다! 그는 외국인만 우대한다! 그는 화부를 기관실에서 내쫓았고 화장실 청소를 시켰는데, 이는 당연히 화부의 일이 아니다! - 한번은 심지어 슈발 씨의 능력에 의문을 제기하기도 했는데, 겉으로는 능력 있어 보이지만 실제는 그렇지 않다는 것이다. 이쯤에서 카알은 마치 본인이 선장과 동료라도 되는 듯이 다정하게, 그러나 힘주어 그를 응시하였다. 선장이 화부의 다소 서투른 표현방식 때문에 그에게 불리하게 판단할까 염려가 되었기 때문이다. 화부는 많은 말을 했지만 핵심이 무엇인지 전혀 알 수 없었다. 여전히 정면을 주시하고 있는 선장의 눈에는 이번에야말로 화부의 이야기를 끝까지 들어보겠다는 결심이 어려 있었지만, 다른 남자들은 인내심이 한계에 이르렀다. 화부의 음성은 더 이상 그 공간을 압도하지 못했고, 그로 인해 다소 염려가 되었다. 먼저 민간인 복장의 남자가 대나무 지팡이를 움직이며 마룻바닥을 아주 조용히 두드렸다. 다른 사람들은 물론 가끔씩 그쪽을 쳐다보긴 했다. 바쁘게 서두르던 항구사무소 관리들은 다시 서류를 집어 들었고, 여전히 다소 정신이 없는 상태에서 서류를 훑어보기 시작하였다. 항해사는 다시 탁자 쪽으로 당겨 앉았고, 회계주임은 자신이 경기에서 이겼다고 믿으며 비꼬듯이 깊은 한숨을 내쉬었다. 주위 사람들 모두의 관심이 흩어졌지만 오로지 하인만은 그렇지 않은 것 같았다. 그는 높은 사람들 밑에서 짓눌린 불쌍한 남자의 고통에 일부 공감하였고, 마치 카알에게 뭔가를 설명하려는 것처럼 진지하게 고개를 끄덕였다.

그러는 동안에도 창밖에서는 항구의 일상이 계속되고 있었다. 편평한 화물선 한 척이 산더미처럼 쌓은 통들을 싣고 지나면서 사무실 안을 거의 어둡게 했다. 통들이 구르지 않게 절묘하게 쌓은 것 같았다. 조그마한 모터보트들이 조종 핸들 앞에 똑바로 선 한 남자가 두 손을 힘껏 움직이자 요란한 굉음을 내며 일직선으로 뻗어나갔다. 카알은 시간만 있었다면 보트들을 자세히 보았을 것이다. 이상한 부표들이 출렁이는 물결로 인해 여기저기에서 스스로 떠올랐다가 금방 다시 파도에 휩쓸리며 바닷물 속에 가라앉았다. 대서양 횡단 여객선에서 내린 보트들을 수부(水夫)들이 열심히 노를 저어 항구 쪽으로 다가갔다. 보트들마다 꽉꽉 채운 승객들로 만원이었는데, 그들은 기대에 부푼 채 조용히 앉아 있었다. 물론 그중 일부는 계속 바뀌는 풍경들을 좇느라고 이리저리 고개를 돌리기도 했다. 끝없는 움직임, 불안함, 이는 불안한 요소가 무력한 사람들과 그들의 행위에 그대로 전이된 것이다!

그러나 모든 것에는 신속성, 명확성, 매우 상세한 설명이 요구된다. 그러나 화부는 어떠했는가? 그는 안타깝게도 땀을 뻘뻘 흘리며 말을 했고, 손이 떨려서 창틀 위에 둔 서류는 더 이상 붙들고 있을 수도 없었다. 사방으로부터 슈발에 대한 불평이 쏟아져 나왔으며, 그의 생각에는 그것들 하나하나 모두가 이 슈발이라는 사람을 완전히 매장시키기에 충분했을 것이다. 그러나 그가 선장에게 보여줄 수 있는 것은 고작 슬프게도 모든 걸 뒤섞어 놓은 혼란 그 자체였다. 대나무 지팡이를 손에 쥔 남자는 아까부터 천장을 바라보며 나지막이 휘파람을 불고 있었다. 항구사무소 관리들은 탁자에 항해사를 붙들어 앉혔는데, 다시 그를 느슨하게 놓아주겠다는 표정은 찾아볼 수 없었다. 회계주임은 선장의 침착한 태도로 말미암아 주제넘은 간섭을 삼가야겠다는 기색이었으며, 하인은 어느 순간에 화부와 관련된 선장의 지시가 떨어질지 몰라 긴장해서 기다리고 있었다.

카알은 더 이상 멍하니 보고 있을 수만은 없었다. 그는 사람들이 있는 쪽으로 천천히 몸을 움직였고, 걸으면서 어떻게 하면 이 사건을 최대한 깔끔하게 처리할 수 있을지 고민하였다. 지금은 짧은 순간에 불과하지만, 정말 가장 결정적인 순간이었다. 두 사람은 이 사무실에서 완전히 쫓겨날 수도 있는 것이다. 선장은 진짜로 좋은 사람일 수 있고, 게다가 지금 이 순간엔 - 카알에게 그렇게 보였다 - 어떤 특별한 이유 때문에 공정한 상관처럼 행동해야 될 수도 있을 것이다. 그렇다고 해도 그가 아무렇게나 막 다루어도 되는 악기는 아닌 것이다. 그런데 화부가, 비록 너무나 속이 상해서 그랬다고는 하지만 선장을 그렇게 대한 것이다.

카알은 화부에게 말했다. "더 간단히 말해야 됩니다, 더 명확하게요. 지금같이 말해서는 선장님이 들어주지 못합니다. 선장님이 대체 무슨 수로 모든 기계공들과 사환들의 이름을, 심지어 세례명까지 알겠습니까? 당신이 그들의 이름만 말하면, 선장님이 그게 누구 이야기인 줄 바로 알 거라고 생각하나요? 당신의 불만들을 순서를 정해서 제일 중요한 것부터 하나씩 차근차근 말해보세요. 그렇게 하면 아마 대부분의 것들은 언급할 필요도 없을 겁니다. 저한테는 항상 명확히 설명했잖아요!" 미국에서는 트렁크를 훔치기도 하므로, 이따금씩 거짓말도 할 수 있을 것이라고 카알은 속으로 핑곗거리를 댔다.

도와줄 수만 있다면 좋겠는데! 이미 너무 늦은 걸까? 화부는 귀에 익은 목소리가 들려오자 즉시 말을 중단했다. 그는 눈에 눈물이 가득 맺혀서 카알을 잘 알아보지도 못했다. 짓밟힌 남자의 명예, 끔찍했던 지난 기억들, 그리고 너무도 난처한 현재 상황이 함께 어우러져 슬픔을 자아냈기 때문이다. 어떻게 그가 지금, 카알은 지금 자기 앞에 침묵하고 서 있는 남자를 말없이 보았다, 어떻게 그가 지금 갑자기 자신의 말투를 바꾼단 말인가? 그가 보기에 화부는 할 말은 이미 다 했지만 전혀 공감을 얻지 못한 것 같았고, 다른 한편으로는 아직 아무 말도 하지 않았기에 남자들이 자기 말을 다 들어줄 거라고는 이제 기대하지 않는 것 같았다. 그런데 이런 순간에 그를 유일하게 지지했던 카알이 다가와 그에게 좋은 교훈을 주고자 했는데, 그러기는커녕 오히려 모든 게 끝났음을 알려준 게 되었다.

"창밖을 내다보지 않고 좀 더 일찍 왔더라면," 하고 카알은 혼잣말을 하며 화부 앞에서 고개를 떨구었고, 이제는 희망이 없다는 표시로 바지 솔기를 양손으로 두드려 보였다.

그러나 화부는 이를 오해했다. 그는 카알이 은근히 자기를 비난하는 걸로 짐작했다. 그는 비난에 대해 설명하려는 선한 의도로, 자신의 행동을 정당화시키며 카알과 다투기 시작했다. 원형테이블에 앉아 있던 사람들은 쓸데없는 소동 때문에 그들의 중요한 업무가 방해받고 있다며 벌써부터

화를 내고 있었으며, 회계주임은 점점 선장이 왜 저렇게 참고 있는지 이해할 수 없다는 표정을 지으며 금방이라도 폭발할 것 같았다. 하인도 이제는 다시 온전히 상관들 편이 되어 거칠게 화부를 노려보았다. 대나무 지팡이를 든 남자는 - 선장이 간간히 그를 친근하게 쳐다보았다 - 화부에 대해서는 이젠 관심은 고사하고 오히려 혐오감을 느꼈다. 그가 작은 수첩을 꺼내 들었다. 그는 전혀 다른 문제로 바빠 보였는데, 그 와중에도 수첩과 카알을 번갈아 가면서 보았다.

"알아요, 예, 알고 있습니다." 카알이 말했다. 그는 이제 자신에게 비난의 화살을 퍼붓는 화부를 억제시키느라 애를 썼고, 말다툼 중에도 다정한 미소를 잃지 않았다. "당신 말이 옳아요. 옳습니다. 나는 그것을 한 번도 의심해본 적이 없습니다." 화부는 흥분해서 두 손을 이리저리 마구 내저었다. 카알은 그의 손에 맞을까 싶어 그의 두 손을 붙잡고 싶었고, 무엇보다 그를 구석으로 몰아넣고 다른 사람은 듣지 못하게 조용한 음성으로 몇 마디 부드러운 말을 건네어 진정시키고 싶었다. 그러나 화부는 통제가 안 되었다. 카알은 화부가 절망한 나머지 최악의 경우 힘으로 이곳에 있는 일곱 명의 남자 전부를 때려눕힐 수도 있겠다는 생각에 미치자 일종의 위로를 느꼈다. 그러나 책상 위에는 수많은 버튼들이 전선으로 연결된 컨트롤박스와 한 사람의 손이 보였다. 버튼을 누르기만 하면, 이 배 전체는 적대적인 사람들이 통로로 가득 몰려나와 반란이 일어날 것이다.

그때 전혀 관심이 없던, 대나무 지팡이를 든 신사가 카알에게 다가와 "그런데 당신 이름이 어떻게 되죠?" 하고 물었다. 너무 큰소리도 아니었지만, 화부의 온갖 고함소리보다 분명하게 들렸다. 바로 그 순간, 누군가 문 뒤에서 신사의 이 말을 기다렸다는 듯이, 노크 소리가 들렸다. 하인이 선장을 쳐다보자 선장은 고개를 끄덕였다. 이에 하인은 문으로 가서 문을 열었다. 밖에는 낡은 제복을 입은, 중간 정도 체격의 남자가 서 있었는데, 외모로 봐서는 기계 작업에 적합하지 않아보였다. 이 자가 바로 슈발이었다. 카알이 선장을 비롯해 모든 사람의 눈빛에 모종의 안도감이 나타나는 것을 보지 못했다 해도, 화부의 모습에 깜짝 놀랄 수밖에 없었다. 화부는 양팔을 뻗고 두 주먹을 불끈 쥐었는데, 마치 그에게는 두 주먹이 그가 가진 것 모두를 바쳐서라도 희생할 각오가 되어 있는 제일 중요한 것처럼 보였다. 지금 이 순간 그 두 주먹에는 그의 모든 힘이, 심지어 그를 지탱해주는 힘까지도 담겨 있었다.

말하자면 이제 적이 나타난 것이었다. 정장을 입은 그는 자유롭고 활기찼으며 장부까지 들고 나타났다. 화부의 임금지급 목록과 작업 내용인 듯했다. 그는 무엇보다 개개인의 생각을 확인해야겠다는 듯이 거리끼지 않고 모두의 눈을 차례차례 바라보았다. 거기에 있는 일곱 사람 모두는 이미 그의 편이었다. 왜냐하면 선장이 예전에 그에게 어떤 불만이 있었거나 혹은 비호했다 해도, 화부에게 괴롭힘을 당한 이제는 그에게 조금의 비난도 할 수 없는 것처럼 보였기 때문이다. 화부 같은 자는 아주 엄격히 다루어야 한다. 그리고 만일 슈발에게 비난할 게 있다면, 이는 그가 그동안 화부의 고집을 꺾지 못한 것이다. 그 바람에 화부가 오늘 감히 선장 앞에 나타난 것이다.

화부와 슈발의 대면이 어쩌면 여러 사람들이 동석한 상급 법정에서와 같은 효과를 줄 것 같았다. 그것은 슈발이 설령 거짓으로 잘 속여 왔다 해고 결코 끝까지는 그럴 수 없기 때문이다. 신사들이 그의 악행을 보게 하려면, 그의 나쁜 점을 살짝 들추기만 해도 충분할 것이다. 카알이 그렇게 할 것이다. 그가 이미 각각의 남자들의 통찰력, 약점, 변덕을 대략 알게 되었으니, 그런 관점에서 볼 때 이 사무실에서 보낸 시간들이 헛된 시간만은 아니었다. 다만 화부가 좀 더 잘했더라면 좋았을 텐데, 하지만 그는 전혀 싸울 능력이 안 되는 것 같았다. 그를 슈발과 붙여두었다면, 그는 주먹으로 슈발의 못난 두개골을 후려갈겼을 것이다. 하지만 그는 슈발에게 몇 발짝 다가가는 것조차도 제대로 하지 못했다. 슈발이 비록 자발적이진 않더라도, 예컨대 선장의 호출을 받는다든지 해서 결국엔 이리로 올 것이라는 점은 너무도 쉽게 예상 가능한 일인데, 왜 카알은 그걸 예상하지 못했을까? 왜 그는 이곳으로 오는 도중에 화부와 구체적인 전투 계획을 의논하지 않고, 그 대신 어리석게 준비 없이 무작정 아무 문이나 열고 들어온 것일까? 화부는 대질심문 받을 때처럼, 물론 이는 아주 유리한 경우에만 열리지만, 필요하다면 예 또는 아니요라고 대답이나 할 수 있을까? 그는 두 다리를 벌리고 선 상태에서 무릎이 흔들거렸으며, 머리를 약간 쳐든 모습이었다. 그가 벌리고 있는 입을 통해 공기가 들락거렸는데, 마치 몸 안에 공기를 받아들이는 폐가 전혀 없는 사람 같았다.

카알은 집에 있을 때에는 단 한 번도 느껴보지 못했던 강한 힘과 판단력을 느꼈다. 그가 타국에서 높은 사람들 앞에서 선을 위해 투쟁하고, 또 비록 승리하지 못한다 할지라도 최종 정복을 위해 철저히 준비하는 자신의 모습을 부모님이 볼 수만 있다면! 그러면 부모님은 아들에 대한 생각을 바꾸실까? 그를 당신들 사이에 앉혀놓고 칭찬해주실까? 부모님에게 그토록 순종적인 자식의 눈동자를 한번이라도, 단 한번이라도 들여다봐 주실까? 분명치 않은 질문들인데다, 이 질문들을 던지기에는 전혀 어울리지 않는 순간이다!

"제가 여기 온 것은, 화부가 저를 부정직하다고 비난할 것 같아서입니다. 부엌에 있는 하녀가 화부가 이리로 오는 걸 보았다고 말해주었습니다. 선장님, 그리고 여기 계신 모든 분께 말씀드리지만, 저는 제가 쓴 글들을 가지고 제게 가해진 일체의 비난을 반박할 준비가 되어 있습니다. 그리고 필요하다면 문밖에 서 있는 편견 없고 공정한 증인들이 진술도 할 것입니다." 이렇게 슈발이 말했다. 그것은 실로 한 남자의 분명한 발언이었다. 듣고 있던 사람들의 얼굴 표정의 변화에서 그들이 오랜만에 처음으로 다시 인간의 음성을 들었음을 알 수 있었다. 하지만 그들은 이 훌륭한 발언 속에도 허점이 있음을 당연히 알아차리지 못했을 것이다. 그가 떠올린 첫 번째로 객관적인 단어가 어째서 '부정직'인가? 그의 민족적 편견 대신, 바로 이 지점에서 비난을 가했어야 되는 건 아닐까? 부엌의 하녀가 화부가 사무실로 들어가는 걸 보았다고 했는데, 슈발은 즉시 그 이유를 알아챘단 말인가? 그의 판단력이 그렇게 예민해진 것은 죄의식 탓이 아닐까? 그리고 그는 바로 증인들을 데리고 왔으며, 게다가 그들이 편견 없고 공정하다고 말하지 않았던가? 이건 사기다, 그저 사기에 불과하다! 그런데 신사들은 이를 용인하고 있으며, 심지어 그것을 올바른 행동으로 인정하고 있지 않은가? 슈발은 왜 부엌의 하녀에게 보고를 받고 이곳에 도착할 때까지 누가 봐도 너무 긴 시간을 허비했는가? 그의 목적은 필경 그 신사들이 화부에게 시달리게 함으로써, 결과적으로 그들의 분명한 판단력이 점점 흐려지게 하려는 속셈이었다. 사실 슈발은 무엇보다도 그들의 날카로운 판단력을 두려워했다. 분명 문밖에 오래 서 있던 그는 대나무 지팡이를 든 신사가 대수롭지 않은 질문을 던지는 것을 듣고 이제 화부는 끝났구나 하고 기대하면서, 그 순간에 문을 두드렸던 것이 아닐까?

모든 게 분명했고, 또 슈발에 의해 어쩔 수 없이 그렇게 전달되었지만 그 신사들에게는 다르게, 보다 더 구체적으로 보여주어야 했다. 그들을 흔들어놓아야 했다. 자, 카알! 어서 서둘러, 증인들이 나타나 모든 것을 엎어버리기 전에 지금 시간만이라도 최대한 활용해!

그런데 그때 선장이 손짓으로 슈발을 제지하였다. 이에 슈발은 자기 일이 잠시 뒤로 미뤄진 것으로 여기며 즉시 옆으로 비켜섰고, 그에게 바로 다가온 하인과 낮은 소리로 대화를 시작하였다. 그는 대화 중에도 화부와 카알을 힐끗힐끗 보았고 또 자신감 넘치는 손동작도 잊지 않았다. 마치 슈발이 다음에 있을 멋진 연설을 연습하는 것 같았다.

"야콥 씨, 당신은 이 젊은이에게 뭔가를 물어보려 하지 않으셨던가요?" 주위가 조용해지자, 선장이 대나무 지팡이를 들고 있는 신사에게 말했다.

"물론이지요." 신사는 말하면서 이를 상기시켜준 데 고맙다는 표시로 가볍게 목례를 했다. 그리고는 카알에게 다시 물었다. "당신 이름이 뭐라구요?"

카알은 끈질기게 자신의 이름을 묻는 이 신사의 용무가 빨리 끝나면 본래의 사안을 해결하는데 도움이 될 것 같아 짧게 "카알 로스만입니다." 하고 대답했다. 평소 같으면 신분증을 제시하고 자신을 소개하는 식이었는데, 신분증을 찾아야하고 해서 그냥 이렇게만 답했다.

"이럴 수가." 야콥이라 불린 신사가 이렇게 말하며 차마 믿을 수 없다는 듯이 미소를 지으며 뒤로 물러섰다. 선장, 회계주임, 항해사 그리고 하인까지도 카알의 이름을 듣자 얼굴에 매우 놀란 표정이 역력했다. 단지 항구사무소에서 온 관리들과 슈발은 무관심한 태도를 취했다.

"이럴 수가." 야콥 씨가 같은 말을 되풀이했고, 다소 뻣뻣한 걸음으로 카알에게 다가왔다. "그렇다면 내가 네 삼촌 야콥이고, 너는 내 귀여운 조카로구나. 어쩐지 아까부터 내내 그런 예감이 들더라니!" 야콥 씨는 선장을 향해 이렇게 말하며, 카알을 껴안고 입맞춤을 하였다. 카알은 그저 말없이 삼촌이 하는 대로 잠자코 있었다.

"성함이 어떻게 되시죠?" 카알이 포옹이 느슨해지자 이렇게 물었다. 아주 공손한 투였지만 그렇다고 특별한 감동도 없었다. 그는 새롭게 펼쳐진 이 상황이 화부에게 어떤 결과를 가져올 것인지 예상하느라 애를 썼다. 지금으로 봐서는 슈발이 이 상황을 유리하게 이용할 수 있을 것 같지는 않았다.

"젊은 양반, 이 상황이 이해가 안 되세요? 당신은 운이 좋은 거요." 선장은 카알의 질문이 야콥 씨의 품위를 손상시켰다는 생각에 카알에게 이같이 말했다. 야콥 씨는 창을 향해 서 있었는데, 분명히 홍분한 얼굴을 남에게 보이지 않으려고 그런 것 같았다. 그는 손수건을 꺼내 얼굴을 닦았다. "당신에게 본인 스스로 삼촌이라고 밝히신 분은 상원의원 에드워드 야콥 씨입니다. 그러니 당신이 지금까지 예상한 것과는 전혀 다르게 이제부터는 빛나는 인생이 당신을 기다리고 있습니다. 가능하다면 지금부터라도 이게 어떤 의미인지를 아시기 바랍니다. 정신 차리세요!"

"사실은 야콥이라는 삼촌이 미국에 계시기는 합니다." 카알은 선장을 보며 말했다. "하지만 제가 바로 이해했다면, 야콥이 상원의원님의 성(姓)인데요."

"그렇소." 선장은 기대에 차서 말했다.

"그런데 제 삼촌 야콥은 제 어머니의 오빠로서, 그분은 세례명이 야콥입니다. 그분의 성 또한 제 어머니의 성과 마찬가지로 벤델마이어입니다."

"여러분!" 창가에서 그 사이 휴식을 취한 상원의원이 활기를 되찾고 다시 자리로 돌아와, 카알의 설명에 덧붙여 이렇게 큰소리로 외쳤다. 항구사무소 관리들 외에 모두 웃음을 터뜨렸다. 일부는 감동을 받은 듯했고, 일부는 속을 알 수 없었다.

"내가 한 말이 그렇게 우스웠나, 아니, 절대 그럴 리가 없을 텐데," 하고 카알은 생각했다.

"여러분" 상원의원이 같은 말을 반복했다. "여러분께서는 저나 또 여러분들의 의지와는 무관하게 한 가족의 사사로운 일에 관여하게 되었습니다. 그래서 여러분께 설명 드리지 않을 수가 없게 되었습니다. 왜냐면 제가 아는 한 오직 선장님만이 유일하게" - 이렇게 언급하며 상원의원과 선장은 서로 가볍게 목례를 했다 - "이 사정을 모두 알고 계십니다."

"이제는 정말 말 한마디 한마디마다 주의해야겠구나." 이렇게 카알은 혼자 중얼거리면서 곁눈질로 화부를 쳐다보니, 그가 다시 생기를 되찾은 것 같았다. 다행이었다.

"저는 꽤 오래전부터 미국에 체류하고 있습니다. 체류라는 이 단어가 저와 같이 영혼까지 미국 시민이 된 사람에게는 적합하지 않습니다만. 어쨌건, 저는 오래전부터 유럽에 있는 친척들과는 일절 왕래하지 않은 채 살았습니다. 여러 이유가 있지만 지금 이 자리와는 상관없는 이야기이고, 또한 그 이야기를 하는 게 저로서는 너무 힘들기 때문입니다. 나는 혹시 사랑하는 조카에게 어쩔 수 없이 그 이야기를 해야 되는 순간이 올까 봐 걱정했습니다. 그 경우 유감스럽지만 조카의 부모와 그들의 친척들에 대해 솔직히 말할 수밖에 없습니다."

"나의 삼촌이구나, 틀림없어." 카알이 중얼거리며 삼촌의 말에 귀를 기울였다. "자신의 이름을 개명했나 보군."

"나의 사랑하는 조카는 현재 그의 부모로부터, 있는 그대로 표현하자면, 그냥 버림받은 상태입니다. 마치 고양이가 성가시게 하면 문밖으로 던져 버리듯이 말입니다. 조카는 자신이 한 일로 응당한 벌을 받았고, 저 또한 그 일을 미화할 생각은 추호도 없습니다. 하지만 그의 죄는 사람들에게 공개적으로 알려지는 것만으로도 이미 충분히 용서받을 수 있는 것입니다."

'들을 만한데.' 카알이 생각했다. '하지만 그가 모두에게 그 일을 얘기하지 않았으면 좋겠어. 게다가 삼촌이 그 일을 알 수도 없어. 어떻게 안단 말인가?'

"말하자면 그는", 삼촌은 말을 계속 이으면서 짚고 있던 대나무 지팡이에 살짝 상반신을 숙여 기댔다. 그로 인해 그는 분위기가 불필요하게 엄숙해지는 걸 막을 수 있었다. 안 그랬다면 모두가 너무 진지하게 들었을 것이다. "말하자면 그는 요한나 브룸머라는 서른다섯 살 난 하녀에게 유혹을 당했던 겁니다. 저는 '유혹'이라는 단어로 내 조카에게 상처를 주고 싶지는 않지만, 달리 적당한 단어를 찾기가 쉽지 않군요."

그 사이 이미 삼촌 옆에 제법 가까이에 서 있던 카알은 그곳에 있는 사람들이 이 이야기에 어떻게 반응하는지 얼굴을 보기 위해 몸을 돌렸다. 아무도 웃지 않았으며, 모두 인내를 가지고 진지하게 듣고 있었다. 또한 그들은 카알이 상원의원의 조카임이 드러난 첫 순간에도 카알에 대해 웃지 않았다. 다만 화부가 카알에게 아주 살짝 미소를 지었다고 할 수 있다. 이는 첫 번째로는 다시 생기를 찾아 기쁘고, 두 번째로는 카알이 지금은 다 공개된 일을 선실에 있을 때만 해도 일체 비밀에 부치려고 했던 점을 용서해준다는 의미였다.

"그런데 그 브룸머가," 삼촌이 말을 이었다. "조카의 아들을 낳았습니다. 건강한 사내애였죠. 그 아이에게 야콥이라는 세례명을 주었는데, 이는 의심의 여지없이 미천한 저를 떠올렸기 때문입니다. 조카가 대수롭지 않게 나를 언급했나 본데, 이게 그 아가씨에게 큰 인상을 남긴 모양입니다. 다행스럽게도 말입니다. 조카의 부모가 양육비 지불을 면하려 했거나 혹은 그들에게까지 미칠 스캔들을 피하고자 - 분명히 말씀드리지만, 저는 그곳의 법이나 또는 부모의 어떤 상황들을 알지 못합니다 - 즉, 그들은 양육비의 지불과 스캔들을 피하고자 자신의 아들을, 제 사랑하는 조카를 미국으로 데려가게 했던 겁니다. 보시다시피 무책임하게 충분한 준비를 시키지 않은 채 말입니다. 하녀는 제 앞으로 편지를 썼는데, 그 편지는 주인을 찾지 못하고 여기저기 떠돌다 그저께 겨우 제 손에 들어왔습니다. 만일 그 하녀가 이 사건의 자초지종과 내 조카에 대한 인상착의, 그리고 지혜롭게도 배 이름을 알려주지 않았더라면, 이 소년은 아직 미국에서는 가능한 표식과 기적도 없이 홀로 남겨진 채 아마 벌써 뉴욕항의 좁은 골목 어딘가에서 죽었을 것입니다. 여러분, 제가 만일 당신들을 재미있게 하려 했다면 그 편지에서 몇 구절을 이 자리에서 읽을 수 있습니다." 그는 호주머니에서 큰 종이 위에 빽빽하게 쓴 두 장의 편지를 꺼내어 흔들었다. "이 편지는 좀 단순해도 좋은 의미에서 영리하게 썼고, 또 아이의 아버지에 대한 깊은 사랑을 가지고 쓴 것이기 때문에 분명히 감동을 줄 것입니다. 그러나 저는 상황 설명에 필요한 것 이상으로 여러분을 더 붙잡아 두지 않을 것이며, 또 편지를 받을 때 조카가 여전히 품고 있을지 모를 감정을 깨고 싶지 않습니다. 그는 본인이 원한다면 이미 그를 위해 마련된 방으로 옮겨가 조용히 읽으면서 성찰의 시간을 가질 수 있을 겁니다."

그러나 카알은 그 여인에 대해 아무런 감정이 없었다. 점점 더 아련해지는, 혼돈스러운 과거 속에서 그녀는 부엌의 찬장 옆에 앉아 찬장 상판 위에 팔꿈치를 괴고 있었다. 카알이 가끔 아버지가 마실 물의 컵을 가지러 또는 어머니가 시킨 일을 전하기 위해 가끔씩 부엌에 들를 때면, 그녀가 그를 물끄러미 쳐다보았다. 가끔씩 그녀는 부엌 찬장 옆에서 이상한 자세로 서서 편지를 썼고, 카알의 얼굴에서 영감을 받는 듯 했다. 어떤 때는 손으로 자기 두 눈을 가렸는데, 그럴 땐 그녀에게 말을 걸 수가 없었다. 또 어떤 때는 부엌 옆에 딸린 좁은 방에서 나무로 된 십자가 앞에서 무릎을 꿇고 기도를 했다. 그럴 때 카알은 지나가다 살짝 열린 문틈으로 그녀의 모습을 보게 되면 수줍어했다. 이따금씩 그녀는 부엌을 미친 듯이 뛰어다니다가 카알과 마주치게 되면 무슨 마녀처럼 웃으면서 뒤로 물러나곤 했다. 때로는 카알이 부엌에 들어오면 그녀는 부엌문을 잠갔고, 그가 나가게 해달라고 요구할 때까지 문손잡이를 붙들고 있었다. 어떤 때는 그가 달라고 하지도 않은 물건을 들고 와 말없이 카알의 손에 쥐어주기도 했다. 그러다 한번은 그녀가 "카알" 하고 부르면서 왜 부르는지 어리둥절해하는 카알을 찡그린 얼굴로 한숨을 내쉬면서 그녀의 작은 방으로 데리고 갔고, 방문을 잠갔다. 그녀는 목을 조르듯이 그를 꽉 껴안았다. 그녀는 카알에게 자기 옷을 벗겨 달라 하면서 정작 그의 옷을 벗기고 그를 침대에 눕혔다. 그녀는 마치 이제부터는 누구에게도 그를 빼앗기지 않겠다고 각오하는 것 같았고, 또 이 세상이 다할 때까지 그를 쓰다듬고 보살펴줄 듯이 했다. 그녀는 "카알, 오! 내 사랑 카알!" 하고 내뱉으며, 마치 자신의 소유가 된 것을 확인하듯 카알을 쳐다보았다. 반면 카알은 아무것도 보지 못했고, 그녀가 그를 위해 직접 겹겹이 펼쳐 둔 이불이 너무 더워 불편할 뿐이었다. 그녀는 이제 그의 옆에 누워,

그가 무슨 은밀한 비밀을 들려주길 바랐지만 그는 아무 말도 할 수 없었다. 그러자 그녀는 농담 반 진담 반으로 화를 내며 카알의 몸을 흔들었고, 그의 가슴에 귀를 대고 심장소리에 귀를 기울이더니 이제는 그녀의 가슴을 내밀며 똑같이 들어보라고 했다. 그러나 카알이 반응을 보이지 않자 그녀는 벌거벗은 배를 카알의 몸에 바짝 밀착시켰고, 카알의 사타구니 속으로 손을 넣어 그것을 찾았다. 역겨움을 느낀 카알은 머리와 목을 흔들며 베개에서 빠져나오고자 몸부림쳤다. 그러나 하녀는 곧 수차례에 걸쳐 자신의 배를 카알의 배에 대고 부딪쳤다. 카알에겐 그녀가 마치 자신의 일부가 된 듯이 느껴졌고, 어쩌면 바로 그 이유 때문에 그가 절박하게 도움을 갈구했는지도 모른다. 마침내 그는 또 보자는 거듭된 그녀의 말을 뒤로 하고 울면서 자기 방으로 돌아갔다. 이게 전부였다. 그런데 삼촌은 그걸 가지고 무슨 큰 사건이나 되는 것처럼 만들었다. 그 부엌 하녀 역시 카알을 생각했고, 삼촌에게 카알의 도착을 알렸던 것이다. 그녀는 훌륭하게 일을 처리하였고, 카알은 그녀에게 다시 한 번 은혜를 갚을 것이다.

"자, 이제는 내가 네 삼촌인지 아닌지 너한테서 분명히 듣고 싶구나." 상원의원이 말했다.

"삼촌이 틀림없어요." 카알은 이렇게 말하며 삼촌의 손등에 입맞춤을 했고, 삼촌은 그의 이마에 입을 맞추었다. "저는 삼촌을 만나게 되어 참으로 기뻐요. 그런데 제 부모님이 삼촌을 나쁘게만 말한다고 생각하시면 그건 오해입니다. 그건 그렇고 삼촌 말씀에는 몇 가지 오류가 있어요. 그러니까 제 말은, 모든 게 삼촌이 말씀하신 것처럼 실제도 그런 것은 아닙니다. 사실 여기 계시면서 거기 상황들을 분명히 판단하시지는 못할 겁니다. 게다가 제 생각에, 여러분께는 그리 큰 관심이 없는 일에 대해 세세한 부분에서 약간 틀린 정보가 전달된다 하더라도 그리 해가 되지는 않을 겁니다."

"네 말이 맞다", 하고 상원의원이 말하면서 카알을 이 일에 관심을 보이는 선장 앞으로 데리고 가서 "조카가 훌륭하죠?" 하고 물었다.

"상원의원님, 의원님의 조카 분을 알게 되어 무척 기쁩니다." 선장은 이렇게 말하며 군대식 훈련을 받은 사람들에게서나 보는 자세로 허리를 숙였다. "제 배가 두 분이 만나는 장소가 되어 특별히 영광입니다. 그러나 항해 중에 중간 갑판에 계셨다니 아마 매우 힘드셨을 겁니다, 예. 하지만, 어떤 분이 함께 타고 계신지 저희는 알 수가 없습니다. 예, 저희는 중간 갑판의 선실 승객들이 편안하게 항해하실 수 있도록 가능한 범위 내에서 모든 것을 다하고 있으며, 예를 들면 미국 여객선 선사들보다 더 노력하고 있습니다. 물론 이런 상황에서 즐거운 항해가 되도록 하기까지는 아직 부족합니다."

"제겐 아무렇지도 않았습니다." 하고 카알이 말했다.

"아무렇지도 않았다는군!" 상원의원은 큰소리로 웃으면서 그의 말을 되풀이했다.

"다만 제 트렁크를 잃어버린 게 아닌가 싶어서 걱정이…" 순간 카알은 지금까지 일어난 일들과 또 향후 처리해야 할 일들이 모두 떠올랐다. 그는 주위를 둘러보았고, 거기 있는 사람들 모두를 존경과 경탄하는 마음으로 조용히 바라보았다. 모두의 눈이 그를 향하고 있었다. 다만 항구사무소 관리들은, 그들의 근엄하고도 자기만족적인 얼굴에서 파악한 바로는, 적절치 못한 시간에 와서 유감이라는 표정이었다. 그들에게는 지금 그들 앞에 놓인 회중시계가 이 방에서 진행되는 일이나 어쩌면 향후 계속 일어날 일들보다 십중팔구 더 중요한 것 같았다.

선장 다음으로 맨 먼저 축하 인사를 건넨 사람은 뜻밖에도 화부였다. 그는 “진심으로 축하합니다.” 하고 말하며, 인정한다는 의미로 카알에게 악수를 건넸다. 그리고는 역시 같은 축하 인사를 하며 상원의원에게 다가갔으나, 그는 마치 화부가 자신의 권리를 침범하기라도 하듯 뒤로 물러섰다. 그러자 화부는 즉각 멈추었다.

하지만 나머지 사람들은 무엇을 해야 하는지를 이제 보게 되었고, 카알과 상원의원을 에워싸고 떠들썩하였다. 그리하여 카알은 심지어 슈발에게도 축하를 받게 되었다. 그는 그의 축하를 받아들이고 고마움을 표했다. 다시 주위가 조용해졌고, 그때 마지막으로 항구사무소의 관리 두 사람이 다가와서 영어로 두 마디를 건넸는데, 그게 우스꽝스러웠다.

상원의원은 기쁨을 온전히 만끽하고자 사소한 일들까지도 다른 사람들과 함께 다시 기억을 떠올리고자 했다. 물론 다른 사람들은 이를 참고 들었을 뿐 아니라, 흥미롭다는 듯이 관심을 보였다. 그는 하녀의 편지 속에서 언급된 카알의 가장 두드러진 특징들을 혹시 필요한 순간이 올 때를 대비해 수첩에 기록해두었다고 말했다. 그는 화부가 견디기 힘들 정도로 계속 떠벌리는 동안 그가 정신을 딴 데 쏟은 것은 오로지 수첩을 꺼내 부엌의 하녀가 관찰한 특징들이 카알의 모습과 일치하는지를 살펴보기 위해서였다. 물론 그녀의 관찰이 탐정처럼 정확하지 않은 점은 있었다. “이렇게 해서 조카를 찾은 겁니다.” 그는 한 번 더 축하의 말을 듣고 싶다는 투로 말을 맺었다.

“그럼 저 화부는 이제 어떻게 되나요?” 카알은 삼촌의 마지막 이야기가 끝내자 이렇게 물었다. 그는 이제 입장이 바뀌었으니 자신이 생각한 것을 모두 말해도 된다고 믿었다.

“화부는 마땅히 책임을 져야겠지.” 상원의원이 말했다. “선장님이 적절하게 조치할 것이다. 우리 모두가 화부에 대해 완전히 질린 것 같구나. 여기 계신 분들 모두가 내 생각에 분명 동의할 것이다.”

“하지만 그게 중요한 게 아니잖아요, 이건 정의의 문제입니다.” 카알이 말했다. 삼촌과 선장 사이에 선 그는, 어쩌면 이 위치 때문에 그런 생각에 미쳤는지 모르지만 자신이 결정할 수 있다고 믿었다.

그럼에도 불구하고 화부는 더는 희망을 갖지 않는 것 같았다. 그는 두 손을 허리띠에 절반쯤 찌르고 있었는데, 그가 흥분해서 움직이는 바람에 허리띠와 셔츠의 줄무늬가 드러났다. 그는 전혀 개의치 않았다. 그는 자신의 고통을 모두 이야기했고, 거기에다 이제는 사람들이 그가 걸친 누더기 옷을 본다 한들 그게 대수인가, 그를 밖으로 끌어내도 상관없었다. 그는 여기에서 지위가 가장 낮은 두 사람인 하인과 슈발이 그 일을 떠맡을 거라고 생각했다. 그렇게 되면 슈발은 평온을 되찾고, 회계주임의 표현대로 더 이상 절망에 빠지지 않을 것이다. 선장은 루마니아 사람만 고용할 수 있을 것이고, 배에서는 루마니아말만 들릴 것이다. 어쩌면 정말 모든 일이 더 잘 진행될 것이다. 어떤 화부도 회계팀에 와서 떠들어대지 않을 것이고, 오늘 화부의 마지막 불평은 제법 다정한 기억으로만 간직될 것이다. 왜냐면 상원의원이 분명하게 설명한 것처럼, 그 소동이 조카를 찾는 간접적인 계기가 되었기 때문이다. 게다가 이 조카는 전부터 여러 차례 화부를 도우려 했고, 자기 신분이 다시 밝혀지게 되는 과정에서 화부의 도움에 대해 이미 충분히 감사를 표했다. 화부는 그에게 더 무엇을 요구한다는 것은 생각지 않았다. 어쨌건 그가 상원의원의 조카일 수는 있어도 선장은 아니지 않은가. 선장 입에서 결국은 나쁜 말이 나올 것이다. - 그래서 화부는 자신의 생각에 맞게 행동하고자, 카알 쪽을 쳐다보려고도 하지 않았다. 그러나 유감스럽게도 적들로 가득한 이 사무실에서는 달리 그의 시선을 둘 곳이 없었다.

"사태를 오해하지 않길 바란다." 상원의원은 카알에게 말했다. "어쩌면 정의의 문제일 수도 있을 것이다. 하지만 이건 동시에 규율의 문제이기도 하단다. 이 두 가지 모두가, 특히 후자는 이곳에선 선장의 판단에 달려 있단다."

"그렇겠지요." 화부가 중얼거렸다. 그가 한 말을 듣고 알아들은 사람은 어색한 웃음을 지었다.

"아, 그런데 배가 방금 뉴욕에 도착해서 선장님의 업무가 산더미처럼 쌓여있을 텐데, 너무 붙들고 있었습니다. 또한 지금이 배에서 내려야 할 때입니다. 안 그랬다간 정말 불필요한 일에 괜히 쓸데없이 개입해 기계공들 간의 사소한 다툼을 큰 사건으로 번지게 할지도 모릅니다. 얘야! 나는 네 행동을 전적으로 이해한단다. 그래서 내가 너를 얼른 이곳에서 데리고 나가려는 거란다."

"상원의원님을 위해 즉시 보트 한 척을 띄우겠습니다." 선장이 말했다. 삼촌이 한 말은 분명 스스로 겸손하게 표현한 것으로 보이는데, 선장이 삼촌의 말에 어떤 이의도 제기하지 않는 것에 카알은 놀랐다. 회계주임이 황급히 책상으로 뛰어가 전화로 선장의 명령을 갑판장에게 전했다.

"시간이 없군!" 카알이 혼잣말을 하였다. "하지만 누구도 모욕을 당하지 않게 하다가는 난 아무것도 할 수 없어. 더군다나 삼촌이 가까스로 나를 다시 찾았는데, 이제 삼촌을 떠날 수도 없어. 선장은 비록 공손하지만, 딱 거기까지이다. 규율을 유지하기 위해서는 공손함은 일단 접어둬야 하는 것이고, 또 삼촌은 진심에서 우러나오는 말을 했어. 슈발과는 말하고 싶지 않

아. 왜 괜히 그에게 손을 내밀었는지 후회스럽기까지 하군. 그리고 여기 있는 그 밖의 사람들은 모두 쭉정이야."

이런 생각을 하며 카알은 화부에게 천천히 다가섰고, 허리띠에 꽂고 있는 그의 오른손을 잡고 마치 장난을 치듯 자기 손에 댔다. 카알이 물었다. "왜 아무 말도 하지 않는 거지? 왜 이 모든 것을 보고 있어?"

화부는 자기가 하고 싶은 말의 표현을 찾는 듯이 이마를 찡그릴 뿐이었다. 또한 그는 카알과 자신의 손을 내려다보았다.

"이 배에서 오직 네게만 부당한 일이 일어났어, 나는 그것을 잘 알고 있어." 카알은 화부의 손가락 사이에 있는 자신의 손가락을 이리저리 꼼지락꼼지락거렸다. 화부는 마치 희열감에 사로잡힌 듯이 반짝거리는 눈으로 주위를 둘러보았다. 이런 그의 모습을 나쁘게 여길 사람은 아무도 없을 것이다.

"너는 스스로를 방어해야 해. 예, 아니요라고 말하고. 그렇지 않으면 사람들은 진실에 대해 전혀 알지 못해. 내가 시키는 대로 하겠다고 약속해. 나는, 여러 이유로 좀 힘들 것 같은데... 나는 더 이상은 너를 도울 수 없을 것 같아." 카알은 이제 눈물까지 흘리며 화부의 손등에 입을 맞추었다. 그는 깊게 주름이 패인데다, 생기라고는 거의 없는 화부의 손을 자신의 뺨에 갖다 댔다. 마치 단념할 수밖에 없는 보물을 대하는 것 같았다. - 그때 상원의원 삼촌이 카알의 옆으로 와 그를 끌다시피 데리고 갔다.

"화부가 네 혼을 쏙 빼놓았나 보구나," 하고 삼촌이 말하며, 이해심 어린 눈빛으로 카알의 뒤에 서 있는 선장을 바라보았다. "너는 홀로 남겨졌다고 느꼈고, 그때 화부를 만났으니 이제 그에게 고마움을 표하려는 거지. 아주 칭찬받을 만하구나. 하지만 나를 생각해서라도 너무 지나치진 않으면 좋겠구나. 그리고 현재 네가 어떤 위치인지도 알았으면 한다."

문 앞에서 큰 소동이 일었다. 고함치는 소리가 들렸고, 심지어 누군가가 세게 문에 세게 떠밀리는 것 같았다. 선원 한 명이 들어왔다. 약간 초췌한 모습에 하녀의 앞치마를 두르고 있었다. "밖에 사람들이 모여 있습니다." 그는 이렇게 외치면서 아직도 무리 속에 파묻혀 있는 사람처럼 팔꿈치를 한번 내저었다. 마침내 정신을 차린 그가 선장에게 경례를 하려다, 자신이 하녀의 앞치마를 두르고 있음을 알게 되었다. 그는 앞치마를 풀어 바닥에 내던지면서 큰소리로 "정말 역겹습니다. 저 사람들이 제게 앞치마를 둘러 놓았습니다." 하고 말했다. 그리고는 뒤꿈치를 딱하고 붙이며 차렷 자세로 선장에게 경례를 하였다. 누군지 웃으려 하자 선장이 엄하게 말했다. "다들 기분이 좋은 모양이군. 밖에 있는 사람들은 도대체 누군가?"

"저의 증인들입니다", 슈발이 앞으로 나서면서 말했다. "저들의 부적절한 행동에 진심으로 용서를 구합니다. 선원들은 항해가 끝날 때면, 가끔 미친 듯이 행동합니다."

"당장 안으로 불러들이시오!" 선장은 명령을 내렸고, 바로 상원의원 쪽으로 몸을 돌려 정중하지만 빠르게 말했다. "존경하는 상원의원님, 이 선원이 보트까지 안내해드리겠으니, 조카분과 함께 그를 따라가시겠습니까? 무엇보다 상원의원님을 개인적으로 알게 되어 대단히 기쁘고 영광입니다. 미국 함대 상황에 대해 나누던 대화를 마저 할 수 있는 기회가 곧 생기기를 바랍니다. 그리고 어쩌면 그때도 오늘처럼 기쁜 일로 대화가 중단되면 좋겠습니다."

"당분간은 이 조카 한 명으로 충분합니다." 삼촌이 웃으며 말했다. "당신의 호의에 진심으로 감사드립니다. 안녕히 계십시오. 아, 그리고 우리가 다음에 유럽 여행을 하게 될 때, 어쩌면 선장님과 제법 긴 시간을 함께 보내는 게 전혀 불가능하지는 않을 겁니다." 그는 카알을 다정하게 꼭 끌어안았다.

"그리 된다면 대단히 기쁠 것입니다." 선장이 말했다. 두 신사는 서로 악수를 했다. 슈발이 데리고 온 열다섯 명 정도의 사람들이 이미 선장을 기다리고 있었기 때문에, 카알은 선장에게 다만 말없이 짧게 손을 내밀기만 했다. 그 무리들은 다소 당황한 모습이긴 해도 여전히 떠들썩하게 안으로 들어왔다. 선원이 자기가 앞장서도 괜찮은지 상원의원에게 묻고, 상원의원과 카알이 지나가도록 무리들을 갈랐다. 덕분에 두 사람은 허리 숙여 인사를 하는 사람들 사이로 수월하게 지나갔다. 본래 선량한 이 사람들은 슈발과 화부의 다툼을 장난 정도로 여겼고, 그 사소한 일이 선장에게까지 갔다고 생각하는 듯했다. 카알은 그 무리들 속에서 식당의 하녀인 리네도 보았다. 그녀는 카알에게 유쾌하게 손짓을 하였는데, 선원이 바닥에 팽개친 앞치마를 두르고 있었다. 그녀의 것이었기 때문이다.

카알과 상원의원은 선원을 따라 사무실을 나섰고 곧 좁은 복도로 접어들었다. 몇 발자국을 걷자 작은 문이 나타났고, 문을 열고 짧은 계단을 내려가니 그곳에는 그들을 위해 마련된 보트가 대기하고 있었다. 두 사람을 안내하던 선원이 단 한 번에 풀쩍 뛰어내려 보트에 올라타자, 보트 안에 있던 수병들이 일어나서 경례를 했다. 상원의원이 카알에게 조심해서 계단을 내려가라고 주의를 주는데, 카알이 계단을 한 칸도 내딛지 못한 채 갑자기 울음을 터뜨렸다. 상원의원은 오른손으로 카알의 턱을 받치고 꼭 끌어안았으며 왼손으로는 그를 쓰다듬었다. 그렇게 두 사람은 천천히 계단을 하나씩 내려왔고, 몸을 바짝 밀착시킨 채 보트로 옮겨 탔다. 상원의원은 카알을 위해 자신의 맞은편에 좋은 자리를 마련해주었다. 상원의원이 신호를 보내자 수병들이 보트를 모선(母船)에서 떼어냈고, 즉시 노를 젓기 시작했다. 그들이 탄 보트가 기선에서 불과 몇 미터도 벗어나지 않은 곳에서 카알은 뜻하지 않은 것을 발견하였다. 그것은 자신들의 위치가 바로 회계부의 창문들이 나 있던 배의 측면이라는 점이었다. 세 개의 창문에 슈발의 증인들이 가득 몰려 있었다. 그들은 더할 수 없이 친절하게 손을 흔들며 인사를 건넸고, 심지어 삼촌 또한 그들에게 고마움을 표했다. 한 수병은 마치 묘기를 부르듯 노 젓는 리듬을 전혀 놓치지 않고 창문에 있는 사람들에게 손 키스를 보냈다. 화부 같은 것은 더 이상 없는 것 같았다. 카알은 무릎이 거의 맞닿을 만큼 가까이에서 삼촌을 더 유심히 쳐다보았다. 그는 이 남자가 과연 화부를 대신할 수 있을지 의심이 들었다. 삼촌 또한 카알의 시선을 피하며 바다 물결을 바라보았다. 보트가 물결을 따라 출렁였다.

시골의사

Ein Landarzt

시골의사

나는 몹시 당황했다. 급히 왕진을 떠나야 했기 때문이다. 중환자 한 명이 십 마일쯤 떨어진 마을에서 나를 기다리고 있었다. 거센 눈보라가 그와 나 사이의 넓은 공간을 가로막고 있었다. 내게는 마차가 한 대 있었는데, 가볍고 바퀴도 큼지막해서 우리 시골길을 달리는 데 딱 적합했다. 모피 옷으로 몸을 감싸고 진찰 가방을 손에 든 나는 출발 준비가 끝난 상태로 이미 뜰에 나가 서 있었다. 그런데 말이 없었다, 말이. 내 말은 어젯밤에, 이 추운 겨울 날씨에 혹사당한 나머지 죽은 것이다. 나의 하녀가 지금 말 한 마리를 빌리기 위해 마을 여기저기를 돌아다니고 있다. 하지만 가망이 없었다. 나는 알고 있었다. 갈수록 눈은 더 쌓여만 가고, 그럴수록 더 오도 가도 못하게 된 채로 나는 멍하니 거기 서 있었다. 대문에 하녀가 나타났다, 혼자서. 그녀가 등불을 흔들었다. 당연하다, 누가 지금 이런 여행에 자기 말을 빌려주겠는가? 나는 다시 한 번 뜰을 가로질렀다. 아무 방법이 없었다. 나는 혼란과 괴로움 속에 지난 수년간 쓰지 않은 돼지우리의 다 부서져가는 문짝을 발로 걷어차 문을 열었다. 돌쩌귀에 매달린 문이 덜컹거리며 열렸다 닫혔다 했다. 마치 말한테서 나는 듯한 냄새와 온기가 확 풍겼다. 내부에는 밧줄에 걸린 희미한 등이 흔들거렸다. 널빤지로 만든 낮은 칸막이 안에서 웅크리고 있던 한 남자가 푸른 눈의 맨얼굴을 드러냈다. "말을 맬깝쇼?" 그가 네발로 기어 나오면서 물었다. 나는 무슨 말을 해야 할지 몰랐고, 우리 안에 뭐가 더 있는지를 보려고 다만 몸을 숙였다. 내 옆에는 하녀가 서 있었다. "자기 집에 뭐가 있는지도 모르고 있었군요." 하녀가 말했고, 우리 둘은 웃었다. "여보게나 친구들!" 하고 마부가 외치자 말 두 마리가, 힘이 세고 옆구리가 탄탄한 동물들이 다리를 몸에 바짝 붙이고, 잘 다듬어진 머리는 낙타처럼 숙인 채 몸이 꽉 끼어있던 문구멍을 몸을 비틀며 서로 밀치면서 겨우 비집고 나왔다. 그러나 이내 다리를 쭉 펴고 섰다. 몸에서는 따뜻한 김이 모락모락 올라오고 있었다. "저 사람을 도와줘라", 하고 내가 말하자 순종적인 하녀는 서둘러 마부에게 마구를 건넸다. 그런데 하녀가 그의 곁으로 가자마자 마부가 그녀를 끌어안고 자신의 얼굴을 그녀의 얼굴에 대고 누른다. 그녀가 놀라 비명을 지르며 내게로 도망쳐온다. 하녀의 뺨에 두 줄의 이빨 자국이 벌겋게 나 있다. "이런 짐승 같은 놈, 채찍으로 맞고 싶은 거냐?" 나는 화가 나서 소리친다. 그러나 나는 곧 그가 낯선 사람이며, 그가 어디에서 왔는지도 모르는 데다 또 모두가 거절하는 일을 그는 자발적으로 나를 도와주고 있음을 떠올린다. 그는 마치 내 생각을 알고 있다는 듯이 나의 위협을 대수롭지 않게 여기며 잠깐 내가 있는 쪽으로 몸을 돌렸을 뿐, 계속해서 말을 다루고 있다. 그리고는 "올라타시오" 하고 말한다. 정말 모든 준비가 끝나 있다. 가만히 보니 이처럼 멋진 한 쌍의 말이 끄는 마차를 나는 여태 한 번도 타본 적이 없었다. 나는 즐거운 마음으로 올라탄다. "하지만 마차는 내가 몰겠다. 너는 길을 모르니까." 내가 말한다. "물론입죠. 저는 같이 가지 않습니다. 저는 로자 곁에 있을 겁니다." 그가 말한다. "안 돼요" 하고 로자가 외친다. 그녀는 자신의 운명을 돌이킬 수 없음을 제대로 예감하며 집 안으로 뛰어 들어간다. 나는 그녀가 문고리를 걸어 잠그는 소리를 듣는다. 나는 자물통이 찰칵 채워지는 소리를 듣는다. 나는 또한 그녀가 자신을 찾아내지 못하도록 복도에서 그리고 방마다 뛰어다니며 불을 모두 끄는 것을 본다. "너도 같이 간다. 그렇지 않으면 왕진이 아무리 급하다 해도 나는 포기하겠다. 마차를 타는 대가로 하녀를 네게 내어줄 생각은 없으니까." 나는 마부에게 말한다. "이랴!" 하고 마부가 말하고 손뼉을 친다. 마차가 마치 물살에 떠밀리는 통나무처럼 갑자기 튕겨나간다. 마부가 돌진해서 나의 집 대문을 부수고 박살내는 소리가 뒤로 들린다. 그리고 다음 순간 모든 감각을 똑같이 뚫고 들어가듯이 쏴하는 소리가 내 눈과 귀를 가득 메웠다. 하지만 그것 역시 순간에 불과했다. 왜냐하면, 마치 나의 집 뜰의 대문 바로 앞에 환자의 집 뜰이 펼쳐진 것처럼 내가 이미 그곳에 도착했기 때문이다. 말들이 조용히 서 있고, 눈보라는 멈추었으며 달빛이 사방을 비추고 있다. 환자의 부모가 서둘러 집에서 나오고, 그의 누이가 그 뒤를 따른다. 그들은 나를 마차에서 거의 들다시피 내려놓는다. 그들의 혼란스런 이야기에서 나는 아무것도 알아들을 수가 없다. 환자가 있는 방의 공기는 거의 숨을 쉴 수 없을 지경이다. 내버려둔 화덕에서 연기가 난다. 나는 창문을 열어젖힐 것이다. 하지만 우선 환자를 볼 것이다. 야위었고 열은 없으며, 차갑지도 따뜻하지도 않다. 공허한 눈동자, 윗옷을 벗은 채 솜털 이불을 덮고 있던 소년이 몸을 일으킨다. 그가 내 목에 매달리며 내 귀에 속삭인다. "의사 선생님, 저를 죽게 내버려 두세요." 나는 주위를 둘러본다. 아무도 그 말을 듣지 못했다. 부모는 숨죽인 채 몸을 굽히고서 나의 판단을 기다린다. 누이는 내가 손가방을 놓을 수 있도록 의자를 가져왔다. 나는 가방을 열고 진찰 기구들을 뒤진다. 침대에 누운 소년은 나에게 자신의 부탁을 상기시키려고 손을 뻗어 나를 계속 더듬는다. 나는 핀셋 하나를 집어서, 그것을 촛불에 비춰 살펴보고 다시 놓는다. "그래," 나는 불경스러운 생각을 한다. “이런 경우에는 신들이 돕는 거야. 없는 말을 보내주고, 급하다고 두 번째 말까지 추가해서 보내고. 거기에다 넘칠 정도로 마부까지 적선하고.” 이제야 비로소 다시 로자 생각이 떠오른다. 내가 무엇을 해야 하지, 어떻게 그녀를 구하지, 어떻게 그녀를 마부에게서 빼내지? 십 마일이나 멀리 떨어져 있고, 마차 앞에 묶여 있는 말들은 내가 제어할 수도 없는데? 말들이 어찌 된 셈인지 이제 마구를 헐겁게 했고, 창문들이 이상하게 밖으로부터 활짝 열려있다. 말들은 각각의 창문에 대가리를 들이밀고, 가족의 울부짖음에도 아랑곳하지 않으며 환자를 관찰한다. 마치 말들이 내게 출발을 재촉하기라도 한 듯이, 나는 ‘곧 다시 돌아가야겠다.’ 하고 생각한다. 그러나 나는 누이가 내 모피 옷을 벗기는 걸 내버려둔다. 그녀는 내가 방 안의 열기 때문에 정신이 혼미하다고 여긴다. 늙은 아비가 내게 럼주 한 잔을 가져다주며 내 어깨를 두드린다. 자기 자식을 맡겼으니 이런 신뢰를 보이는 것이다. 나는 고개를 젓는다. 노인의 편협한 사고가 역겹다. 단지 그 때문에 나는 럼주 마시기를 거절한다. 어미가 침대 가에 서서 나를 그쪽으로 오라고 유인한다. 나는 그쪽으로 가서, 말 한 마리가 천장을 향해서 요란하게 히힝거리는 소리를 뒤로 하며 소년의 가슴에 머리를 대어본다. 소년은 나의 젖은 수염 밑에서 몸을 떤다. 내가 짐작한 그대로이다. 소년은 건강하며 혈액순환이 다소 좋지 않을 뿐이다. 보살펴주는 어미가 커피를 너무 많이 마시게 했을 뿐 건강하기 이를 데 없고, 마음 같아서는 단번에 침대에서 쫓아내야 한다. 나는 세계를 개선하는 사람도 아니라서 그를 누워 있게 그대로 내버려둔다. 나는 이 구역에 고용된 의사이고, 너무 힘이 부칠 정도로 최대한으로 내 의무를 수행한다. 봉급은 형편없지만 나는 인색하지 않고, 가난한 사람들을 기꺼이 돕는다. 나는 아직 로자를 돌봐야 하고, 그리고 소년이 옳을 수도 있으며 나 역시 죽고 싶다. 끝이 안 보이는 이 겨울에 내가 여기서 무엇을 하고 있는가! 내 말은 죽었고, 마을의 어느 한 사람 자기 말을 빌려주지 않는다. 나는 돼지우리에서 마차를 끌 말을 끌어내야 한다. 만일 우연하게 말이 없었더라면, 나는 암돼지들이 끄는 마차를 타야만 했다. 이런 상황이다. 나는 가족들에게 고개를 끄덕인다. 그들은 이런 사정을 전혀 모른다. 설령 안다 하더라도 이를 믿지 않으려고 할 것이다. 처방전을 쓰기는 쉽다. 그런데 사람들을 이해시키기란 어렵다. 이제 내 왕진은 끝난 것 같다. 사람들이 또 한 번 쓸데없이 나를 고생시켰고, 난 그에 익숙해져 있다. 이 구역 전체가 야간 비상종을 울려서 나를 괴롭힌다. 그러나 이번엔 로자까지, 이 예쁜 소녀를 내주어야 한다. 수년간 내 집에 살았지만, 내가 거의 관심을 두지 않았던 소녀이다. - 이 희생은 너무 크다. 나는 이 가족에게로 달려오지 않기 위해 급한 대로 어떻게든 꾀를 짜내야만 한다. 이들이 아무리 나를 도와준다 한들 내게 로자를 돌려줄 수는 없다. 그런데 내가 진찰 가방을 닫고 내 외투를 달라고 손짓하자, 가족들이 모여 섰다. 아버지는 손에 든 럼주 잔에 코를 대고 냄새를 맡고, 어머니는 십중팔구 내게 실망했는지 - 아니, 이 사람들은 도대체 무엇을 기대하는가? - 눈물을 글썽이며 입술을 꽉 깨물고 있고, 누이는 피로 가득 적셔진 수건을 흔들고 있다. 정 그렇다면 나는, 상황에 따라서는, 소년이 정말 아플 수도 있다고 말해줄 용의가 있다. 내가 소년에게 다가가자 그가 미소 짓는다. 마치 내가 그에게 몸에 최고 좋은 수프를 가져다주기라도 하듯이. - 아, 이제 말들이 히힝거린다. 그 소음은 아마도, 천상에서 내려온 것이라 진찰을 용이하게 해줄 것이다 - 그리고 이제 나는 알아낸다. 그렇다, 소년이 아프다. 소년의 오른쪽 엉덩이 부분에 손바닥만한 크기의 상처가 벌어져 있다. 상처는 분홍빛으로 연하고 진한 부위가 있었는데, 가운데는 진했고 가장자리로 갈수록 점점 연해졌다. 부드러운 좁쌀처럼 피가 고르지 않게 뭉쳐있는데, 마치 파헤쳐진 광산처럼 벌어져 있다. 멀리서 보면 그랬다. 가까이서 보니 더욱 심각했다. 그 누구도 낮은 신음 소리를 내지 않고는 차마 그것을 들여다볼 수가 없다! 굵기와 길이가 내 새끼손가락만한 구더기들이, 본래 분홍빛 몸에다 피까지 묻은 채 상처 안쪽에 달라붙어서 조그마한 흰색 머리와 수많은 다리들을 꿈틀거리며 빛이 비치는 쪽을 향했다. 불쌍한 아이야, 너를 도울 수가 없구나. 나는 너의 큰 상처를 찾아냈다. 네 옆구리의 이 꽃으로 인해 너는 죽을 것이다. 가족들은 행복하다, 내가 일하는 것을 본다. 누이는 그것을 어미에게 말하고, 어미는 아비에게, 아비는 몇몇 손님들에게 이야기한다. 손님들은 발꿈치를 들고, 몸의 균형을 잡기 위해 양팔을 뻗은 채 열린 문을 통해 비치는 달빛을 받으며 방 안으로 들어온다. "저를 살려줄 건가요?" 소년이 상처의 생명들로 인해 정신이 거의 혼미해져서 흐느끼듯 속삭인다. 내 지역 사람들은 이런 식이다. 의사에게 항상 불가능한 것을 요구한다. 그들은 오랜 믿음을 저버렸다. 신부는 집에 앉아서 미사복을 갈기갈기 찢는다, 하나씩 하나씩. 그러나 의사는 섬세한 외과의사의 손으로 모든 것을 해내야 한다. 자, 그렇다면 좋을 대로. 난 어차피 내 자신을 내놓은 바 없어. 너희들이 날 성스러운 목적에 사용한다면, 나 역시 이를 받아들일 것이다. 내가 무슨 더 나은 것을 바라겠는가, 늙은 시골의사에 하녀도 빼앗긴 마당에! 이제 그들이 온다, 가족과 마을의 연장자들이. 그리고 나의 옷을 벗긴다. 교사가 인솔한 학교 합창대가 집 앞에서 이런 가사를 아주 단조로운 멜로디로 노래한다.

"그의 옷을 벗겨라, 그러면 그가 치료하리라.
그래도 치료하지 않거든, 그땐 죽여 버려라!
그는 그저 의사일 뿐, 그는 그저 의사일 뿐."

그렇게 나는 옷이 벗겨졌고, 수염에 손가락을 대고 고개를 비스듬히 한 채 사람들을 조용히 응시한다. 나는 아주 침착하고 모든 사람들보다 우월하며, 앞으로도 그럴 것이다. 그럼에도 이는 내게 아무런 도움이 되지 못한다. 왜냐하면 이제 그들이 내 머리와 두 다리를 붙잡고, 나를 침대로 데려갔기 때문이다. 그들은 상처가 있는 쪽인 벽 쪽에 날 눕힌다. 그리고 모두 방에서 나가고 문이 닫힌다. 노래가 멈추었다. 구름이 달을 가린다. 이불은 따뜻하게 나를 감싸고, 창문 틈새로 말 대가리들이 그림자처럼 흔들리고 있다. "그런데요", 나는 그가 내 귀에 대고 속삭이는 것을 듣는다. "저는 의사 선생님을 거의 믿지 않아요. 선생님 역시 그냥 어디엔가 내던져진 것이지, 제 발로 오신 게 아니잖아요? 저를 도와주기는커녕, 임종을 앞둔 제 잠자리를 좁게 만들고 있습니다. 마음 같아선 당신의 두 눈을 긁어내고 싶군요." "그렇지," 내가 말한다. "이건 수치야. 그렇지만 나는 의사야. 내가 어떻게 해야 하지? 이건 내게도 쉬운 일이 아님을 믿어다오." "제가 그 따위 변명에 만족하라고요? 아, 그래야겠죠. 항상 저는 제 스스로에게 만족해야 하죠. 나는 아름다운 상처를 가지고 세상에 태어났지. 그것이 내가 가진 전부였어." "이보게, 어린 친구", 내가 말한다. "너의 실수는 전체를 볼 줄 모른다는 거야. 이미 여기저기 온갖 병실을 다녀본 사람으로서 내가 너에게 말하는데, 너의 상처는 그리 심하지 않아. 곡괭이로 두 번을 예리하게 찍혀서 난 상처이지. 숲에서 많은 사람들이 옆구리를 드러내고도, 곡괭이 소리를 잘 듣질 못하지. 하물며 곡괭이가 자기 옆으로 가까이 오는 것은 더더욱 못 듣지." "정말인가요? 아니면 열에 들뜬 저를 속이는 건가요?" "정말이지. 공직의사가 명예를 걸고 하는 말이니 믿거라." 그가 내 말을 믿었고 조용해졌다. 그러나 이제는 내가 살아날 방도를 생각해야 할 때였다. 말들은 충직하게 여전히 자기 자리에 서 있었다. 옷가지와 모피 외투, 그리고 가방을 얼른 꾸렸다. 옷을 입느라고 지체하고 싶지 않았다. 말들이 여기로 올 때처럼 서두른다면, 나는 이 침대를 벗어나 내 침대로 뛰어들 것이다. 말 한 마리가 얌전히 창문에서 뒤로 물러섰다. 나는 짐 꾸러미를 마차 안으로 던졌다. 모피 외투가 너무 멀리 날아가서 소매 하나만 고리에 걸렸다. 그 정도면 충분해. 나는 말에 올랐다. 안장 끈이 풀려서 바닥에 닿았고, 말들을 서로 제대로 매지 못해 마차가 제멋대로 딸려갔으며, 마차 꽁무니에는 모피 외투가 흘러 눈 속에 놓여 있었다. "이랴!" 하고 말했다, 그러나 힘차게 달리지는 못했다. 마치 늙은이들처럼 우리는 천천히 눈 덮인 벌판으로 나아갔다. 우리 뒤로 어린아이들의 새로운, 그러나 틀린 노래가 한동안 울려 퍼졌다.

"기뻐하라, 환자들아,
의사가 너희 침대에 누워있도다!"

이렇게 해서는 결코 집에 도착하지 못할 것이다. 잘 나가던 내 의원은 끝났다. 어느 후임자가 내게서 빼앗는다 해도 소용이 없다. 그가 날 대신할 수는 없기 때문이다. 나의 집에서는 혐오스러운 마부가 날뛰고 있고, 로자는 그의 제물이다. 난 그것을 깊이 생각하고 싶지 않다. 늙은 나는 벌거벗은 채 비현실의 말들이 끄는 현실의 마차를 타고, 이 불행한 시대의 혹한에 내몰려서 이리저리 떠돌고 있다. 나의 모피 외투는 마차 뒤에 걸려 있지만, 거기에 팔이 미치지 않는다. 거동이 가능한 환자 놈들 중에 누구 하나 손가락도 까딱하지 않는다. 속았구나! 속았어! 잘못 울린 야간 비상종소리에 응해버렸으니 - 결코 되돌릴 수 없구나.

작품 해제

작품 해제

고통과 탐닉의 경계에서 글쓰기

"저는 이전까지는 탈출구가 무수히 많았지만 이제는 하나도 없게 되었습니다. 저는 꼼짝도 못하게 되었습니다." 이 인용문은 카프카의 단편소설 「학술원에 드리는 보고서 Ein Bericht für eine Akademie」에서 발췌한 것이다. 서아프리카의 해안에서 사냥꾼에 의해 포획된 원숭이 한 마리가 동물원 우리에서 갇힌 채 죽음을 기다리기보다는 '자유로운 삶'을 살기 위해 인간처럼 되기로 결심한다. 그 원숭이가 어느덧 '인간의 삶'을 살게 되었을 때, 어느 학술원에 나아가 과거 자신이 쇠창살 안에 갇혔을 때를 술회하는 부분이다. 앞으로도 뒤로도 사방 어느 쪽으로도 빠져나갈 수 없이 꽉 끼어버린 절망적인 상태, 말하자면 출구 없는 상태, 이 상황이 바로 작가 프란츠 카프카의 삶을 어느 정도 상징적으로 대변할 수 있을 것 같다. 수치, 치욕, 굴종, 슬픔, 출구 없는 삶, 법, 정의, 그리고 착각과 오판, 이와 같은 개념들이 카프카의 작품을 마주대할 때마다 언제나 눈앞에서 어른거린다. 특히 착각과 오판은 전혀 의외로 여겨질 수도 있겠지만, 카프카의 문학에서 빼놓을 수 없는 중요한 개념이다.

세계문학사에서 잘 알려진 「변신 Die Verwandlung」은 1915년 11월에

라이프치히의 쿠르트 볼프 출판사에서 "최후의 심판 Der jüngste Tag" 시리즈로 출간되어 독자들에게 소개되었지만, 정작 카프카가 이 글을 쓴 때는 1912년 11월 17일부터 12월 6일까지 불과 3주가 안 되는 짧은 기간이다. 초판본 책자의 표지 도안과 관련해 카프카는 출판사 대표에게 보낸 편지에서 책 표지에 절대로 벌레를 그려 넣어서는 안 된다고 강하게 주장했다고 한다. 그는 갑충을 구체적으로 그려서도 안 되고 그림 배경에 희미하게라도 나타나게 해서는 안 된다고 주장했다. 현재 우리가 접하는 수많은 종류의 「변신」 작품과 번역서 등에는 거의 예외 없이 거대한 갑충의 모습이 묘사되어 있지만 적어도 원작자는 작품 속 갑충의 모습이 구체적인 형태를 띠는 걸 거부했다.

부모와 함께 사는 미혼의 외무직 영업사원 그레고르 잠자는 어느 날 자신의 침대에서 거대한 해충으로 변한 자신을 보게 된다. 왜 이러한 변화가 일어났는지 작가는 어떤 인과적인 설명도 제공하지 않는다. 소설이 시작되는 시점에 이미 변신이라는 황당한 사건이 발생했고, 이후 한 가정 내에서 펼쳐지는 이야기를 전달하고 있다. 변신은 잠자의 가위눌린 꿈인가? 아니면 자신이 처한 고달픈 현실에 지친 나머지 현실이 차라리 꿈이었으면 하는 절망적인 심리상태가 표출된 걸까? 작품 「변신」은 불안한 꿈과 현실 간의 경계의 모호성과 사람이 거대한 해충으로 변한다는 비현실적이고 황당한 설정으로 인해 환상동화로 받아들여지기도 한다. 환상적인 내용을 보이지만, 근대화 과정에서 직장에 예속된 삶을 살며 사물화와 비인격화에 내몰린 직업인의 냉혹한 현실을 그 어떤 작품보다도 리얼하게 묘사하고 있다.

옷감 샘플을 들고 다니는 영업사원 잠자는 직장 상사에게 당하는 인간적 모멸감, 늘 기차시간에 쫓기다 보니 생겨난 위장병, 시계바늘 소리에 쫓기는 강박관념, 실적이 저조한 데서 기인한 퇴직의 불안감, 그럼에도 불구하고 생계를 꾸려나가야만 하는 잠자의 무거운 어깨, 이처럼 20세기 초에 발표된 「변신」은 지금 현재 우리 사회가 겪는 직장과 가족 관계에서의 모든 문제가 아주 적나라하게 그려지고 있다. 찰리 채플린의 영화 「모던 타임즈 Modern Times」, 아서 밀러의 연극 「세일즈맨의 죽음 Death of Salesman」에 앞서서 「변신」은 인간 소외를 가장 리얼하게 드러낸 작품이다. 특히 카프카가 취한 변신이라는 독특한 설정은 고대 로마의 시인인 오비디우스의 『변신이야기 Metamorphosis』에서 시작된 변신 모티브를 계승함으로써 인류문학사의 계보를 잇고 있으며, 그와 동시에 인간을 벌레로 변신시켜버리는 내용은 독자들에게 커다란 충격을 던져주었다. 이 작품의 첫 도입부는 그 충격만큼 훗날 카프카의 문학적 후예임을 자처하는 수많은 작가들의 문체와 문학의 방향 설정에 큰 영향을 끼쳤다.

독자들이 소설 「변신」에서 느끼는 섬뜩함의 가장 큰 원인은 무엇일까? 어쩌면 그것은 사람이 거대한 해충으로 변해버렸다는 설정 그 자체보다는, 사람이 비록 몸뚱이는 해충이 되었지만 여전히 사람의 생각과 감정을 지니고 있다는 점이 아닐까 싶다. 주인공 잠자는 변신 이후에도 스스로를 벌레가 아닌 인간 그레고르 잠자로 생각하고 느낀다. 그럼 변신이라는 초자연적인 현상을 어떻게 설명할까? 변신은 가족의 생계를 위해 힘겹게 돈을 벌던 아들이 이제 몸이 망가져 사지의 근육이 마비된 상태가 되어 전혀 거동을 못하게 되고, 결국 가족들에게 짐이 되어버린 병든 아들을 흉측한 갑충으로/갑충과 다를 바 없다고 묘사한 걸까? 아니면 직장 내에서의 과도한 스트레스로 생긴 불안감과 신경쇠약증 증세를 가진 주인공이 일종의 현실 도피 수단으로 꿈에서 깨어나길 거부하는 상황일까?「변신」의 첫 단락은 그런 점에서 꿈에서 '깨어나' 현실 속에서 벌레가 되어버린 자신을 마주하는 것이면서, 동시에 그 꿈에서 '깨어남'이 도리어 꿈의 영역으로 진입하는 상태, 즉 악몽의 시작을 기술하고 있다고도 말할 수 있을 것이다.

그는 부양가족, 자신이 변제해야 하는 부친의 빚, 고용주인 사장과 지배인의 강압적이고 불신적인 태도, 변덕스런 고객들에 대한 응대 등에 노출된 채, 밤낮없이 일해야 하는 "아니말 라보란스 Animal Laborans(한나 아렌트)"적인 삶을 살고 있다. 즉, 스스로 판단력을 갖고 노동의 의미에 윤리적 가치를 부여하는 '호모 파버 Homo Faber'가 아니라, 매일같이 고된 일을 되풀이하는 동물 같은 유형의 인간이다. 우리 인간은 질식할 것 같은 주변 환경과 인간관계 속에서 주체적, 자율적인 자아의 구현은 꿈도 꾸지 못하고 오직 노동기계처럼 착취만 당할 때, 다시 말해 어둡고 갑갑한 터널의 끝이 전혀 보이지 않고 정신적, 신체적 스트레스가 최고조에 이르렀을 때 더 이상 긴장상태를 감당하지 못하고 그만 포기해버리는 경우가 있다. 영혼과, 또 인간은 정신의 지배를 받는 동물이므로 신체까지 갉아 먹힐 때 인간은 과연 어떻게 반응하게 될까?

변신의 이유가 무엇이든 간에 작품「변신」에는 카프카 문학을 관통하는 핵심키워드인 수치심과 자책감이 혼재된 감정이 짙게 스며들어 있다. 카프카의 장편소설『소송 Der Proceβ』의 요제프 K.가 "죽음 이후에도 수치심은 여전히 남을 것 같다"고 처형장으로 끌려가기 직전 내뱉은 넋두리처럼 -『소송』에서 요제프 K.가 갖는 수치심은 보다 근원적인, 존재론적 차원에 가깝다 - 그레고르 잠자는 사회적 차원에서는 노동사회에 쉽게 적응하지 못하고 힘겨워하는 영업사원이고, 개인적 차원에서는 일자리를 잃음으로 해서 가족에게 짐이 되는, 그래서 커다란 죄책감에 사로잡힌 인물이다.

단편 「선고 Das Urteil」는 1913년에 출간되었으나, 카프카의 말에 따르면 1912년 10월 22일 밤 10시부터 다음 날인 23일 새벽 6시까지 8시간 동안 쉬지 않고 "영혼과 몸을 완전히 열어젖힌 채"(카프카) 단숨에 써내려간 글이라고 한다. 평소 자신이 쓴 작품들에 대해 의구심을 떨치지 못했던 카프카이지만, 이 작품을 쓸 때만큼은 끊임없이 영감이 떠올랐으며, 그랬기에 작가 스스로도 매우 만족해한 작품이다. 특히 이 작품은 카프카의 창작 시기로 볼 때, 문학적 완성도가 무르익는 출발점에서 나온 작품이다. 「선고」는 1913년에 친구 막스 브로트가 펴낸 연감(年鑑) 〈아카디아 Arkadia〉에 실렸고, 책으로는 1916년 10월에 쿠르트 볼프 출판사의 "최후의 심판" 시리즈로 출간되었다.

그의 삶을 배경으로 이 작품을 보면 무력한 아들 카프카와 너무도 일방적이고 강했던 그의 아버지, 이 두 사람의 평생의 갈등, 그리고 카프카가 펠리체 바우어라는 여성과의 관계를 시작한 내용을 담고 있다. 카프카는 이 작품을 F.에게 바친다고 적고 있다. 카프카는 펠리체 바우어라는 여성과의 관계를, 구체적으로는 결혼을 통해 처음으로 부친의 영향력에서 온전히 벗어날 수 있는 가능성을 엿보았다. 그러나 그녀와의 두 차례에 걸친 약혼과 파혼의 반복은 그의 희망이 실현되지 못했음을 보여준다.

이 작품의 발단은 아버지와 함께 가게를 운영하는 아들 게오르크 벤데만이 자신의 약혼을 아버지에게 알리는 것에서 비롯된다. 조심스레 약혼 사실을, 더불어 곧 독립된 가정을 꾸리겠다는 의지를 피력하려는 아들, 그리고 자식의 결혼을 못마땅하게 여기는 부친의 개입이 이 작품에서 전개되는 갈등 구조의 핵심이다. 자식에 조금도 애정과 신뢰를 주지 않는 아버지, 심지어 자식에게 악마의 자식 같은 놈이라고 저주를 퍼부으며 끝내는 나가서 물에 빠져 죽어버리라고 '선고'를 내리는 무서운 아버지, 반면 아버지의 면전에서 감히 다른 말을 꺼내지 못하는 아들의 처지. 어쩌면 인물 간의 갈등 구조라고 이름 붙이기에도 민망할 정도로 아버지의 일방적인 비난과 저주로 부자지간의 갈등 구조는 끝난다.

카프카가 1919년에 썼으나 그의 사후인 1952년에 발표된 『아버지께 드리는 편지 Brief an den Vater』에는, 가족 내에서 전횡(專橫)을 일삼는 불같은 성질의 부친에게 바짝 겁먹은 장성한 아들의 고백이 절절하게 드러나 있다. 「선고」는 「변신」과 더불어 부자간의 갈등이 적나라하게 투영된 작품이다. 19세기 말, 당시 합스부르크 제국의 수도 빈에서 『꿈의 해석 Traumdeutung』(1899)을 내놓음으로써 학계의 이단아가 되었던, 그러나 결국은 정신분석학의 기반을 닦은 지그문트 프로이드, 그의 이론인 외디푸스 컴플렉스를 마치 미리 짜맞추기라도 한 것처럼 최고 수준의 문학작품으로 옮겨놓은 게 「선고」이다. 동양 문화의 정서에 어머니를 그리는 사모곡(思母曲)이 있다면, 「선고」는 무서운 아버지를 향한 자식의 가슴 절절한 원망과 두려움이 가득한 사부곡(思父曲)과도 같다. 다소 이상하게 들릴지 모르지만 아들의 애절한 태도에서, 오히려 그렇게 다가온다. 혹은 보는 관점에 따라 「선고」는 아버지를 피고인으로 해서 자식이 작성한 공소장(公訴狀)과도 같다. "너의 존재 그 자체가 역모(逆謀)"라고 영화 〈사도〉에서 영조가 사도세자에게 비난을 가하듯이, 자식의 존재 자체를 부정하고 비난하는 아버지의 면전에서는 감히 입 밖으로 꺼내지 못한 자신의 생각과 의지, 불만을 카프카는 글로써 표현함으로써 자신의 존재의 불씨를 겨우 다시 지필 수 있었다.

「유형지에서 In der Strafkolonie」는 1914년 10월 5일에서 18일 사이에 집필되었는데, 이 무렵은 카프카가 장편소설 『소송』의 집필에 한참 매진하던 때였다. 역시 쿠르트 볼프 출판사에서 1919년 10월에 처음 출간되었다. 카프카는 이 작품을 출간하기 직전에 마음에 들지 않은 부분을 수정하고 싶다고 출판사 대표에게 밝혔던 것으로 보인다.

이 작품은 처음 도입 단계에서 시작해 서서히 긴장을 고조시키며 절정을 향해 치닫고 마지막에 결말을 맺는 일반적인 이야기 구조가 아니라, 한창 진행 중인 사건의 한 가운데에서 '뜬금없이' 바로 본론을 시작하는 이른바 '인 메디아스 레스 In medias res(사건들의 중심)' 이야기 구조를 취하고 있다. 실제로 작품의 첫 문장은 유형지의 한 장교가 여행자에게 처형 기구를 보여주며 "이것은 독특한 기구입니다."인 것이다.

이 작품은 「변신」과는 또 다른 의미로 대단히 기괴한 독특한 작품이고 고도의 상징성을 띠고 있다. 어느 유형지를 방문한 여행자는 그곳을 관리하는 사령관의 중재로 한 독특한 처형 기구를 보게 된다. 이 기구는 죄수의 몸에 12시간에 걸쳐 죄명을 새기는 장치이다. 물론 죄수는 출혈과 탈진 등으로 인해 사망에 이르게 된다. 이 처형기구는 유형지의 전임사령관이 고안한 것이지만, 새로 부임한 신임사령관은 이런 형벌체제에 반대하는 입장이다. 전임사령관을 충실히 따랐고, 이 처형의 집행을 총지휘했던 장교는 이 처형장치야말로 정의를 가장 충실하게 실현시켜 준다고 확신하고 있는 자이다.

처형 기구와 이에 대한 장교의 맹신이 이야기를 끌고 가는 핵심 줄기이다. 장교는 자신을 처형 기구와 한 몸으로 동일시하다시피 한다. 죄수를 처형용 침대에 발가벗긴 채 눕히고 사지를 끈으로 묶고 입을 틀어막은 상태에서 기계를 작동시켜 죄수의 몸뚱이에 죄명을 새긴다는 그로테스크한 발상은 얼핏 보면 사도-마조히즘적 Sadomasochismus인 행위를 연상시킨다. 죄수를 묶어두고, 그가 온 몸을 찔리는 고통으로 인해 내뱉는 그러나 입을 틀어막은 솜으로 인해 낮은 신음 소리를 낼 수밖에 없는 상황에서, 장교는 죄수의 탈진한 표정과 신음소리를 마치 승화 직전의 변용(變容)의 상태로 간주하고 그 모습에서 정의가 실현되는 희열을 느낀다.

속죄, 변용이라는 모티브에서 우리는 프리드리히 니체가 고대 그리스에서 번제물을 바치는 제사 의식, 속죄 의식을 가리켜 "디오니소스적 세계 구원의 축제이며 변용"의 순간들이라고 일컬었던 것을 떠올리게 된다. 그러나 「유형지에서」의 처형 장면은 동시에 기독교적인 상징성으로, 즉 성(聖)금요일인 수난절의 모습으로 비치기도 한다. 십자가를 지고 골고다 언덕을 오르는 예수의 모습, 자신의 육체에 고통을 가하고, 그를 통해 구원에 이르는 과정을 떠올리게 될 때, 이 작품은 일반적인 상상을 훌쩍 뛰어넘는다.

그렇다면, 이 작품은 카프카가 유달리 천착했던 주제인 법과 정의를 다룬 이야기일까? 그것에만 한정지을 수가 없는데, 그 이유는 카프카 스스로 몇 년 뒤에 쓴 일기에서 전혀 뜻밖의 내용을 암시하고 있기 때문이다. 글씨를 새기는 제도기와 육체의 고통이 어떤 주제로 연결될 수 있는가를 생각해 보길 권한다. 그밖에 카프카의 문학에서 섹슈얼리티, 에로틱은 전혀 어울릴 것 같지 않아 보인다고 여겼다면, 이것은 옳지 않다. 그의 많은 작품들에서는 성적으로 농후한 묘사들이 등장한다. 「유형지에서」에서 역시 그 중의 하나일 것이다.

「법 앞에서 Vor dem Gesetz」는 1915년에 발표되었는데, 늦어도 1914년 12월 13일에 집필이 끝난 것으로 보인다. 이 글은 일종의 우화(寓話)로서 '문지기 전설' 혹은 '문지기 우화'로 널리 알려져 있다. 카프카의 장편소설인 『소송』에는 '성당에서 Im Dom'라는 한 챕터가 있다. 주인공인 은행원 요제프 K.가 이탈리아인 고객의 시내 안내를 위해 시내로 나갔다가 그가 도착하기를 기다리며 배회하던 중 잠시 한 성당에 들어가게 되고, 그곳의 신부가 그에게 들려주는 이야기 형식으로 삽입된 내용과 동일한 이야기가 「법 앞에서」라는 제목으로, 그러나 완전히 독립된 이야기로 발표되었다. 법 안으로 들어가려는 시골 남자와 그의 입장을 가로막는 법을 지키는 문지기, 이 두 사람의 이야기가 불과 두어 쪽의 짧은 분량으로 다루어지고 있다. 이 글은 매우 상징적, 철학적이며, 동시에 카프카가 법에 대해 얼마나 천착하는지를 가늠해볼 수 있는 글이기도 하다.

「학술원에 드리는 보고서 Ein Bericht für eine Akademie」는 1917년에 〈유대인 Der Jude〉이라는 잡지에 처음 출간된 이래, 1920년에 『시골의사』 작품집에 재수록되었다. 이번 번역에서는 국내의 기존 번역에 수록되지 않았던 부분인, 일종의 에피소드 두 개를 함께 포함해서 번역하였다. 인간들에게 포획되어 자유를 상실한 원숭이 앞에는 오로지 두 가지의 선택지만 놓여 있다. 원숭이로서 갇힌 창살에서 벽만을 바라보며 죽어갈 것인지, 아니면 자신을 가둔 폭력적인 인간들의 행동과 생각을 자기 것으로 체화

함으로써 제한적 자유를 얻을 것인지, 이 둘 중에 한 가지를 택해야 한다. 사냥꾼에게 잡힐 때 얼굴을 스치고 간 총상으로 얼굴의 살갗이 빨개진 탓에 이 원숭이는 빨간 페터로 불린다. 그는 인간이 '되기' 위해 침 뱉기, 파이프 담배 피우기, 독주 마시기 등 인간의 특징을 흉내 낸다. 이제는 과거 원숭이였던 모습을 혐오하지만, 그렇다고 완전한 인간이 아닌/될 수 없는 빨간 페터는 자신의 정체성과 괴리된 채 살아간다. 그가 학술원 회원들 앞에서 하는 독백체의 보고서는, 이른바 이질적인 두 문화 간의 만남에서 제1세계가 제3세계인, 즉 피정복민에게 정복자의 문화와 사고체계를 따를 것을 강요하는 제국주의의 폭력적 행태와도 맞닿아 있다. 「학술원에 드리는 보고서」는 결과적으로 전형적인 탈식민주의적인 작품으로 읽히기에 전혀 손색이 없다. 원숭이 빨간 페터의 인간 모방하기 Mimikry에는 온전한 하나가 되지 못하면서 둘인 존재로 살아가는, 즉 "이중화"(호미 바바)된 타자의 모습을 엿볼 수 있다. 완전한 하나의 주체가 되지 못하면서, 그러나 동시에 모방을 통해 지배자들이 자신에 대해 강요한 기대에 부응하려고 하기 때문에 두 개체로서의 삶을 사는 것이다. 1919년에 쓰인 이 글은 이미 에스노그래피적 관점에서 두 문화 간의 충돌을 보여주었고, 그 점에서 반식민지 저항이론의 선구자인 프란츠 파농의 『검은 피부, 흰 가면 Black Skin, White Masks』과 비교 관찰이 가능하다.

「시골의사 Ein Landarzt」는 1917년 1월, 2월에 집필되었고, 1918년에 쿠르트 볼프가 출판한 연감 〈새로운 시 Die neue Dichtung〉에 처음 인쇄되었다. 1920년에는 단편 「시골의사」를 포함해 카프카의 다른 14편을 함께 묶어 『시골의사』라는 단행본으로 출판하였다.

1916년 말 무렵, 카프카는 거의 2년에 걸친 정체 상태에서 벗어나 다시금 생산적인 창작의 시기로 접어들고 있었다. 거기에는 여러 요인들이 작용했는데, 첫째는 작품을 쓰기 위한 외부적인 환경이 적어도 표면상으로 나아졌기 때문이다. 그전까지 카프카는 부모 및 여동생들과 함께 온 가족이 한 집에서 살았기에 글쓰기에 결코 좋다고 할 수 없는 환경에서 작품들을 썼다. 1916년 11월에 카프카를 가장 잘 따랐던 막내 여동생 오틀라가 프라하 시내인 흐라드차니 Hradčany 지역의 황금소로 Goldenes Gässchen 22번지(이곳은 카프카로 인해 프라하의 관광명소가 되었다)에 중세풍의 자그마한 집을 임대해 오빠인 카프카가 오로지 글쓰기에만 전념할 수 있도록 배려해주었다. 이로 인해 카프카는 부모님의 집에서 나올 수 있었고 내적으로도 해방감을 느꼈으며, 이는 그에게 다시금 창작에 대한 새로운 활력을 불어넣은 것으로 보인다. 결과적으로 그가 이곳에서 거주하던 기간에 탄생한 작품들은 다른 어느 작품들보다도 적극적이고도 비판적인 태도를 보여준다.

「시골의사」 역시 이 시기에 탄생했다. 그전까지의 작품들에서 카프카가 대개 체념하는 듯한 태도를 보이고 또 자신의 힘겨운 투쟁들이 한낱 헛된 노력에 불과하다는 포기의 느낌을 강하게 내비쳤다면, 「시골의사」에서는 앞서 언급한 「학술원에 드리는 보고서」에서와 같이 작가가 힘과 희망을 어느 정도 다시 회복한 것으로 보인다.

「시골의사」는 카프카의 작품들 가운데 가장 난해하고 수수께끼에 파묻혀 있는, 동시에 다의적인 해석의 가능성을 열어둔 작품이다. 적잖은 연구자들이 이 작품을 프로이드의 『꿈의 해석』을 이용해 정신분석학적인 관점에서 분석하려고 시도한다. 시골에서 공공의사로 근무하고 있는 카프카의 삼촌 지그프리드 뢰비 Siegfried Löwy에게서 영감을 받았을 것으로 추정하는 이 작품에서는, 시골의 공공의사로서의 반복되는 지루한 삶을 사는 늙은 의사가 눈보라가 매섭게 치는 어느 겨울밤에 먼 곳에서 긴급환자가 발생했다는 호출을 받고 왕진을 떠나는 장면으로 시작된다. 그는 도착한 마을에서 벌어지는 초현실적인 현상들로 인해 결국 본인 스스로도 병든 몸이 되어 집으로 돌아오지 못하고 황량한 겨울 벌판에서 떠돈다는 내용이다.

카프카는 1883년 체코 프라하에서 태어났고, 간간이 다른 도시들을 방문하기는 했어도 거의 일생을 프라하 주변에서 보냈다. 1924년에 41세로 사망했으니, 긴 인생은 아니었다. 그는 1905년 처음으로 요양소에 다녀온 이후, 결핵으로 인해 거의 평생 동안 여기저기 요양소를 반복해서 드나들었다. 그가 수차례 약혼과 파혼을 거듭하며 정작 결혼에 한 번도 이르지 못했고, 가정을 꾸리는 보통의 시민적인 삶을 영위하지 못한 것에는 신체적인 병약함도 하나의 이유가 될 것이다. 그는 이중적 의미에서 변방인, 즉 타자(他者)였다. 먼저 그는 유대인이었기에 독일 사회의 주류에 끼지 못했고, 또 독일과 합스부르크 제국에서 볼 때 프라하라는 변방에서 활동한 경계인이다. 그렇다고 체코에서 주류에 속한 것도 아니었다. 체코에서 체코어가 아닌 독일어를 쓰며 독일어로 작품을 쓴다는 것은 그가 그곳에서조차 주류에 끼지 못했다는 증거이다.

카프카의 작품은 1930년대 나치의 지배 기간에 금서가 되어 불살라졌고, 독일어권에서는 완전히 잊혀졌다. 본인이 살아 있는 동안 불과 몇 개의 작품들만을 세상에 내놓았을 뿐, 나머지는 서랍 속에 미완성의 원고뭉치들로 남겨둔 채 죽었던 작가, 그는 임종 시에 역시 유대계 작가였던 평생의 친구 막스 브로트에게 자신의 원고들을 모두 소각해달라고 부탁한다. 만일 막스 브로트가 친구의 유언을 성실하게 이행했더라면, 후세의 인류는 프란츠 카프카라는 작가를 제대로 만나지 못했을 것이다. 막스 브로트는 카프카가 사망한 다음 해인 1925년에 이미 친구의 유언을 어기고 카프카의 미완성 원고들을 나름대로 정리하고 순서를 배열하는 작업을 거쳐 세상에 내놓는다. 1960년대 무렵부터 카프카 연구자들은 막스 브로트의 편집이 일부 자의적이었고 카프카의 원래의 작품 구상에 부합하지 않는다며 비판을 제기하였다. 1980년대 후반부터 카프카의 작품 전체는 여러 카프카 전공자들의 공동작업을 통해 완전히 새롭게 편집되어 비판본 전집으로 간행된다.

어쨌건 막스 브로트가 카프카의 사망 직후 출간한 작품들은 곧 독일 제3제국의 등장으로 전면 금지된다. 나치는 유대계 작가들의 글을 일제히 금서로 지정했고, 카프카라고 예외일 수는 없었다. 그렇게 해서 수십 년간 독일인들의 기억에서 완전히 사라졌던 작가 카프카는 제2차 세계대전이 끝나고 미국과 이스라엘 등 해외에서 다시 독일로 들어온다.

카프카의 작품들은 그로테스크한 세계를 그린 표현주의 문학으로, 유대주의를 강조한 시온주의 문학으로, 인간소외와 물질화를 내세운 맑스주의 문학으로, 아버지와 아들의 영원한 갈등을 그린 외디푸스 콤플렉스 및 새디즘·마조히즘적 성 등을 묘사한 정신분석학적 방법으로 다양하게 해석되었다. 또 권력 담론에 힘입어 권력과 성의 관계, 지배와 피지배 관계 등의 구조로도 읽힌다.

이상 이 책에 수록된 일곱 편의 작품 가운데 여섯 개의 작품을 집필 시기와 시대적 배경, 간략한 내용 등을 설명하였고, 마지막으로 카프카 문학의 의미에 대해 안내를 하였다. 너무 상세한 작품 소개나 분석은 독자들의 몫으로 남겨둔다. 다른 작가들의 경우도 그러하지만, 특히 카프카 문학의 경우 작품을 독해하는 방식은 다른 어느 작가의 작품에서보다 다양한 가능성을 지녔기 때문이다. 작가가 작품 곳곳에 흩어놓은 '빈곳'을 찾아 이를 자기만의 방식으로 채워나가는 독서의 기쁨을 역자가 미리 빼앗을 수는 없다. 이 책에 실린 작품들을 차근차근 읽고, 또다시 정독하며 내용을 곱씹어보면 큰 줄기들이 서로 연결된 채 흐르고 있음을 보게 될 것이다. 마지막으로, 역자가 원본으로 삼은 책은 피셔출판사에서 발간된 프란츠 카프카 『단편집 Die Erzählungen』(Fischer Klassik, 2011)의 3판(2015)이다.

연보

프란츠 카프카 연보

1883 7월 3일 체코 프라하에서 아버지 헤르만 카프카(1852-1931)와 어머니 율리에 뢰비(1856-1934) 사이에서 첫째 아이로 태어남. 유대계인 부모는 액세서리, 속옷 등을 파는 가게를 운영. 집안에서는 독일어 사용.

1885/1888 두 명의 남동생이 태어나지만 모두 어린 나이에 사망.

1889/1892 여동생 가브리엘레, 발레리, 오틸리에 태어남.

1889 초등학교 및 시민학교 다님. 초등학교에 입학할 때까지 부모의 사업 때문에 수차례 이사 다님.

1893/1901 프라하 구도심에 있는 독일어 사용 김나지움 다님. 고등학교 졸업 시험 통과.

1901 프라하 독일 대학(Prager Deutsche Universität) 입학해 법학 전공.

1902 평생의 친구 막스 브로트(Max Brod)를 처음 알게 됨. 막스 브로트 역시 법학 전공.

1904 「어느 투쟁의 기록 Beschreibung eines Kampfes」 집필.

1906 6월에 법학박사 학위 취득. 10월에 지방법원에서 1년 기간의 실습 시작.

1907 보험회사 〈아시쿠라치오니 게네랄리Assicurazioni

Generali〉에 보조 인력으로 입사.

1908 7월 30일에 준공공기관인 〈노동자 재해 보험국 Arbeiter-Unfall-Versicherungs-Anstalt〉에 정식 직원으로 입사.

1910 10월에 막스 브로트와 그의 형제 오토 브로트와 파리 여행 감.

1911 8~9월에 막스 브로트와 스위스, 북이탈리아, 파리 여행. 그 이후 취리히 근교의 에를렌바흐 요양소에 머무름.

1912 장편소설 『실종자 Der Verschollene』 1차 원고 집필 시작. 이 원고는 폐기함. 6~7월에 막스 브로트와 라이프치히 및 바이마르 방문. 출판업자인 쿠르트 볼프(Kurt Wolff)와 에른스트 로볼트(Ernst Rowohlt) 만남. 이들은 카프카에게 원고를 보내줄 것을 요구함. 하르츠 지역에 있는 자연치료요양소 '융보른'에 머무름. 8월에 펠리체 바우어(Felice Bauer)를 처음 만나고 곧 집중적 서신왕래 시작함. 「선고 Das Urteil」완성. 9월에 『실종자』 집필에 다시 집중함. 「변신 Die Verwandlung」 완성.

1913 1월에 『실종자』 집필 중단. 3월에 베를린에서 펠리체 바우어 재회. 5월에 「화부 Der Heizer」가 쿠르트 볼프 출판사에서 출간됨. 「화부」는 『실종자』의 첫째 장이 됨. 「선고」가 막스 브로트가 펴낸 〈아르카디아 Arkadia〉라는 잡지에 실림. 9~10월 중에 리바에 위치한 하르퉁엔 박사의 요양원에 체류.

1914 6월 1일 펠리체 바우어와 약혼. 7월 12일 약혼 파기. 8월

에 소설 『소송 Proceβ』 집필 시작. 10월에 「유형지에서 In der Strafkolonie」, 「법 앞에서 Vor dem Gesetz」 완성.

1915 1월에 『소송』 집필 포기함. 펠리체 바우어와 다시 만나기 시작. 7월에 룸부르크의 요양원에 머무름. 10월에 쿠르트 볼프 출판사에서 「변신」 출간됨.

1916 마리엔바드에서 펠리체 바우어와 처음으로 함께 휴가 보냄. 다시 그녀와 결혼을 결심. 프라하의 알키미스텐 거리에 있는 조그마한 집을 글쓰기 용도로 사용. 겨울에 「시골의사 Ein Landarzt」, 「자칼과 아랍인 Schakale und Araber」 등 여러 편의 단편과 미완성 글들이 완성됨.

1917 4월에 「학술원에 드리는 보고서 Ein Bericht für die Akademie」 완성. 7월에 펠리체 바우어와 2차 약혼. 8월 10일에 각혈. 9월에 결핵 진단 받고 회사에 조기 은퇴를 요청하나 받아들여지지 않음. 12월말 펠리체 바우어와 2차 약혼 파기. 완전히 헤어짐.

1918년 10월에 합스부르크 제국이 붕괴되고, 체코슬로바키아가 공화국 선언함. 이때부터 카프카가 일하는 보험국을 포함해 프라하의 모든 관공서의 공식어는 체코어로 지정됨.

1919 1월 초 프라하의 회사원인 율리에 보리체크(Julie Wohryzek) 만남. 5월에 율리에 보리체크와 약혼. 10월에 쿠르트 볼프 출판사에서 「유형지에서」 출간. 10월에 『아버지께 드리는 편지 Brief an den Vater』 씀.

1920 4월에 치료를 위해 3개월 동안 메란에 머무름. 밀레나 예

전스카(Milena Jesenská)와 편지왕래 시작. 쿠르트 볼프 출판사에서 「시골의사」 출간. 7월에 율리에 보리체크와 약혼 파기. 10월부터 치료를 위해 8개월간 마틀리아리 요양원에 머무름.

1921 8월에 직장에 출근하지만 8주 만에 다시 병가 냄. 이게 회사 근무로는 마지막임.

1922 장편소설 『성 Das Schloβ』 집필 시작. 봄에 「굶주린 예술가 Hungerkünstler」 완성. 요양소 체류가 계속 반복됨. 7월 〈노동자 재해 보험국〉 퇴직.

1923 7월 도라 디아만트(Dora Diamant)를 알게 됨. 9월 카프카는 베를린으로 옮겨 도라 디아만트와 동거. 카프카의 건강상태가 급속도로 악화됨.

1924 3월 프라하로 돌아옴. 단편 「가수 요제피네 Josefine, die Sängerin」 완성. 4월에 오스트리아 오르트만의 '비너 발트'라는 요양원에 들어감. 후두결핵 진단 받고, 빈 대학병원으로 이송되었다 다시 키얼링의 요양소에 입원. 도라 디아만트와 로베르트 클롭슈톡이 카프카를 간호. 카프카는 계속 체중이 줄고, 일체 음식을 삼키지 못하며 말도 할 수 없게 됨. 6월 3일 정오경 사망하고, 6월 11일 프라하 슈트라슈니츠의 유대인 공동묘지에 안장됨.

역자 약력

장희권 교수는 1989년 부산대학교 독어독문학과를 졸업하고, 1993년에 독일 빌레펠트 대학교에서 독문학 · 문예학 · 교육학으로 석사학위를, 2000년에 독문학으로 박사학위를 취득했다. 2011년부터 계명대학교 독일유럽학과 교수로 재직하고 있다. 주요 관심분야는 독일현대문학, 문화연구, 유럽지역연구이다. 비평전문계간지 『오늘의 문예비평』의 편집동인으로 활동한 바 있으며, 한국독일언어문학회 부회장, 한국독어독문학회 편집위원장 등을 역임하였고, 독일 슈투트가르트 대학교 객원교수로 있었다.

저서로 『역사와의 유희 - 디터 퀸의 전기체 소설 연구』, 『글로컬리즘과 독일문화논쟁』, 『로컬리티, 인문학의 새로운 지평』(공저), 『혁명 이후의 문학』(공저), 『장소성의 형성과 재현』(공저) 등이, 역서로 『최후의 세계』, 『안톤 라이저』, 『소수에 대한 두려움』, 『칼리가리에서 히틀러로』가 있다.

대표 논문으로 「글로벌 세계의 혼종성과 민족주의 - 복합문화 속의 문화적 정체성에 대해」, 「문화연구와 로컬리티 - 실천과 소통의 지역인문학 모색」, 「근대의 도시공간과 사유방식」, 「경계 넘기의 서사적 재현으로서의 디아스포라 문학」, 「독일 제3제국의 문화예술정책과 선전영화」 등이 있다.